U0041273

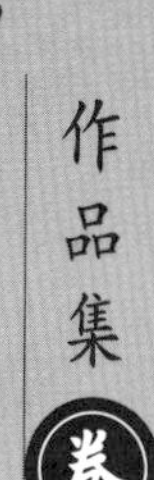

作品集

卷五

【修訂版】

【目錄】

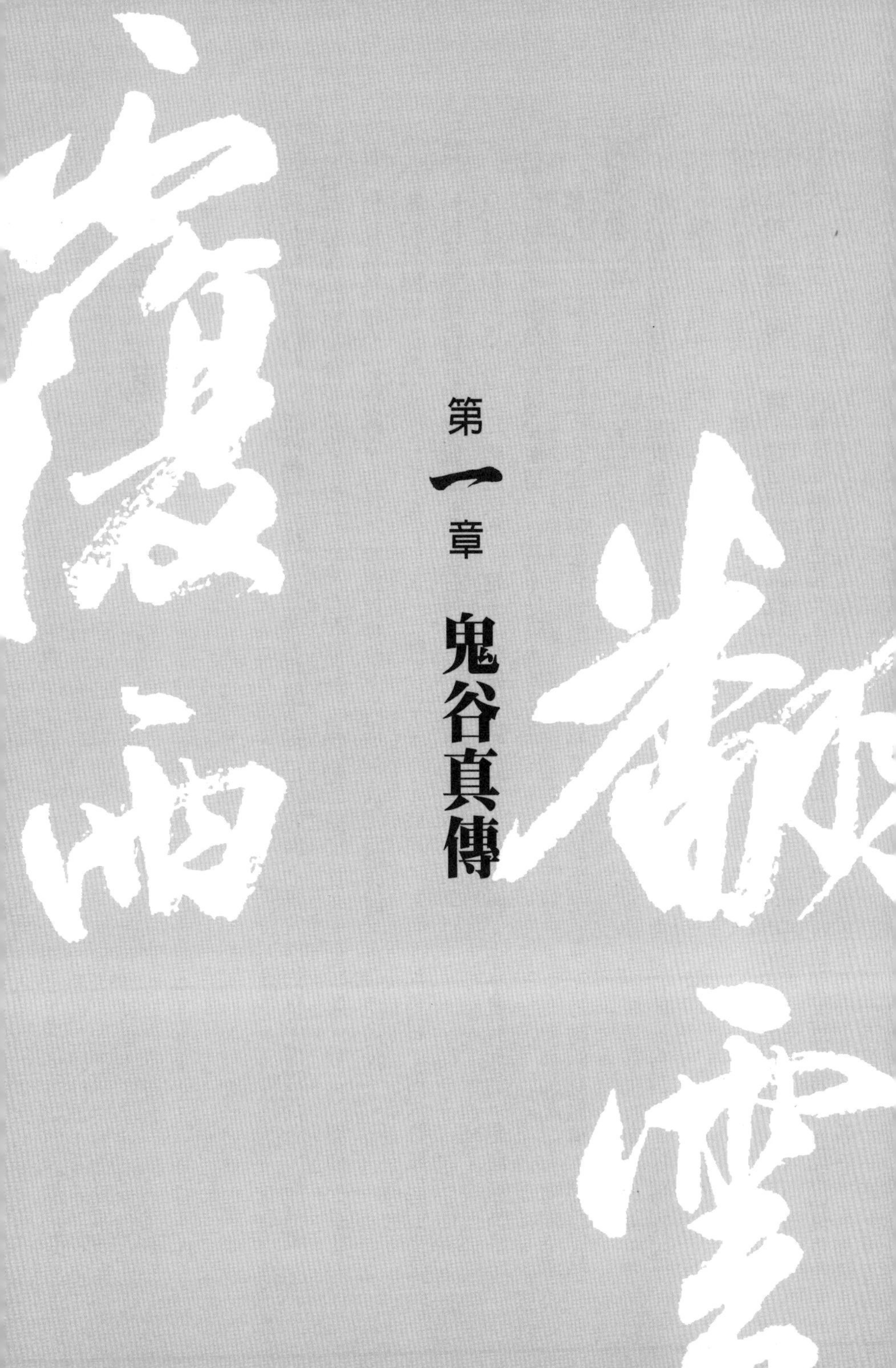

第一章 鬼谷真傳

第一章　鬼谷真傳

韓柏回到房內時，范良極蹲在椅上，望著棋盤上自己被殺得七零八落的棋子皺眉苦思，喃喃道：「其實我並不比棋聖陳差多少，只是在定石和收官子這一頭一尾上比不上他，唉！我第一盤僅以五子見負，但打後都以大比數落敗，若我不能恢復棋盤上的信心，怕他讓我兩子也能勝過我了。」

韓柏對圍棋一竅不通，那天逼自己看了陳范兩人下了半局棋，才有了點眉目，他天性厭倦鬥爭廝殺，對棋道爭鋒更絲毫不感興趣，顧左右言他道：「柔柔哪裏去了？」

范良極和顏悅色道：「朝霞來喚了她去，好像到膳房幫忙弄飯，嘿！小子眞有你的，朝霞這乖妮子的眉梢眼角開始露出生機和風情，你是不是碰過她了？」

韓柏傲然道：「甚麼？你當我是急色鬼麼？現在我先要取得她的芳心，至於她的身體嘛，他日待我明媒正娶，才……嘿……你明白啦。」

范良極見這淫棍居然如此有原則，肅然起敬道：「有始有終，小子確有你的。告訴我，你使了甚麼手段，竟然弄得這小妮子對我也尊敬起來，還說要向我請教。哪天你弄了她上手，記得要她做我的妹子，哈！眞妙！竟然多了兩個乖妹子。」

韓柏一聽下嚇了一跳，知道朝霞的請教其實是要范良極替她看相，硬著頭皮道：「我剛才告訴她你是鬼谷子的第一百零八代傳人，看相之術天下無雙，若她要你給她算命，最要緊應酬幾句，免得拆穿了我的謊言，破壞了我形象。」

范良極色變道：「甚麼？那我的形象怎麼辦？改天她知道我這大哥曾騙過她，還會尊敬我嗎？何況我對看相就像你的棋藝，一上場就給拆穿了。」

韓柏「啐啐」連聲哂道：「誰教你眞的去看相？只須將過去兩年你偷看偷聽回來的東西，把幾件有把握的說出來，包保朝霞更佩服尊敬你。」

范良極想想也是道理，心情轉佳，跳了起來，到了韓柏身前，兩手輕按他肩上，誇張地由不同角度審視著韓柏的臉。

韓柏愕然道：「你要看甚麼？」

范良極怪笑道：「讓我這鬼谷子第一百零八代傳人看看你的相，爲何能如此艷福齊天，將所有美女大小通吃？」

韓柏伸手推開他道：「我有一個重要消息告訴你，有沒有興趣聽聽？」

范良極道：「有屁快放，不要慇在裏面，弄得你說出來的話也帶著臭氣。」

韓柏對他的粗言鄙語早習以爲常，當下把陳令方認定朝霞腳頭不好的事，說了出來。范良極一聽下勃然大怒，罵了足有小半炷香的時間，才洩了點火氣，嘆道：「陳老鬼這人本不太差，只是迷信了點，唉！不過也便宜了你這小子。我們只要針對這點下工夫，可能你和朝霞不用私奔就可把事情解決。」頓了頓皺眉道：「不過可要快一點，我看陳令方對朝霞的態度好多了，若他因妻妾離去，一時耐不住寂寞再和朝霞修好，可能甚麼好腳頭壞腳頭全忘掉，再捨不得把朝霞送人，那就糟透了。」

韓柏倒沒有他想得那麼周詳，腦海中登時浮現出朝霞給陳令方摟在床上行雲佈雨的情狀，大感不舒服。

范良極看了他兩眼，道：「算你這小子有些良心，來，讓我告訴你一件包保你喜翻了心的事，就是你的詩姊對你挺有意思呢！」

韓柏早猜到三分，聞言心中升起甜絲絲的感覺，卻故作不快道：「不要亂說，詩姊愛的是浪大俠，我怎比得上浪大俠。」

范良極不理他，逕自搖頭擺腦，大讚道：「浪翻雲是這世上唯一讓我在各方面都心悅誠服的人，不像你這小子，只得一項優點，就是夠傻，所以才傻有傻福。」

韓柏抗議道：「不要整天說違心之言，你最清楚我有數都數不盡的優點，全託了我的福蔭，才改變了你孤獨怪僻的痛苦人生，看！現在多麼好玩，上京後更精采哩！」

范良極給他說得啞口無言，唯有道：「唉！肚子真不爭氣，又餓了，讓我到下面看看飯局預備好了沒有，或者先到膳房偷些東西祭祭五臟廟。」

范良極這類高手，等閒十天八天不進粒米，都不會肚餓的，韓柏怎會不知他在胡謅，故意吊他癮子，一手抓著他瘦削的肩頭道：「我也想知道浪大俠怎樣偉大，好讓我尊敬他時多點資料。」

范良極斜兜他一眼，嘿嘿怪笑道：「恐怕你是想知道多點資料，教你可以好好挑逗你的詩姊吧！我的偉大淫棍。」

韓柏的厚臉皮也掛不住，怒道：「不說便不說罷，難道我要求你？不過我也不會告訴你朝霞和我說過甚麼親熱話兒，以後都不會。」

范良極對朝霞是出自眞心的關懷和愛惜，聞言立即投降道：「小柏兒何須那麼認眞，請聽我詳細道來。」

韓柏忍著笑，緊繃著臉道：「有屁快放！」

范良極絲毫不以為忤，嘻嘻一笑道：「專使大人請入座，本侍衛長有事稟上。」

兩人分別在窗旁的椅子坐下。范良極蹺起二郎腿，取出盜命桿，吞雲吐霧起來，好一會沒有做聲。

岸旁遠處萬家燈火，一片入黑後的安靜和寧洽。

范良極不知想到甚麼，搖首嘆道：「浪翻雲你眞行。」

韓柏心癢難熬，明知這死老鬼在吊他胃口，可是想起快要下去吃飯，忍不住道：「你究竟說還是不說？」一副變臉拉倒的架式。

范良極望著裊裊升起的煙圈，道：「你的詩姊不知為了甚麼傷心事，經脈鬱結，再受鬼王丹毒氣所侵，本是大羅金仙亦救不了的絕症，幸好浪翻雲這小子，想出妙絕天下的藥方，就是以自己作藥，打開了你詩姊緊閉的心扉，挑開了她的情竇，使她脫胎換骨，重現生機，趁勢逐步打通她閉塞了的經脈。」

韓柏一聽下大為洩氣，道：「若是如此，你以後提也不要提詩姊對我有意思這句話，我韓柏最尊敬的人便是浪翻雲這小……噢！不！這大俠。」

范良極徐徐噴出一個大煙圈，微笑道：「聽東西不要只聽一半，浪翻雲對左詩或者有三分愛意，但兄妹之情卻最少佔了七成，所以發展到如今便到了尷尬階段，左詩需要的是他實在的愛和承諾，是成熟男女的親熱和歡好，小子你明白嗎？柔柔對你的要求，就是左詩對浪翻雲的要求，又或是……嘿！雲清那婆娘對我的期待。」

看著他提到雲清時那張放光的老臉，韓柏頹然道：「詩姊愛的是浪翻雲，我們不如想方法玉成他們的好事吧！你和我都莫要想歪了。」

范良極搖頭道：「可能是你的道行太淺，武功太低，所以不明白浪翻雲已達由劍入道的境界，更驚人的是他不須像禪道高人般由宗教入手，而是自然而然到了那種境界，就像當年的令東來和傳鷹，早超脫了男女的愛慾，達到有情無慾的境界，試問他怎能給左詩她想要的東西。你的詩姊需要的是你這樣的一個淫棍。」

韓柏皺眉怒道：「你再說我是淫棍，我一定和你決鬥。」

范良極連聲道：「大人息怒！大人息怒！待本侍衛長找到更適合形容你的辭語時，才棄淫棍不用，好嗎？」韓柏啼笑皆非，拿他沒法。

范良極愈說興致愈高，續道：「所以浪翻雲現在面對的難題就是：假若左詩發覺他對她只純是兄妹之情，甚或父女之情，必會自悲自憐，經脈再次鬱結，那就甚麼也完了。幸好有你這淫……不……有你這情種出現，而左詩也對你甚有意思，於是浪翻雲想了招移花接木之計，左詩是花，你就是木，嘻！既是接花的木，不是淫棍是甚麼？」

韓柏剛要發作，敲門聲響，忙應道：「進來！」

推門而入的是范豹，向兩人道：「開飯了，有請兩位大人。」

雙修府。風行烈提著燈籠，與谷倩蓮走在下山的路上。雙修府在下方燈火通明。

谷倩蓮忽地停下，投進風行烈懷內，顫聲道：「行烈！我很怕，你一直沒有做聲，我感覺不能再像往日般了解你。」

風行烈放下燈籠，用力將她抱緊，道：「傻孩子，怕甚麼，無論將來如何，我風行烈向天立誓，絕不會拋棄你，也捨不得拋棄你。」

谷倩蓮驚喜道：「你眞的不是騙我？」

風行烈感受著懷中美女火熱般的愛戀，心中的悲痛和無奈大減，道：「這裏事了後，我帶你去找一個人，說幾句話後，便和你隱居山林，到攔江之戰時，才再出江湖，你會反對嗎？」

谷倩蓮畏怯地低聲問道：「你是不是要去找靳冰雲？」

風行烈點頭道：「是的！」

谷倩蓮欣喜地道：「你肯把我帶在身旁去見她，表示你眞的肯要我，行烈！小蓮很開心，只要你不會不理我，其他一切都沒關係。」

風行烈重重吻在她香脣上，心中充滿了感激，谷倩蓮的善解人意，確令他感到自己的幸福。他取回燈籠，改爲與谷倩蓮手拉著手，以較前輕鬆得多的步伐，往下走去。

谷倩蓮忽道：「行烈！我可否不陪你去參加晚宴，你會怪我嗎？」

風行烈皺眉道：「當然會怪你！而且敵人隨時會來，我不想你片刻離開我丈二紅槍的保護網。」

谷倩蓮眉開眼笑地吻了他一口道：「行烈！你眞好，我全聽你的話。」

風行烈順口問道：「今晚會有甚麼人出席？」

谷倩蓮回復平日的嬌痴活潑，數著指頭道：「有譚冬叔啦，他的妻子譚嫂啦，譚嫂最是好人，府內所有婢女都喜歡她；有左右二將趙岳叔叔和陳守壺叔叔啦，專責府外的事務，若非情勢危急，也不會回府來。」接著想了想道：「不知素香姊回來了沒有？她也像我一樣，是夫人收養的孤女，不過不是姓谷而是姓白，和我最要好，你定會喜歡她的。不要看素香姊平時溫婉可人，佻皮起來時最愛扮作醜女，發出粗豪的聲音，作弄那些纏她的男人，嘻！」

風行烈道：「那位雙修快婿呢？」

谷倩蓮的臉色陰沉下來，道：「那小子和那婆娘當然不會不來，行烈啊！想起他們，我眞想立即遠走高飛，永遠不回來，不想聽任何有關雙修府的事。」

風行烈明白她的心情。這成抗看來是個老實的好人，但和容色不遜於乃母的谷姿仙卻是絕不匹配，連他此刻想起來都有點不舒服，更何況是對谷姿仙敬若女神的谷倩蓮。

主府在望。譚冬迎了上來，道：「好了！公子和小蓮回來了。」

一聲「小蓮」響自府門處，一道纖美修長的人影掠了過來。谷倩蓮淒叫一聲，撲了過去，投進那女子懷裏，竟哭了起來。這女子比谷倩蓮要高上半個頭，一雙腿特別長，教人一見難忘。那女子不住勸慰，可是谷倩蓮反哭得更厲害，在旁的譚冬慌了手腳。

風行烈走到三人旁邊，責道：「倩蓮！不要這樣。」

那女子抬起俏臉，往風行烈望來，美目閃著亮光，道：「這位定是風公子了。」

風行烈在燈籠光下，看到這女子容貌極美，稍缺谷倩蓮的嬌巧俏麗，卻多了谷倩蓮沒有的爽朗英氣，眞是春蘭秋菊，各擅勝場，施禮道：「這位定是倩蓮提過的素香姊了。」

白素香大膽的眼光上下打量了他兩眼，然後向懷中的谷倩蓮道：「你再哭，我就向風公子揭發你以前的頑皮事。」

谷倩蓮悲泣道：「香姊！小姐要嫁給那大個子了。」

風行烈伸手抓著谷倩蓮香肩，半硬半軟將她拉開，向白素香和譚冬兩人歉然道：「讓我先陪小蓮在外面走兩步，待她好點後，才到裏面去。」

谷倩蓮一挺胸膛，停止了哭泣，傲然道：「不！讓我們立即進去。」

白素香憐惜地道：「看你眼都哭腫了，怎樣見人？」

谷倩蓮使起小性子，道：「哭便哭，何須瞞人，我們進去！」當先帶路，走進府內去。

大堂內燈火通明，才到門口，成麗信心十足的聲音傳入眾人耳內，在她旁有四個人，一個是有點不知如何是好的成抗，一個是位面目祥和的中年美婦，另兩人一高一矮，眼目精明，年紀在四十至五十許間，氣度不凡，明眼人一看便知是高手。成麗興奮地介紹著自己怎樣佈置這大婚的禮堂，除了那中年美婦稍微點頭回應，那高矮兩人只是禮貌地聆聽著，沒有做聲。

谷倩蓮領頭進來，嚷道：「譚嫂！趙叔、陳叔，小蓮來了。」擺明不把成抗姊弟放在眼裏。三人也不知是否故意，拋下了成麗兩姊弟，迎了上來。

谷倩蓮親切地挽著那兩名中年人，介紹給風行烈，高的那人是趙岳，矮的是陳守壺，中年美婦則是總管譚冬的妻子譚嫂。

一番客氣後，譚嫂瞪了谷倩蓮一眼，責道：「小蓮你的脾性眞改不了，一回來便惹小姐生氣，看看！剛哭過了是不是？」谷倩蓮委屈地垂下頭去。

譚冬把楞在一旁的成抗成麗招呼過來，爲他們引見風行烈。成麗帶著警戒的目光在風行烈身上轉來轉去，露出不屑的神色，仰臉擺擺身分，一副沒有興趣理會的模樣。

成抗見風行烈英偉軒昂，一派高手風範，眼中閃過自慚形穢之色，謙卑地道：「成抗甚麼也不懂，風兄以後請多多指點。」

風行烈對這被排擠的青年憐意大生，正想說上幾句好話。豈知成麗向成抗喝道：「成抗你要記著明天你就是雙修府的半個主人了，說話不可以沒有分寸。」顯是不滿己弟的卑躬屈膝。

各人臉色都不自然起來，試問成抗怎能服眾？谷倩蓮冷哼一聲，便要發作。風行烈擺出大丈夫的威嚴，淡淡看了谷倩蓮一眼，嚇得後者立刻不敢作聲，然後向成抗微笑道：「成兄相貌堂堂，一臉正氣，將來雙修府必能發揚光大，成兄努力吧。」

成抗露出感激的神色，應道：「多謝風兄指點。」這弟弟在人情世故上，確遠勝乃姊。

成麗見風行烈讚她弟弟，也立即變出另一副臉孔來，笑道：「風公子是江湖上的名人，成抗他甚麼也不懂，還望公子多多指點。」

這時一個小婢走向前來請他們到偏廳去，說谷姿仙正恭候他們。眾人往偏廳走去。

白素香走到風行烈另一旁，邊走邊道：「風公子真有本領，只有你才能收拾我們雙修府的小精靈。」說完兜了風行烈另一旁垂著頭走路的谷倩蓮一眼。

風行烈苦笑道：「素香姊言之過早了。」

白素香見他像谷倩蓮般喚她作素香姊，甚是歡喜，改變稱呼道：「行烈不要擔心，我從未見過小蓮剛才那乖樣子的。」

谷倩蓮何等厲害，張著小嘴笑著反擊道：「我也從未見過素香姊對男人這麼和顏悅色，行烈不如你把她也娶過門來，讓我們這對好姊妹永不用分離。」

這些話一出，風行烈既大感尷尬，白素香更是紅霞滿面，不知所以，幸好這時到了偏廳內，雙修公主谷姿仙盈盈俏立，美目含笑，歡迎他們到來。

成抗見到谷姿仙，一對大眼立時亮了起來。谷姿仙大方地站到成抗身旁，向各人微笑道：「不如我們入席再談吧！」

眾人隨著谷姿仙移步到設在偏廳一角的酒席，依主次入坐。谷姿仙和成抗坐在主位，剛好對著風行烈和谷倩蓮。成麗有點不知禮貌地坐到谷姿仙旁的座位處，白素香有意無意間坐到風行烈的另一旁，其他人隨意入座。這一席是素宴，下女送上齋菜後，退了下去，偌大的偏廳只有這圍坐著的十個人。酒過三巡，風行烈也被敬了三次酒。風行烈禮貌地回敬谷姿仙，再舉杯向成抗祝賀他明天的婚禮。成抗有點忸怩地舉杯。眾人紛紛舉杯，只有谷倩蓮綳著臉，並不參與。谷姿仙冷冷瞪她一眼，顯是忍著才沒有發作。

谷倩蓮對谷姿仙責備的眼色視若無睹，垂著頭悶聲不響。成麗眼中閃過怒意，向風行烈甜甜一笑道：「風公子！小蓮是這裏的丫頭，一向野慣了，你最好多多管教她，讓她多懂些禮貌道理。」

眾人一齊色變，這幾句話既帶貶意，語氣又重，谷倩蓮怎受得了。谷倩蓮霍地抬頭，秀目射出銳利的光芒，正要反唇相稽，谷姿仙喝道：「小蓮！」谷倩蓮冷冷瞅了谷姿仙一眼，把到了口的話忍著不說出來，垂下頭去。

谷姿仙這次沒有發怒，美目掠過一絲哀怨，瞬又消去，回復平靜道：「我們剛接到南康來的消息，胡節的水師解除了對我們水路的封鎖，今早離開了鄱陽，進入長江，目的地看來是洞庭湖。」

趙岳道：「黃河幫的三十艘船艦也於昨夜趁黑離開，我看怒蛟幫現在的形勢危險非常。」

成麗道：「怕甚麼？有『覆雨劍』浪翻雲兄在，何足懼哉！」一副和浪翻雲非常熟絡的模樣。

陳守壺道：「成小姐有所不知了，浪翻雲早離開了怒蛟島，至於他為何離開，到了哪裏去，卻是無人知道。」

風行烈眼光何等銳利，當成麗提到浪翻雲的名字時，谷姿仙嬌軀輕輕一顫，秀美的眸子一陣惘然，不由心中一動，難道她和這天下第一劍手有著不尋常的感情關係。

在旁的谷倩蓮低哼一聲道：「無知！」這「無知」自是針對成麗而說，沒有人會誤會她的意思。

谷姿仙大怒道：「我若非看在風公子面上，小蓮你這樣沒上沒下，我會立刻把你逐出雙修府。」

谷倩蓮「嘩」一聲哭了出來，掩面起身便走，連椅子也撞跌了。風行烈說聲「對不起」，追著去了。

谷姿仙目送兩人走出偏廳，悽然一笑道：「今晚的洗塵宴就這樣算了吧！」

官船寬敞的艙廳裏，筵開一席。馬雄和方圓兩人都到岸上去辦事，預備明晚的盛宴，剩下這班自己人圍桌進膳。左詩、柔柔、朝霞三女都特別打扮了自己，看得陳令方、韓柏、范良極三人目眩神迷，滴酒未進先醉了三分。三杯過後，陳令方和范良極兩人忍不住酒興大發，在言語上親熱一番，唇槍舌劍，鬧個不亦樂乎，氣氛熱烈起來。

左詩和柔柔兩人，分坐韓柏兩旁，兩人隔著韓柏，輕言淺笑，看得韓柏「魔性大發」，尤其想到或能把這可人的義姊據為己有，肆意輕薄，心中那股火熱燒得他差點呻吟出來。茫然間忽聽到朝霞的聲音道：「聽說范先生的相術天下無雙，不知可否給朝霞看個相？」

韓柏一震醒了過來，想不到一向畏怯的朝霞竟會在陳令方前，公開提出這請求，回心一想，明白到朝霞正是要說給陳令方聽，讓外人看看她的命爲何這麼苦？而韓柏予她的困擾和折磨，亦使她有點不顧一切地想知道未來的命運。她苦無可苦，還怕甚麼？左詩和柔柔爲之愕然，目光集中到朝霞臉上。

陳令方呆了一呆，以奇怪的眼光兜了朝霞一眼，哈哈大笑道：「想不到范兄有這麼多興趣和老夫相同，老夫也最喜研玩相學。」

左詩和柔柔交換了個眼神，既驚異朝霞如何會知道連她們也不知道的事，亦想到原來陳令方如此愛好這種江湖小術，難怪這麼迷信。韓柏則和范良極面面相覷，暗忖這次可要出大岔子了，原來陳令方竟懂得相術，那豈非可立即拆穿范良極這一竅不通的假相師。

范良極乾咳一聲，藉掏出盜命桿裝上煙絲的動作，掩飾心中的慌張，把賊眼一瞇道：「說到棋藝，我或許暫不如你；但相術嗎？你永遠連我的邊兒也沾不上。」

韓柏心中嘆道：「你這死老鬼，話怎可說得這麼滿呢？」

陳令方呵呵一笑，歡喜地道：「范兄這麼自信，必有驚人相技，眞使老夫驚喜莫名，范兄定要指點老夫一條明路，好讓我能趨吉避凶。」

范良極道：「國有國法，家有家規，我鬼谷派規矩限定，每次只能看一人，看完後百日內不得看第二人，現在貴如夫人先提出請求，那就恕我不能給陳兄看相了，只能贈如夫人兩句。」韓柏差點拍案叫絕，以示佩服范良極的詭變百出。

陳令方失望道：「既是如此，老夫不敢勉強。」旋又喜上眉頭道：「看不可以，教總可以吧！相書中有幾句話說：『觀人臉，不若觀其神；觀其肉，不若觀其骨。』這四句話我常覺得很有道理，用起來卻又有無從入手之感，范兄請指教！」韓柏暗嘆這回比看相更慘，范老鬼可以拿甚麼去教人？

范良極心中罵遍了對方的諸祖列宗，表面則從容不迫道：「這些話有啥道理？不過是江湖術士故作高深莫測的虛語，陳兄給他們騙了。」

陳令方瞠目結舌道：「甚麼江湖術士，這是相學經典名著『相林摘星』開首的四句話。」

范良極一不做二不休，噴出一道煙箭，吹到陳令方臉上，哂道：「甚麼摘星？我看甚麼也摘不了。」

朝霞眼露敬佩神色，心想范神相果然與眾不同，相學經典都不放在眼裏，難怪連自己喜愛餵雀他亦知道。

陳令方有點懷疑地端詳著范良極道：「那就有勞范兄指點我應讀哪本相書？以免摸錯了路子。」

范良極懂甚麼相書，兩眼一翻道：「那些相書有何好讀？燒了還嫌要掃灰呢。」

陳令方一咬牙，轉向朝霞堅決地道：「朝霞，把你的看相優先權讓給爲夫吧！」

朝霞嬌軀一震，委屈地垂下俏臉，無奈點頭，看得范韓兩人義憤塡膺，差點要動手打陳令方一巴掌。

陳令方望向范良極正容道：「范兄先看老夫的過去吧！」他也是厲害的老狐狸，暗忖若你胡謅將來的事，我自是無法揭破，但若說早成了事實的過去，可立即對照，不能狡辯。一時間艙廳內靜至極點。左詩和柔柔這時都聽出范良極在胡說八道，亂吹牛，不由擔心起來，怕他出醜時下不了台。韓柏也後悔起來。只有朝霞一人對范良極有信心。

范良極好整以暇吸了幾口煙，驀然喝道：「舉起右手！」

陳令方一愕後舉起右手，立又迅速放下。范良極煞有介事地道：「陳兄二十八歲前苦不堪言，二十八歲後官運亨通，一帆風順，直至四十九歲，我有說錯嗎？」

陳令方呆了半晌道：「范兄怎能看得出來？」二十八歲流年部位在印堂，而陳令方印堂受眉勢影響，窄而不開揚，在相學上來說並不理想，所以相士都批他要三十一歲上了眉運後才可大發，范良極這幾句批辭，即可見功夫遠超於他以前遇過的相士了。

范良極得意道：「天機不可洩漏，除非你入我之門，否則休想套得我隻言片字。」

韓柏鬆了一口氣，暗忖以這老鬼的靈耳，那兩年內陳府上下所有人的談話可能全都落進他耳內，對陳令方過去了解之深，或許比陳令方自己還有過之而無不及。左詩和柔柔當然想到這點，垂下頭去，苦忍著心內的笑意，憋得兩女差點淚水也流出來。

朝霞讚嘆道：「范先生眞是相法如神。」

范良極老懷大慰，道：「陳兄曾有三次意外，一次是八歲那年差點在一條河內淹死；第二次是三十歲那年失足跌下石階，我看最少要躺上十天；第三次是三十五歲那年，給人在右肩劈了一刀，那疤痕絕不應短過三寸。」

陳令方聽得目瞪口呆，呼出一口涼氣道：「范兄眞是相門千古第一奇士，陳某佩服得五體投地，不知范兄可否收我爲徒？」

范良極笑言道：「國有國法，家有家規，我門每代只准傳一人。」

陳令方急道：「那就傳我吧！」

范良極道：「你又遲了，我昨天才收了徒兒，那就是他。」說完，用煙桿敲敲韓柏的大頭，正容道：「還不再叫聲師父我聽聽。」

韓柏心中破口大罵，表面當然做足工夫，低聲下氣叫道：「老師父在上，請再受小徒一叫。」

左詩和柔柔終忍不住，趁陳令方失望地呆看著范良極，掩嘴低笑，那種辛苦真是苦不堪言。

陳令方喘了幾口氣，緊張地道：「那范兄快指點老夫將來應走哪條路吧？」

范良極肅容道：「你眼前有一大劫難，恐怕陳兄難以度過。」

陳令方色變道：「有沒有化解之法？」

范良極嘆道：「念在你現在名副其實和我共乘一船，理應同舟共濟，就看在這點緣分上，我拚著洩漏天機，減壽七七四十九日，也要告訴你化解之法，使你能因禍得福，官運再登坦途。」

陳令方大喜道：「范兄請說！」

范良極道：「不可以！」

陳令方愕然道：「你不說出來，老夫怎知如何化解？」

范良極冷冷道：「陳兄！竟不知法不可傳第五隻耳嗎？」

韓柏的心忐忑狂跳著，猜到了范良極想要幹甚麼了。

沖天而起時，谷凝清雙腿提高，箍在不捨腰間，四肢八爪魚般緊纏著不捨，正是男女交合纏綿的妙姿。雙修大法源於天竺秘術，專講男女交合之道，所以凡修此法者必須是夫婦，二人同心，才有望修成。其心法更是怪異無倫，全由女方引導主動，故而不捨直至練成大法，也不知雙修心法竟要男的有情無慾、女的有慾無情，致誤會重重，鑄成恨事。先前谷凝清按在不捨胸前一掌，雖說只有五成功力，但像不捨這級數的絕頂高手，等閒不會輕易內傷，但若真受內傷，必是非同小可，後患極長，所以谷凝清明知強敵環伺，仍不顧一切，施展男女相修大法，擺出交合之姿，「借」出功力，一方面保持不捨傷勢不致惡化，另一方面使不捨可以運用她的眞氣，應付強敵。只要能逃出去，她會樂意獻出肉體，爲愛郎療傷。谷凝清臉上泛起春情蕩意，情思難遏的迷人表情，香唇封上不捨的嘴唇。不捨臉上露出莊嚴聖潔的表情，盡吸谷凝清由香唇和肉體幾個重要接觸點度過來與他體內絕對相容的先天眞氣，倏地凌空橫移，刹那間越過圍牆，眼看可往遠方暗處逸去。三聲斷喝響起，三道矛芒，由下而上，直擊兩人。谷凝清嬌軀生出一股奇怪力道，湧向不捨，不捨藉勢竟凌空倒轉過來，變成兩人頭下腳上。谷凝清秀髮瀑布流水般散垂下來，好看至極，然後像靈蛇般捲纏向不捨頸項，那情景確是怪異無倫。矛至。不捨的嘴大力一啜，借來一道眞氣，右手一抹背後，以之成名的「無雙刃」立時來到手中，化作萬點精芒，往下灑去。「叮噹」之聲不絕於耳。

伏擊他們的自是日月星三煞，三人雖見不捨這一劍凌厲至極，不過欺他一人之力，又凌空不易著力，哪擋得住三人由實地而上蓄勢以赴的三下重擊，遂以強對強，誓要把不捨的劍罩護網擊破，好讓其他人窺空撿拾便宜。豈知三矛撞上劍網時，竟有種軟軟綿綿，無從發力的感覺，吃了一驚下，矛勁立時由剛轉柔，希望能像泥鰍般滑進對方劍網內，就在這時，對方劍上驟生出一股剛猛無儔的狂勁，透矛而至，三人這時由小驚變大驚，猛吸一口氣，沉身往下墜去。狂勁由持矛的雙手分流而入，三人尚未及落回地上，忙催動內氣迎上，「蓬」地一聲體內眞氣相擊，不捨借劍傳來的狂勁由一股化作千百道陰細氣勁，竟隨處亂竄，三人魂飛魄散，急切間不及化解，唯有回氣守住通往五臟六腑的各處要脈。三人足沾實地，同時一個踉蹌，口噴鮮血，只是一個照面，全受了不輕的內傷。雙修大法，確是非同凡響。三人初次遇上這連龐斑也要讚賞不已的兩極歸一奇異內功，立即當場吃了大虧。

不捨帶著谷凝清，藉劍矛交擊之勢，倏地加速，橫移開去。兩道人影忽地攜手由地上竄高，半途凌空截擊，正是精於橋接連體的蒙氏雙魔。蒙大蒙二這次左肘扣右肘，旋了起來，眨眼間連人也認不出來，只剩下一捲旋風。兩人上次受挫於戚長征，全由於輕敵致被戚長征搶了先機，落在下風，若戚長征力戰下去，兩人必可以驚人韌力和心意相通下的聯手妙技，佔回上風，可恨戚長征也看出這點，藉最強之勢時乘機逸走，使兩人遺恨當場，所以今天一上來即全力以赴，不讓不捨兩夫妻佔絲毫便宜。由此亦可見武家爭戰之道，千變萬化，戰略和眼光可使強者弱弱者強。當日武庫大戰，韓柏正是憑狡計才逃出里赤媚的魔爪。同一時間禿鷹由蚩敵由左旁一棵大樹盤旋而下，畫出一道美妙的弧線，彎向纏在不捨上身的谷凝清背後，手中連環扣展個筆直，劍般刺去。明眼人只要一看由蚩敵旋飛下撲的路線，便可知此人實是一等一的高手，因爲他已把握了自然的天理，藉掠下的弧度恰好把攻擊之勢增強至最佳的力道和速勁。更驚人的是，若依目前的形勢發展，當由蚩敵的連環扣追上谷凝清時，恰是蒙大蒙二兩人截擊到不捨的同一刹那，於此可見這三人的合擊之術如何到家，拿捏時間如何準確，這也是針對不捨兩人的雙修大法的最佳戰略，務要使兩人分頭迎敵。

不捨被龐斑譽爲八派第一人，豈是倖至，若非身負內傷，功力發揮不出平日的六成，雖或未必能勝過三人，但逃走定不成問題，眼下卻必須另以妙法應付。兩人的嘴唇仍黏在一起，交換了情深若海的一眼後，兩人的身體倏地分開。不捨仍緊吻著谷凝清香唇，吸著她度過來似帶著她芳香卻珍貴無比的先天內氣，身體彈得筆直，與地面平行，兩腳一屈一彈，閃電般向逼至丈許內的蒙大蒙二撐去，另一端兩手握劍，似拙實巧，掉劍迎往由蚩敵的連環扣。谷凝清修美動人的身體虛站半空，全賴纏在不捨頸項的秀髮，保持著嘴連嘴親密香艷的接觸。那情景既詭異又好看。尤其以不捨出塵佛姿，配以谷凝清的絕代風華，任何人只看一眼，包保這一世也忘不了那情景。蒙大蒙二想不到對方有此一著，不過隨機應變是每個高手的基本要求，兩人同時分開，鐵尺短矛，一掃不捨脆弱的腳踝，一挑不捨另一腿的腳板，暗笑任你護體真氣如何厲害，總不能遍及全身，何況兩人的內勁正橋接連了起來，等於兩人合力運矛先挑，再轉勁到另一邊蒙大的鐵尺處，這等最上乘的合擊之術，對方何能抗拒？更何況不捨還要分神分力去應付「禿鷹」由蚩敵在另一方的強攻？

若要比較蒙大蒙二的橋接和不捨兩人的雙修大法，就是前者乃後天功法的極致，而雙修大法則已臻先天秘境，所以才能產生出不捨的兩極歸一神功。谷凝清雖因於天分和基礎功夫及不上不捨，尚未入兩極歸一的法門，但亦是不可多得的高手，所以她才不出手，而把功力全借給不捨，待他盡展所長。劍環交擊。「蓬！」一聲的強烈氣震下，由蚩敵往後飛退，只感全身忽冷忽熱，難受至極，若非功力深厚，怕要當場氣絕而亡。矛挑腳板。不捨不知如何，腳像脫了關節般一扭一踢，腳尖竟蹴中鋒側。一股怪異無倫的力道透矛傳來，蒙二感到全身虛若無力，竟提不起半點勁道，往下墜去，拉得蒙大也往他這方倒側過來，鐵尺立時失了準頭，變成掃向對方腳板。「啪！」鐵尺掃個正著，卻如中敗革，發出不應有的聲音。不捨與地面平行的身體往下飄落，谷凝清的嬌軀則往上迎去，回復先前緊纏著的男歡女愛誘人姿態。兩人旋了起來，升高了少許，再藉體內正反相生的力道，迅速橫移三丈，落在地上。兩人看似大獲全勝，但當不捨腳尖觸地，卻是一個踉蹌，差點倒在地上。

一個人影無聲無息逼近兩人身後，快若鬼魅。不捨看也不看，反手一劍往身後刺去，雖看似平平無奇，卻生出一種淒厲慘烈的懾人氣勢。那偷襲者冷哼一聲，身體一搖，竟破入劍勢裏，一掌切向不捨持劍的右腕，另一手伸出中指，飄忽不定地點往不捨背脊。不捨心中一懍，知道來人武功遠勝剛才三人，甚至比三人聯手之威有過之而無不及，暗嘆一聲，不退反進，劍往回收，硬以背脊往那人撞去。偷襲者正是里赤媚，若他繼續點出那一指，必可教不捨和谷凝清兩人全身經脈爆裂而亡，可是亦必來不及撤走而給兩人撞入懷裏，以這兩大高手臨死前的反擊，他自問可挺著不死，但那傷勢非要一兩年不能復元，在這等爭霸天下的時刻，這種事情怎可讓它發生？身體再扭，竟閃到不捨身側，肩頭一移，硬撞在不捨肩頭上。不捨和谷凝清兩嘴終於分開，各噴出一口鮮血，斷線風箏般往橫飛跌，投往那方的樹林裏。里赤媚哈哈一笑，如影隨形，往兩人追去，竟後發先至，眼看追上。一聲暴喝，來自其中一棵樹後，一座肉山攔著里赤媚的進路。里赤媚定睛一看，原來是個胖婆婆，手中大蒲扇往他搧來，勁氣撲面。只是這一下遲緩，不捨帶著谷凝清沒進林內深黑處。里赤媚心中狂怒，一掌掃開對方蒲扇，竟硬撞入那胖婆子懷裏，雙掌交互拍出，倏忽間在胖婆婆身上拍了十多掌。胖婆子竟不遠跌，只是不住跳動，眼耳口鼻鮮血激濺。當里赤媚退開時，胖婆子全身骨骼盡碎，仰天倒下，慘死當場。但不捨和谷凝清逃走了。

里赤媚臉色陰沉，向趕來的由蚩敵等人喝道：「不用追了！這兩人休想再去雙修府援手，要殺他們，哪怕沒有機會，正事要緊，我們立刻到雙修府去，否則趕不及參加婚禮。」

谷倩蓮直衝出府外，奔進府旁的園林裏，伏在一棵大樹上痛哭流涕。風行烈來到她身後，輕拍著她劇烈抽搐的香肩。

谷倩蓮轉過身來，投入他懷內，狂哭道：「我恨她，恨她，恨她！」

腳踏枯葉的聲音在後方響起。風行烈心中一震，知道對方來了應有一段時間，現在只是故意弄出聲音，驚醒他們，以他的耳目，平時當然不會任人來到身後亦不知道，但自己剛才心神全放在谷倩蓮身上，才有這種疏忽，可知自己眞是全心向著懷內美女。

兩人分了開來。風行烈轉過身去，見白素香緩步走了過來，霞燒雙頰，避過風行烈的眼光，來到谷倩蓮旁道：「你沒有事了吧？」

不用看她羞人答答的神態，只是這句話，可知這英氣逼人的美女把剛才他和谷倩蓮親熱的情況盡收眼底，不禁有點不好意思。對方始終是個黃花閨女呢。

谷倩蓮投入白素香懷內，輕輕道：「好多了！」

白素香輕輕道：「風公子！小姐想單獨見你。」她本已親熱地稱呼他作行烈，現在又改口稱風公子。

艙廳內剩下范良極和陳令方兩人。前者悠悠吐霧吞雲，一道接一道煙箭朝對方射去；後者活像個患了絕症的病人，等待著神醫開出回天妙方。

陳令方見范良極沒有一點開口說話的意思，投降道：「范兄！不要吊老夫胃口了。」他絕非容易受騙的人，只是作夢也想不到范良極曾斷斷續續監視著他陳府的一動一靜達兩年之久，所以才拜倒在對方的假相術眞資料之下。

范良極做戲做到足，七情上臉地一聲長嘆道：「唉！范某實有點難以啓齒。」

陳令方焦急地道：「現在只有你我兩人，甚麼都可以攤出來說個清楚。」接著有點遲疑地道：「是不是和……」

范良極喝止道：「有甚麼是我看不到的？只可由我的口中說出來。」

天下竟有如此神相，陳令方益發心悅誠服，不住點頭，表示范良極教訓得好。范良極知是時候了，微俯向前，伸出盜命桿，搭在陳令方的肩頭上，以認眞得不能再認眞的權威口吻道：「陳兄犯的這個名叫桃花惡煞，應於你四十九歲那一年，若我沒有看錯，此煞臨身第十二日你便要丟官，這叫『桃花十二追魂煞』。」

陳令方拍檯叫道：「我果然沒有看錯。」

范良極心中暗罵，表面卻故作驚奇道：「甚麼？這桃花煞天下無人會看，憑你的三腳貓相術，照照鏡就可看到嗎？」

陳令方赧然道：「我當然沒有范兄的功夫，只是切身體會到這甚麼桃花十二日追……追魂煞的厲害，我本準備將她送人，但這些日子相處下來，又有點捨不得。」

范良極暗叫好險，詐作訝然道：「你在說甚麼？」

陳令方嘆道：「我說的是朝霞，范兄批得眞準，眞是她入門十二天我就丟了官，現在怎麼辦呢？」頓了頓：「這次我特別攜她上京，本就是希望她由哪裏來，往哪裏去，看看可否解煞，可是現在她知道了我們這麼多事，送人又實在有點不妥。」

范良極道：「若你將她隨便送人，不但有損陰德，而且絕化不了這桃花煞，其禍更烈也更難消擋。」

陳令方再次色變道：「那怎麼辦？」

范良極差點笑出來，強忍著道：「化煞的唯一方法，就是要找個福緣深厚的人，才能盡納煞氣，這一送才有效。」

陳令方拍案道：「有了！就送給專使大人，他天庭廣闊、兩目神藏不露、山根高聳、龍氣由額透眉心、貫鼻樑、人中深淺適中、地閣又托得起，此人非他莫屬……嘿！對不起，我一時興奮，這些看相法都靠不住的，是嗎？」

范良極終忍不住，藉機狂笑起來。陳令方一顆心七上八下，暗嘆難道這次又看錯了。

范良極收起笑聲，取回按在他肩頭的盜命桿，燃著煙絲，深吸兩口後道：「你這老小子才是福緣深厚，連這人也給你找了出來，你說得對，以我閱人千萬的無敵相眼，天下間只有韓柏一人才可消受朝霞，爲你解煞，從今以後，開始時或有阻滯，不過包保你官運比我的大便更順暢，唉！眞是便宜了你這老小子。」忽又眉頭一皺道：「不好！你今年多少歲？」

陳令方給他嚇得提心吊膽，戰戰兢兢地道：「老夫今年五十一歲，流年部位剛好是人中這大關口，有……有甚麼不妥嗎？」

范良極色變道：「若你不能在生日的四十七天前將朝霞送給韓柏，大羅金仙都救不了你。」

陳令方發著抖，豎起抖個不停的手指逐個數著，來來回回數了十多次，忽地跳了起來，衝往門口去。

范良極一個翻身，攔著去路，喝道：「你瘋了嗎？」

陳令方顫聲道：「今天剛好是生日前第四十八日，我要立即去找韓柏，跪地哀求也要他把朝霞接收過去。」

左詩和柔柔才走出廳門，立即你推我撞苦忍著笑往上逃去。剩下韓柏和朝霞落在後面。朝霞奇怪地看著兩人消失在樓梯轉角處的倩影，暗忖爲何她們會如此興奮？

韓柏怕她看穿他們的詭計，撩她說話道：「不如我們到上艙的看台，欣賞一下岸上的夜景，吸兩口涼風好不好？」

朝霞低下頭，想了想，竟出乎意料之外地點點頭表示同意。韓柏大喜，差點就要去拉她的手，伸了出去又縮回來，傻兮兮地道：「如夫人！請！」

朝霞嘴角露出一絲笑意，往上走去。韓柏跟在她身後，口涎欲滴地望著她搖曳生姿的動人體態，心想若能摟著她睡覺，必是人生最快樂的事情之一。

朝霞到了上艙，回頭嫣然一笑道：「我怕上面風大，讓我先回房取件披風。」

韓柏道：「我陪你去！」朝霞嚇了一跳，連聲拒絕，急步走了。

韓柏見不到左詩和柔柔兩人的蹤影，暗忖可能是回房躲起來笑個飽，不如先上艙頂，於是往上走去。走上了幾步梯階，左詩和柔柔的笑聲由上面傳來，原來兩女早一步到了望台去。韓柏來到樓梯頂，站在門旁，往外看去，只見左詩和柔柔笑作一團，開心到不得了。秋夜江風，吹得兩女秀髮飛揚，衣袂飄拂，有如天上仙女下凡，一時忘了走出去。左詩這時雖臉向著他，眼光卻望著江上去，沒有發覺他呆立門旁。

柔柔背對著韓柏，向左詩笑道：「詩姊！我從未見過你這麼開心的，看你是愈來愈喜歡和你的義弟，我的大哥走在一塊兒啦。」

左詩呆了一呆，然後點頭道：「我很少會這樣忘形的，剛才憋得我眞辛苦，和這兩個人在一起很容易笑斷氣的。」

柔柔輕輕問道：「詩姊！告訴我，你是不是只想當韓柏的義姊？」

左詩俏臉立刻飛起兩朵奪人眼目的艷紅，嗔怪地橫了柔柔一眼，垂下頭去，想了好一會後，抬起臉來，剛想說話，一眼瞥見韓柏呆頭鵝般站在入口處，嚇得花容失色，顫聲道：「韓柏你站在那裏有多久了？」

柔柔轉過身來，甜甜一笑道：「公子來了！」

韓柏嘻嘻一笑道：「剛剛來到，見詩姊你臉紅紅地不知想著誰，所以不敢立即走過來，怕擾了你的思路。」

左詩芳心稍安，馬上又羞得要找地方鑽進去，因爲她剛才千眞萬確是全心想著韓柏一個人。看到美麗的義姊給自己調弄得不勝嬌羞，比對起她平時對他的「疾言厲色」，韓柏眞是分外得意，心中又酥膩又甜蜜，直走到兩女之側，在氣息可聞的近距離下，向左詩道：「詩姊的臉爲何會愈來愈紅，是否因爲弟弟我來了？」這句話已偏離了義姊弟的關係，明顯地帶著男女調情的成分。

左詩泛於雙頰的紅暈，恍似瘟疫般蔓延至耳根和粉頸。她想狠狠罵他一頓，偏又心中全無半點怒氣；想跺腳走嗎，那對美腿硬是邁不開那第一步。忽然間她發覺韓柏實在是很好看，很懂男女情趣，很眞誠的一個人，誘得人想這一生一世都讓他輕薄調戲。他的笑容有種陽光般的動人魅力。一個念頭從內心深處湧上來，爲何自浪翻雲走後，她一直沒有像以前般苦苦想著浪翻雲呢？剎那間，左詩知道了自己眞的愛上了韓柏。

朝霞的聲音由後面傳來，帶點意外道：「原來詩姑娘和柔柔夫人都在這裏。」這樣一說，兩人立刻知道韓柏成功地約了她到這裏悄敘。

韓柏轉過身去，暗叫我的天，她竟然這麼漂亮。朝霞蓋著鵝黃色的長披風，俏臉如花，一對美眸閃著帶點野性的采芒，那種嬌柔皎艷，確使人神爲之奪。韓柏一瞬不瞬地呆瞪著她。朝霞大方地走過來，親熱地和左詩、柔柔打招呼。韓柏看著三女，差點連秦夢瑤都忘了。

柔柔向他道：「公子你爲何不做聲？」

韓柏老實地答道：「我只希望能永遠和三位姊姊這樣站在一起就好了。」

左詩知道不可再任這小子如此無法無天，目無她這個尊長，嬌嗔道：「韓柏……」

韓柏打斷她道：「這是我心內的眞話，不說出來會像你不笑出來般憋死，詩姊若怪我以下犯上，請打我或罵我吧。」

左詩俏臉再紅，知道這小子剛才把她和柔柔的對話全收入耳內，所以才步步進逼，調戲自己，可恨愈給他調戲自己愈快樂，暗叫一聲罷了，看來是鬥不過他的了，幽幽地瞅他一眼道：「誰責怪你呢？」言罷羞得垂下頭去。

韓柏想不到她肯如此迅快公然向自己表示情意，靈魂兒立時飄至九天之外，就在這時急驟的腳步聲由樓梯傳來，陳令方以他所能達到的最高速度往韓柏「電射」過來，施起大禮下拜，嚇得韓柏慌忙扶著，愕然道：「陳公你要幹甚麼？」

朝霞花容失色，叫道：「老爺！」

陳令方道：「韓兄！老夫有一事相求，務請你立刻答應，否則過了子時我便完蛋了。」

韓柏這時哪還不「瞎子吃湯圓」，心知肚明怎麼一回事，道：「假設能幫陳公的話，我一定會幫，赴湯蹈火，在所不辭。」

陳令方大喜道：「君子一言！」

韓柏正氣凜然答道：「駟馬難追！」

陳令方鬆了一口氣道：「老夫想把朝霞贈你爲妾！」

朝霞「啊」一聲驚呼起來，舉起衣袖，遮著羞紅了的俏臉。心中又怒又喜。怒只有一分，怨怪陳令方將自己像貨物般送給人，雖然她也知道這些達官貴人每有贈妾贈婢的事，但想不到會發生在自己身上。喜的卻有九分，天！我竟眞能當他的小妾。

韓柏轟然應道：「這絕對是我韓柏可以幫得上忙的事，成交！」

范良極的笑聲傳來道：「陳兄！恭喜你了。」接著向他使個曖昧的眼色。

陳令方心領神會，向韓柏道：「讓老夫立即送你們到新房去。」

第二章

郎情妾意

第二章 郎情妾意

風行烈在花園的那小亭內見到雙修公主谷姿仙。谷姿仙雖是玉容莊嚴，但風行烈卻看穿了那只是個外殼，內中實有無比的溫柔和熱情。這純粹是一種直覺。

谷姿仙和他對坐亭心石櫈，微微一笑道：「剛才我雖對小蓮疾言厲色，只是嚇嚇她，教她不敢放肆，風公子莫要放在心上。」

風行烈失笑道：「我根本沒有想過這問題。」

谷姿仙美目掠過驚異，想不到風行烈是如此胸襟灑脫的一個人，道：「公子曾多次與敵人對壘，當會清楚敵人的實力。」

風行烈義不容辭，詳細說出了所知的事，然後想起一事道：「由柳搖枝夜訪魅影劍派的大船後，那北公南婆兩人即失去影蹤，看來是去找那『劍魔』石中天了，這人極不好對付。」

谷姿仙嘆道：「若再加上花間派的高手，這次我們恐怕凶多吉少。」

風行烈愕然道：「花間派？爲何我從未聽過這個門派？」

谷姿仙道：「公子當然未聽過，但花間派在域外卻是無人不知，派主『花仙』年憐丹，和紅日法王以及『人妖』里赤媚並稱域外三大宗匠。」

風行烈點頭道：「這年憐丹我曾聽先師提過，確是非同小可的人物，但他爲何會來對付雙修府呢？」

谷姿仙道：「因為他想斬草除根，即使以他已達十八重天的『花間仙氣』，對我們的雙修大法亦不無顧忌。」

風行烈道：「就是他們奪去了你們在域外某處的國家？」

谷姿仙道：「花間派只是最大的幫凶，但若我們能殺了年憐丹，復國只是舉手之勞的易事。」

風行烈聞言恍然大悟，原來是這樣一回事，又想起另一問題，道：「你怎知他們來了？」

谷姿仙道：「因為在無雙國內，很多人的心都是向著我們的，所以當『花仙』年憐丹接到龐斑發出的邀請書，率領雙花妃趕來中原時，立即有人把消息由萬里外傳過來，這次方夜羽攻打我們，自是換取年憐丹出力的交換條件，所以方夜羽的人這次若來，其中定有年憐丹和他的兩位美艷淫蕩的花妃。」

風行烈倒吸了一口涼氣，雙修府內目前可眞正稱得上高手的，怕只有烈震北和他兩人，谷姿仙或者可勉強算計入內，以這樣的實力，如何對抗敵方如雲的高手呢？

谷姿仙微笑道：「風兄不必絕望，我們或許會有個無可比擬的幫手。」

風行烈愕然道：「誰？」

谷姿仙露出動人的笑臉，美目爆出采芒，肯定地道：「浪翻雲大俠！我料著他定會及時趕來。」竟是這天下第一無敵劍手。

風行烈咬牙道：「公主！風某有一個請求。」

谷姿仙一呆道：「風公子請說。」

風行烈道：「待浪翻雲見過公主後，公主才決定是否應下嫁成抗兄好嗎？」忽然間，他知道了天下間只有浪翻雲才可以改變谷姿仙的命運。

戚長征和水柔晶親暱地挨坐著，享受乾虹青爲他們做好了的肉包子。柴火昏暗的紅光，照耀著野廟破落的四壁，積了塵垢蛛網的神像。小靈貍蜷伏在水柔晶懷裏，給她纖長的手指拂拭著頸毛，舒適得眼也睜不開來。經過了一天的全速趕路後，兩人分外感到歇下來的寫意和舒適。

從水柔晶口中，戚長征得悉了怒蛟幫的緊急形勢，恨不得立即趕回上官鷹身旁，共抗大敵。可是自己和水柔晶兩人都仍未完全復元，欲速反而不達，才不得不在這野廟過夜。水柔晶吻了他一口後，抱著小靈貍站起來，移到行囊旁，取出乾虹青爲他們準備好的鋪蓋，整理今晚睡覺的安樂窩，小靈貍的床就是戚長征帶著的那小包袱。戚長征看著水柔晶動人的背影，想起此女武功專走水性的陰柔，全身軟若無骨，若和她合體交歡，箇中滋味定然非常引人入勝，喉嚨不由乾燥起來，小腹發熱。弄好睡窩，水柔晶回到他身旁，俏臉多了先前沒有的艷紅，顯然也朝戚長征思想的方向起了遐想。她親熱地靠著戚長征坐下，戚長征一手摟著她的香肩，另一手伸過去把她雙手全握進他寬厚有力的大掌裏去。

水柔晶美目往他射來，水汪汪的迷人黑眸閃著誘人的光采。戚長征待要吻她，水柔晶輕輕道：「長征！我有一事求你，你不要因此責怪我，或不理我。」

戚長征愕然道：「甚麼事？」

水柔晶淺嘆道：「你找個地方安置我好嗎？待將來辦好事後，才再來接我，唉！這決定是多麼困難，我眞不想有片刻離開你的身旁。」

戚長征微一沉吟，想到水柔晶不想正面與方夜羽爲敵，雖然她並非蒙人，但始終和出身受訓的師門有著深厚的感情，之前爲了救他戚長征，她不惜背叛師門，但若要她正式與師門爲敵，終是很困難的一回事。這也表示她是個重感情的人，心生敬意道：「這個完全沒有問題。」

水柔晶垂頭低呼道：「戚長征你莫要死去，否則我定會追著你到黃泉下去。」

戚長征感動道：「放心吧！我老戚福大命大，哪會這麼容易被人殺死，只要我有空，定會來看你，好好疼愛你。」

水柔晶閉目呻吟道：「只是這幾句話，我就算立即死了，都心滿意足。」

戚長征怒道：「不准你提『死』這個字，否則我絕不饒你。」

水柔晶睜開美目，歡喜地道：「柔晶全聽你的話，以後只聽你一個人的話。」頓了頓，忽想起甚麼似的道：「若你遇到一個叫鷹飛的蒙古青年，千萬要小心一點。」

戚長征一愕道：「這人是誰？」

水柔晶道：「這人是方夜羽的秘密武器，也是方夜羽最尊敬的好朋友，無論智計武功，都非常高明，龐斑也很看得起他。」

戚長征心中一懍，暗忖方夜羽最可怕的地方，就是教人怎樣也看不破他眞正的實力，摸不通他的底細。既然這人能得龐斑的看重，當知是非同小可的人物。

水柔晶道：「這人生得非常英俊邪氣，在我印象裏，沒有女人不被他迷倒，不過他也是個無情的魔鬼，無論多麼美麗的女人，給他弄到手後，玩厭就走，絕不回頭。」

戚長征心中有點不舒服，很想問水柔晶有沒有被他迷倒？有沒有給他玩過？又怕知道那答案。幸好他對任何事都很看得開，立即把這些擾人的思想拋諸腦後。

水柔晶沉默了片刻，輕輕咬牙道：「我知道你想問我有沒有給他搞過，是嗎？」

戚長征的心像給利針刺了一下，道：「你不用說出來，我知道答案了。」同時想到水柔晶之所以想找個地方躲起來等他，大概也是不想碰上這個鷹飛，證明這人對她仍有很大的誘惑力。想到這裏，一陣煩躁，暗恨水柔晶不該告訴他這些惱人的往事。忽爾想起追求仙道之輩，爲何要斬斷男女之情，因爲其中確有很多負面的情緒，教人失卻常性，沒有了「平常心」。想到這裏，吃了一驚，暗忖我老戚怎會像一般人那樣，妒恨如狂，何況水柔晶那時仍未認識他戚長征，硬要管她過去的事，豈非自尋煩惱。至此胸懷大開，柔聲道：「過去的事老戚絕不管你，不過由今夜開始，你只能愛我一個人，若給我發現你有不貞行爲，立即將你趕走，絕不寬饒。」

水柔晶喘息著道：「人家早說過以後全聽你的了。」又把小嘴湊到他耳旁低聲道：「我第一眼看到你，便知你可以使我把那魔鬼忘記，這些天來我的心中只有你一個人，眞的！相信我吧！」

戚長征又再一陣煩躁，暗忖這妒火確不易壓下，自己若過不了這關，刀術定難有再上一層樓之望。將來若見到浪翻雲，定要向他請教。

水柔晶喚他道：「長征！」

戚長征心中苦笑，說說倒容易，我便不信你可把他完全忘記，否則也不會怕再遇上他，現在亦不會不斷提著他了。再想深一層，水柔晶的背叛，說不定也是內心深處對鷹飛的一種報復行爲，讓他知道她可以傾心於另一個男人。鷹飛若知道水柔晶跟了他，說不定會對他恨之入骨，故而水柔晶才特別警告自己，著他小心。想著想著，才記起自己「無惡不作」的手停了下來，往懷中美女望去，水柔晶正畏怯驚惶地偷偷看著自己。戚長征一聲長笑，抱著她站了起來，往被窩走去，心中偏想起了韓慧芷。這紙般雪白的女孩子，定不會像水柔晶般爲他帶來這麼多困擾的問題。他很想再見到她！

韓柏輕輕關上門，看著嬌羞無限的朝霞，背對著他在整理預備著他們今夜洞房的床鋪被褥，藉以避免與他四目相對。朝霞豐匀婀娜的背影確是非常動人，以前每次看到，他都會難遏衝動之感，想不到有著這美妙背影的女主人，現在終於名正言順全屬於他，可任他爲所欲爲，那種心癢難搔的快感，差點使他要引吭高歌，以作舒洩和慶賀。朝霞弄好床鋪，背著他坐在床沿。韓柏搓著手，有點誠惶誠恐地走過去，到她背後學她般側身坐在床沿，一對大手按上她兩邊香肩，手著處柔若無骨，朝霞的髮香早鑽鼻而入。

朝霞身體頓起一陣強烈的顫抖，以微不可聞的低聲道：「剛才下來時，范先生在你耳旁說了些甚麼話？」

他暗忖范良極叫他今晚定要把生米煮成熟飯，讓陳令方無從反悔，這樣的話，怎可以告訴她，隨口應道：「他要我把你給他作義妹。」

朝霞道：「你們不覺得騙人是不對的嗎？」

這句話有若冷水澆頭，把他奪得美人歸的興奮心情沖洗得一乾二淨，怔了怔，心想自己全是爲了她好，竟給她以「騙人」這兩個不好聽的字眼來總括他和范老鬼的偉大「義舉」。深吸一口氣後，站了起來，走到窗旁，望著左遠方南康市的稀疏燈色，似正要向天上的明月分爭幾分光采，冷然道：「爲了你，我殺人放火也肯做，何況只是騙個人！」

朝霞抬起發著光的艷容，「噗哧」笑道：「相公怎會是殺人放火的那種人，但騙人則是無時無刻，隨時隨地都會做，否則朝霞怎會給你騙到手上。」

韓柏聽到她喚他作相公，驚喜地轉過身來，腦筋恢復靈活，道：「你喜歡被我騙嗎？」

兩人眼光一觸，立像兩個鉤子般扣個結實連環。朝霞眼中閃過為他顛倒迷醉的采芒，用力點頭道：「喜歡！」

韓柏喜得跳了起來，然後以一個大動作屈膝跪在朝霞跟前，仰首道：「請娘子再喚三聲相公來聽聽！」

朝霞羞人答答不依地扭動了兩下，然後咬著下唇輕輕道：「相公，相公，相公！」

韓柏大樂，伸手欲往朝霞的玉手抓去，忽縮了回來，認眞地道：「我不要這麼快碰你，我要先把你看個夠，和你說個夠。」

朝霞看著跪倒跟前的英偉男兒，只覺自己整個身體都像被火焚燙著那樣。直到這刻，她才明白甚麼是戀愛，甚麼是幸福。只要能做眼前這風流倜儻的男子的女人，不管他用甚麼手段得到自己，她也不會計較。當喜運臨身時，誰還有餘暇去理會別的事情？

朝霞甜絲絲地站了起來，把他從地上拉起，柔聲道：「相公！妾身為你寬衣好嗎？很晚了！」

韓柏微笑道：「晚有甚麼關係？今晚我絕不會讓你睡的，你相公我會令你快樂足一晚。」

朝霞的俏臉更紅了，玉手輕顫，怎樣也解不開著指處的那顆衫鈕。自懂人事以來，從沒有男人的調情話曾令她這樣意亂神迷、臉紅心跳，手足發顫的。更使她心動的是韓柏一言一語、一舉一動都是那麼出乎自然，發自眞心，教人對他絕對信任。

朝霞橫他一眼道：「相公不准我睡，朝霞只好拚著整晚不睡？」

韓柏的忍耐力和定力終於崩潰，近乎粗暴地一把將她摟個結實，使她豐腴的肉體緊密無間地靠貼著自己。

朝霞「嚶嚀」一聲，爲他解衣的一對纖手給夾在兩人胸口處，向離她俏臉不足三寸的韓柏嗔道：「你看夠說夠了嗎？」

韓柏邪笑道：「這次你再沒有手可騰出來阻隔我親你的嘴了。」

朝霞勉力仰開酥胸，把玉手抽出，纏向韓柏強壯的頸項，深情無限道：「這次你怎還須恃強行凶呢？」腳尖微一用力，往韓柏靠去，自動獻上香唇，任這使自己傾醉的風流浪子品嚐。

兩人的熱情似熔岩般由火山口流出來，燒焦了彼此身心內整片大地。兩個年輕的軀體劇烈交纏廝磨著。韓柏的頭腦忽地清明起來，整個人鬆弛冷靜。燈火下房內的一床一椅，都像突然間清晰起來，而他甚至能透視每件物品背後存在著那神秘的眞義。朝霞一對美目卻再也張不開來，仍是熱烈地反應著。

韓柏掠過一個奇怪的想法：就是這美女以後再也離不開他，完全在他的操控裏，自己要她快樂，她便快樂；要她痛苦，她便會受盡磨折，想到這裏，憐意大盛，離開她的櫻唇，低聲道：「我以專使大人和韓柏的雙重身分保證：我會令你一生幸福快樂。」

朝霞嬌軀一顫，眼裏亮起感動的采芒，無限溫柔地道：「還差一個身分我才可以安心信你。」

韓柏愕然道：「我還有別的身分嗎？」

朝霞羞澀地點頭道：「當然有！就是朝霞的好夫君。」

狂喜湧上韓柏心頭。忽然間，那種澄明清晰的感覺更強烈了，對象是朝霞，她身體的每一部分，上下裏外、言笑動靜均給他窺視個透徹無遺。至此他才明白浪翻雲今早告訴他的話裏眞正的含義。他修練魔種的其中一個方法，就是要藉男歡女愛的時刻進行。只有當生命達到那麼濃烈的境界時，他才能體會和把握魔種的潛能，加以發揮和吸收，至於如何做到，則天下間只有他自己一個人能去摸索尋找。不過現在總算有點眉目了。

朝霞伸手過來待要替他繼續寬衣，給韓柏一把揪著了她的玉手，以看獵物般滿帶飢饞的眼光瞧著她道：「娘子！讓爲夫來伺候你。」

只要是女人，在那種情況下，都應知道男人向她說「伺候」的意思。朝霞全身發軟，倒入這眞正愛惜自己的男人懷裏。天地在旋轉著，充滿了希望和生機。幸福塡滿了她寂寞了多年的芳心。自懂事以來，她首次眞正熱烈地渴望著被男人侵犯，被男人佔有。

韓柏亦是全身一震，忽然間感知到身體內每一道經脈的確切狀況，清楚無誤地知道內氣流走的情態和路徑。他用手輕輕捏著朝霞巧俏的下巴，抬起她火燒般赤紅的俏臉，輕吻一口後道：「我還未看夠，沒有說夠，不過卻想一邊愛你，一邊好好地看你和跟你說話。」

風行烈離開谷姿仙所在的後花園，白素香提著燈籠在等候他，爲他引路回客館去。兩人並肩走出府堂，踏足在碎石鋪成的路上。

白素香低聲道：「倩蓮得到公子的愛寵，我這做姊姊的很爲她高興，若不是有你在旁，我們眞怕她會以屍諫來阻止小姐的婚禮，我最清楚她外柔內剛的性格。」

風行烈嚇了一跳，提心吊膽道：「現在有沒有人看顧她呢？」

白素香欣賞地瞟了他一眼，輕聲道：「放心吧！譚嫂現在陪著她，公子眞的多情，倩蓮幸運透頂哩。」

風行烈英俊瀟灑，文才武略莫不超人數等，出道以來，對他表示情意的江湖嬌娃，數也數不清有多少位，不過他爲人高傲自負，等閒姿質者絕不放在眼裏，直至遇上了艷絕當世的靳冰雲，才墜入情網，不能自拔。甚至以谷倩蓮這可人兒對他的情深一片，也是在飽經患難後才逐漸打進他緊鎖著的心扉。白素香雖姿容出眾，仍未能使他心動，換了她不是谷倩蓮一同成長的好姊妹，早已含蓄地使她知難而退，但現在愛屋及烏，無情話半句也說不出口來，唯有默然不語。

這時來到客館前。白素香停了下來，舉起燈籠照著路旁長出來的花卉道：「行烈！你看看。」

藉著燈光，風行烈看到花叢裏長著幾株香蘭，花作紫色，美麗奪目。白素香在他旁柔聲道：「這種紫蘭長出來的小紫花名『香衾』，插在鬢邊，只要每天灑一兩滴水，十天半月也不會凋萎，香氣襲人，是敝府的名花，別處都沒有，你嗅到那香氣嗎？」

風行烈早已滿鼻溢著清甜沁心的香氣，點頭讚道：「眞香！」話一出口才感不妥，白素香分明巧妙地向自己示愛，因爲她的名字恰好有個「香」字，香衾豈非正是她白素香的羅衾？

白素香含羞道：「行烈要不要摘兩朵，送給心中所愛的人。」她不說一朵而說兩朵，分明把自己和谷倩蓮都包括在內。

風行烈知道在此等關頭不能含混過去，若無其事道：「花摘下來始終會萎謝，不如讓它們留在那裏，等待明天出來的太陽煦拂不是更好嗎？」

白素香玉容一黯道：「花若得不到惜花人的欣賞，怎麼香怎麼美不是也沒有意思嗎？震北先生告訴我們，香衾之所以這麼香，是要把蜜蜂引來，讓他們吸啜，好將花粉傳播，生命才可延續下去，開花結果。」

風行烈想不到她如此坦率直接，錯愕下向她望去，在燈籠映照下，低垂著頭，高䠷窕窈的白素香，有種說不出的神秘淒艷，頗有幾分斬冰雲飄逸如仙的氣質。他心中嘆了一口氣，很想摘一朵來插在她鬢旁，使她笑逐顏開，但又知這必會惹來情孽，自己仍未有再納一妾的野心，猶豫間，白素香伸出玉手，摘下一朵香衾，溫柔地插在他襟頭，平靜地道：「行烈！香不香？」

風行烈欲拒無從，苦笑道：「好香！」他不但嗅到香衾的香氣，還有這美女肉體散發的女兒幽香。

白素香幽怨地瞅他一眼，領頭進入客館，道：「來吧！不要教人家等得心焦了。」語帶雙關，風行烈魂為之銷。

雙修公主谷姿仙坐在亭內，持著玉簫，美目神色不住變化，一忽兒露出緬懷迷醉的神色，一忽兒哀傷無奈，教人生憐。浪翻雲的影子不住在她心湖裏浮現。他會不會及時趕來？趕不來也罷了，自己縱使死了，只要他能間中想起她，她就死而目瞑。一股自暴自棄的情緒填據了她的芳心，甚麼復國大業，對這時的她來說沒有一點實質的意義。不過她知道很快便可以回復過來，她有這種堅強的意志，只有浪翻雲是唯一能令她心軟的人。為何她的命要比別人苦？自懂事以來，她就知道自己與快樂無緣，注定不能和愛上的人結成夫妻。成抗是個很單純的青年，對她畏敬有加，但她卻知道對方永遠得不到她的芳心，有慾無情，而這亦是她選上他的一個最重要條件。當然，成抗亦是個修練雙修大法的好材料。

想到這裏，心中一動道：「成公子，是不是你來了？」成抗的聲音在亭旁的小徑響起道：「是的！公主。」

谷姿仙聽出他語氣中帶著堅決的味道，心中奇怪。這時雄偉高大的成抗來到她身前，兩眼一改平時看也不敢看她的畏怯，深深地盯在她美艷的俏臉上。

谷姿仙柔聲道：「公子坐吧！姿仙也想和你聊聊。」

成抗搖頭道：「不用坐了，我只想向公主說幾句話。」

谷姿仙迎著他比平時大膽了不知多少倍的眼光，點頭道：「公子有話請說，不要藏在心裏。」

成抗終於敵不過她清澈明媚的眼光，垂下頭去，鼓足勇氣道：「公主！我想走了。」

谷姿仙平靜地道：「婚姻是你和我之間的事，爲何要理會第三者的想法？」

成抗痛苦地道：「成抗配不上公主。」

谷姿仙柔聲道：「公子怎可有這想法？若你不配，姿仙就不會選你作爲夫婿。他日你修成大法，躋身一流高手之位時，你就會發覺現在這想法是多麼可笑。」

成抗抓緊鐵拳，猛地抬起頭來，額上青筋暴現，有點聲嘶力竭地叫道：「我不配！每次在公主面前，都感到自慚形穢，我……」

谷姿仙緩緩站起，來到他身前，伸出玉指按在他嘴唇處，眼中充滿憐惜之意，溫柔地輕輕道：「我們太缺乏接觸和了解了，成公子，吻我吧！」當谷姿仙的手指離開他的唇邊時，成抗三魂七魄所餘無幾。

谷姿仙仰起俏臉，閉上美目，靜待他的親吻。成抗提起大手，想把她擁入懷裏，倏又垂了下來，向後連退數步，喘息著道：「公主是我心中不可冒瀆的女神，我……我做不到。」

谷姿仙嘆道：「回去好好睡一覺吧，過了明天，你便是姿仙的丈夫，而姿仙再不是高高在上的女神，而是和你同床共枕的妻子。」

成抗頹然道：「可是我知道公主愛的是浪翻雲，而不是成抗。」

谷姿仙愕然道：「爲何你會有這想法？」

成抗道：「公主那次用來烹茶給浪大俠的茶具，到今天仍放在床几上，我……我不是怪你，成抗和浪大俠根本無法相比，而且我最尊敬浪大俠，怎能和他爭你？」

谷姿仙美眸掠過使人心碎的幽思，輕嘆道：「浪翻雲怎會和你爭我？不要胡思亂想了，明天會很忙呢。」成抗欲言又止，最後毅然點頭去了。

谷姿仙再嘆一口氣。這等隱秘的事究竟是誰告訴成抗呢？應不會是谷倩蓮，因爲她並不知道自己和浪翻雲的關係。難道是白素香？

秦夢瑤在迷茫的月色下，趕至鄱陽湖畔。她本應在黃昏前便可來到這古渡頭，找船送她往雙修府去，可是由午時開始，她發覺到被一個非常高明的高手跟蹤著，爲了甩開跟蹤者，展盡輕功，雖數次拋下那可怕追蹤者的緊跟，但不久又給對方盯上，如此斷斷續續，至午夜時候才又成功地把對方暫時甩脫，乘機趕到渡頭。渡頭泊滿大大小小不下五、六十艘漁舟，但看那烏燈昏寂的樣子，船上人都應酣然入睡，不禁大感頭痛。她或可把其中一艘小舟的人弄醒，動之以厚酬，但這會耗去她寶貴的時間，說不定那跟蹤者又會趕上來。她通明的慧心隱隱感到追著她的是西藏第一高手紅日法王，而這你追我走，亦正是對方和她在決鬥前的熱身賽。既明知她會趕往雙修府援手，里赤媚怎會不千方百計把她攔截，只要能阻她一段時間，待雙修府被徹底覆滅後，她也只能徒呼奈何。那時敵人將可從容回過頭來全力對付她。以里赤媚和紅日法王的高明，只憑別人在事後的描述，當可猜知她與四密尊者的對陣中受了不輕的內傷。故現在的形勢實對她不利至極。

湖風拂來。一點燈火，在對開的湖面迅速移動著。秦夢瑤功聚雙目，只見一艘窄長的小風帆，以高速劃過湖面。只是一瞥間，她知道操舟者必是水道上的大行家，因爲若非深悉湖水流動的方向，湖上的遊風，不可能使風帆達致這樣驚人的高速。思忖間，風帆來至前方，眼看就要遠去，秦夢瑤一提氣，像隻美麗的小鳥沖天而起，髮揚衣拂裏，橫過水面，落到小風帆的船頭，船身晃也不晃。一個氣度雍容樣貌粗豪的大漢，悠然坐在船尾，一手操控著風帆，另一手拿著一壺酒，咕嚕咕嚕地喝著，在他腳旁放了一把特別長窄的劍，似見不到她這不速之客駕臨船頭。秦夢瑤平靜無波的道心猛地一震，默默看著對方，從容坐在船頭處。這人究竟是誰？爲何能使自己的心生出奇異的強烈感應？

大漢把壺內的酒喝得一滴不剩，隨手把壺投往湖內，以衣袖抹去嘴角酒漬，才定睛打量秀美無雙的秦夢瑤。兩人目光交擊。大漢一對眼似醉還醒，像能透視世間所有事物的精芒在眸子中一閃即逝，嘴角逸出一絲淡淡的笑意。以秦夢瑤超凡入聖的修養，也給他看得芳心一顫，泛起奇異至極的感覺。這時風帆又偏離了湖岸，朝湖心破浪而去。整個湖面黑壓壓一片，只有小舟給罩在掛在帆桅處那孤燈的光暈裏。這是她和他的小天地。大漢的眼睛上下打量著她動人的嬌軀，每寸地方似也不肯放過，卻沒有予她分毫色迷的感覺。

那人眼中亮起欣賞的神色，微微一笑道：「姑娘何去何從？」他的聲音自有一種安逸舒閒的味道，教人聽得舒服到心坎裏。除了言靜庵、龐斑和那無賴韓柏外，她從未感到樂意和另一人促膝相談，但由坐在船頭那一刻開始，她自知正衷心想要享受和這人的對處。

秦夢瑤淡然道：「你到哪裏去，我便到哪裏去。」

若換了是別人，便會認爲秦夢瑤對自己一見鍾情，所以才有這等話兒；若換了聽的是韓柏，更可能喜得掉進水裏去。大漢則只是灑然一笑道：「姑娘天生麗質，爲我生平僅見，請讓我敬你一壺。」往懷中一探，掏出另一壺酒來，珍惜地送到眼前深情一瞥，才往秦夢瑤拋去。

秦夢瑤一把接著，蹙起黛眉，有點撒嬌地道：「浪翻雲呵！夢瑤不懂喝酒，從未半滴沾唇，你想逼夢瑤破戒嗎？」

浪翻雲絲毫不因對方叫出名字而異，笑道：「這酒名清溪流泉，乃『酒神』左伯顏之女親自釀製，包保你喝一口後，對其他俗釀凡酒全無興趣，如此一喝即戒，豈非天下美事。」

秦夢瑤拿著酒壺，皺眉道：「若夢瑤喝上了癮，不是終日要向你求酒嗎？那豈非更糟？」

浪翻雲一笑道：「這是我最後一壺，其他的怕都給小偷喝光了，所以你不戒也不成。」

秦夢瑤啞然失笑，美眸深深看了這天下無雙的酒鬼一眼，拔開壺塞，凌空高舉，仰起巧俏的小嘴，張口接著從壺嘴傾下像道銀光般的美酒。飲罷隨手將酒壺平推過去，穩穩落回浪翻雲手裏。

浪翻雲接過酒壺，搖了一搖，嘆道：「一人半瓶，一分不多，一分不少，公平得緊。」一飲而盡。酒香四溢。

美酒下肚，秦夢瑤清美脫俗的玉容升起兩朵紅雲，輕輕道：「眞的很香很醇！若由此變成女酒徒，夢瑤會找你算賬。」

浪翻雲搖頭道：「我只打算請你喝一口，現在夢瑤一喝就是半壺，中毒太深，怎能怪我。」

除了韓柏外，秦夢瑤從未對著一個男人時，會這麼暢意開懷，「噗哧」一笑道：「請人喝酒，哪能如此吝嗇？」

浪翻雲哈哈一笑，目光掃過右方黑壓壓的江岸，淡然道：「有人竟斗膽追著夢瑤嗎？」

秦夢瑤心內佩服，直至浪翻雲說這句話時，她通明的慧心才再次泛起被人追蹤的感覺，點頭道：「是紅日法王！」

浪翻雲若不經意道：「是西藏第一高手紅日法王？」

秦夢瑤輕輕點頭，有些許慵倦地半挨在船頭，纖指輕挽被風拂亂了的幾絲秀髮，姿態之美，教人不忍移開目光。

浪翻雲看得雙目一亮，嘆道：「夢瑤千萬不要在韓柏面前喝酒，否則那小子定會忍不住對你無禮。」

聽到韓柏之名，心湖平靜無波的秦夢瑤嬌軀輕顫，俏臉竟前所未有地再添紅霞，輕輕問道：「那無賴現在哪裏？」

浪翻雲先啞然失笑：「無賴？」才又淡然道：「他本和我一道乘船上京，雙修府事了之後，夢瑤隨我同去見他吧？」

秦夢瑤美目亮了起來，深深看著浪翻雲，靜若止水地道：「爲何浪翻雲想我回去見他？」

浪翻雲道：「夢瑤不喜歡見他嗎？」

秦夢瑤垂下目光，幽幽一嘆道：「浪翻雲的邀請，教夢瑤如何拒絕。」

浪翻雲有點霸道地進逼道：「夢瑤爲何要避開我的問題？」

秦夢瑤迎上他像龐斑般看透了世情的眼神，緩緩道：「是的，夢瑤喜歡再見到韓柏，不過浪翻雲爲何要挑起夢瑤這心事呢？」

浪翻雲微微一笑道：「若將來夢瑤得窺至道，當會明白我此刻的用心，來！坐到我身旁來，讓我好好看看言靜庵調教出來的好徒弟。」

若換了普通的男女，這幾句話必被誤會成調情的開場白，但對這惺惺相惜的兩個頂尖劍手來說，卻絲毫沒有這味道。秦夢瑤輕移嬌軀，聽話地坐到浪翻雲之旁，狹窄的船身，使兩人的肩頭不得不觸碰相連。除了韓柏外，浪翻雲是第一個接觸到秦夢瑤芳軀的男子。浪翻雲伸手過去，將秦夢瑤一對玉掌，全握進他的大手裏。秦夢瑤一臉澄潔，任由這男子握著雙手，沒有絲毫驚駭或不自然。浪翻雲神色平和，露出靜心細察的神情，好一會才鬆開大掌，讓秦夢瑤尊貴不可侵犯的玉手回復自由。秦夢瑤低頭無語，她雖知道對方握她手的目的，但仍想到浪翻雲是除韓柏外，第一個她心甘情願讓她觸碰的男人。這完全與男歡女愛無關。而是由她落在船頭開始，便和這能與龐斑相埒的高手生出一種微妙親密的精神關係，那就像她和言靜庵與龐斑間的情形。但她絕不會讓龐斑碰她。

浪翻雲側頭朝她望去，低聲道：「你剛和人動過手嗎？」

秦夢瑤別過臉來，向近在咫尺的浪翻雲道：「是青藏的四密尊者，他們已折返青藏，只剩下現正追著我來的紅日法王。」

浪翻雲眼中射出憐愛之色，道：「只要夢瑤一句話，我立即把紅日法王趕回西藏。」

秦夢瑤眼中射出感激的神色，將螓首緩緩側枕在浪翻雲可承擔任何大事的寬肩上，幽幽道：「可惜夢瑤不能夠這樣做，我和他的事，定須由我去解決，否則中藏這持續了數百年的意氣之爭，將會永無休止地繼續下去。」

浪翻雲沒有因秦夢瑤的親暱動作有分毫異樣，愛憐地道：「夢瑤若傷上加傷，恐怕內傷永不能痊癒，若只以你目前傷勢，我有九成把握可以在攔江之戰前把你治好。」

秦夢瑤舒服地枕在浪翻雲肩頭上，忽地感到一陣前所未有的軟弱，輕輕道：「解決中藏之爭，是夢瑤身上的唯一責任，也是對師父的一個交代，無論會帶來任何後果，夢瑤都甘願承受。」

浪翻雲哈哈一笑道：「可惜無酒，否則必再分你半壺。」伸手過去，輕擁了她一下，再拍拍她的香肩，柔聲道：「乖孩子，前面有人等著我們呢。」

秦夢瑤依依不捨地離開他的肩膊，美目深深看著浪翻雲道：「除了家師之外，夢瑤從未對一個人像對你般生出想撒嬌戀慕的情懷。」

浪翻雲開懷大笑，拿起腳旁的簑衣，披在身上，又戴上竹笠，登時變成個地道的漁民，向秦夢瑤道：「那就再不要稱呼我作浪翻雲，要喚我作浪大哥才對。」

秦夢瑤柔順願意地甜甜道：「浪大哥！」

她終於明白到為何連不可一世的龐斑，也對這絕世劍手生出相惜之意，他那種灑然超於塵世的浪蕩氣質，連她的道心也感傾醉迷戀。那絕不是人世間男女相慕之情，而是追尋天道途中一種真誠知己之交，超然於物外的深刻情懷。浪翻雲知道這點，她也明白。船頭正前方遠處的湖面上，出現了十多點燈光，扇形般往他們包圍過來。其中是否有一個紅日法王呢？

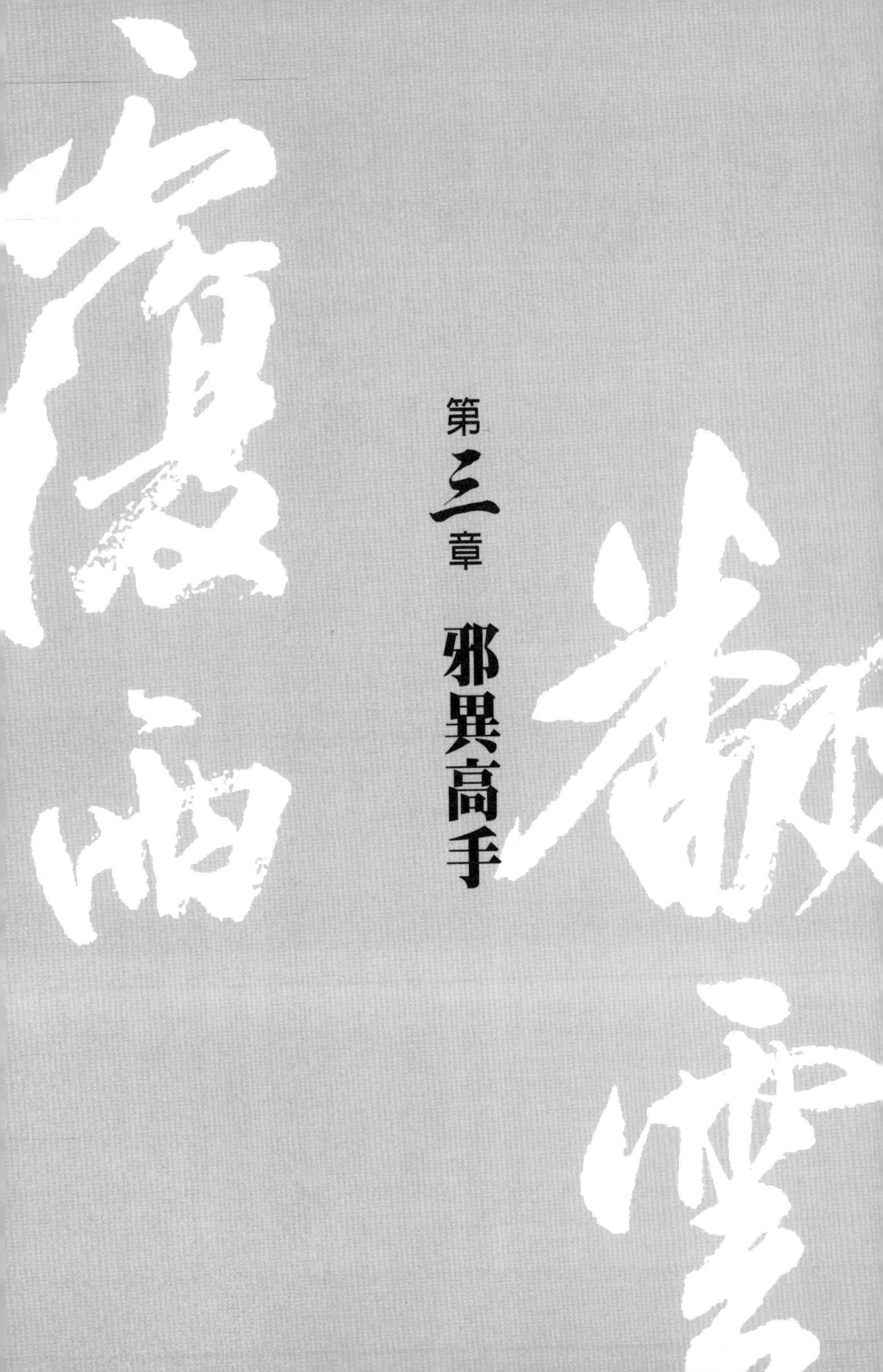

第三章 邪異高手

第三章 邪異高手

戚長征忽地醒了過來。水柔晶八爪魚般把他纏個結實。篝火只燒剩幾小塊深紅的炭屑，秋寒侵體。他感到有點異樣，很快就知道緣故，小靈貍不見了。

戚長征輕輕拍醒水柔晶，在她耳邊道：「小靈貍不見了！」

水柔晶一震醒來，鬆開緊纏著他的身體，嘬唇呼喚。小靈貍仍是蹤影全無。戚長征爬了起來，迅速穿上衣服。水柔晶怔怔地坐著，有點茫然混亂。

戚長征坐回她身旁，低聲道：「牠會不會到外面去覓食？」

水柔晶搖頭道：「不會的，何況牠每天吃一餐便夠了，不需要再找東西吃。」

戚長征道：「你快穿衣服，我到外面看看，記著若有任何事，立即示警，我不會去遠的。」

水柔晶拉著他的手臂，道：「小心點，可能是他來了。」

戚長征一愕道：「你是說那鷹飛？」

水柔晶美目射出痛苦的神色，道：「就是那魔鬼，這人天性殘忍，有非常強的佔有慾，玩過的女人雖給他棄之如敝屣，但若讓他知道被他拋棄的女人眞心愛上其他男人，他會毫不猶豫把那些男人殺死，因爲他要曾被他佔有的女人因思念而畢生痛苦。」

戚長征聽得差點狂叫出來，剛才他和水柔晶歡好時，早發覺這美女有著很豐富的床第經驗，非常老練，當時心中已不大舒服，現在水柔晶如此一說，教他更受不了。他是個非常有風度的人，藉站起來的動作掩飾自己壓得心頭像要爆裂開來的情緒，沉聲道：「快穿衣！」提起封寒的天兵寶刀，閃出門外。迷濛的月色下，遠近荒野山林黑沉一片。秋風吹來，使他脹裂般的腦筋冷靜了一點。他收攝心神，運功往四周掃視。「滴答！滴答！」異響從前方的樹上傳來。他進入最高的戒備狀態，往聲音傳來處掠去。到了一棵樹前，他倏地停下，駭然望著樹身處的一團毛茸茸的東西。小靈貍被一支袖箭釘緊在樹身處，雖死去多時，鮮血仍不住滴下，發出剛才傳入耳內的響聲。戚長征心叫不好，轉身回掠。

就在此時，廟內竟亮起火光。戚長征刀護前方，全速飛掠，眨眼穿門而入。眼前的情景使他髮指眦裂。一個身穿白衣的高瘦青年，正摟著赤裸的水柔晶，熱烈地親吻著。使他不能立即出手的原因，是水柔晶也熱烈地摟著對方，嬌軀不住扭動，半睜半閉的美目充滿了慾火，正瘋狂地回應著。戚長征轟然一震，刺激妒忌得差點鮮血狂噴。水柔晶忽地身子一軟，滑到地上，顯是給對方制到了穴道。

那人任由水柔晶倒在地上，緩緩轉過身來，微微一笑道：「戚兄！這騷貨還不錯吧！」

幸好戚長征乃天生灑脫不羈的人，知道強敵當前，立把水柔晶和燒心的瘋狂妒火完全拋開，刀略往上提，一股森寒的刀氣湧出，遙遙把對方罩定。這鷹飛確是生得非常好看，雙目星閃，如夢如幻裏透著三分邪氣，確有勾攝女性魂魄的魅力。他看來並不像蒙古人，皮膚白皙嫩滑得像女孩子，稜角分明但略嫌單薄的唇片，掛著一絲似有若無的笑意，更增他使女人顛倒迷醉的本錢。背上交叉插著雙鉤，筆挺瘦長的身體有種說不出的懶洋洋，但又是雄姿英發的味道，整個人迸發出的強烈的吸引力。最使戚長征驚異的並非他英俊無比的臉龐，而是他兵器尚未出手，就那麼輕輕鬆鬆一站，便從容地與戚長征逼去的刀氣抗個平手，使他欲發的一刀無隙可乘，硬是劈不出去。這人的武功就算比不上里赤媚，也不會相差太遠。

深吸一口氣，戚長征冷然道：「閣下是否鷹飛？」

那渾身帶著詭邪魅力的青年微笑點頭道：「正是在下。」

他也是心中驚異，原先的計策是利用水柔晶刺激起戚長征瘋狂的妒恨，再乘隙出手，把對方制著，讓他親眼旁觀自己淫辱水柔晶，以洩心頭之恨，豈知對方似毫不受影響，守得全無破綻，穩若泰山，使他大爲失算。他眼力高明至極，從對方湧來的刀氣，已看出對方進入先天之境，兼且鬥志昂揚，自己雖有把握收拾對方，但難保全無損傷，所以絕不划算，腦筋一轉，想出另一毒計。「鏘！」背後雙鉤之一來到手中，閃電往前橫揮。戚長征心中駭然，想不到在自己龐大的刀氣壓力下，對方要打就打，輕鬆寫意，只是這點，知道對方實勝自己一籌。在這種洩氣的情況下，他堅毅卓絕的性格發揮了作用，反激起強大的鬥志，夷然不懼，上身微向前俯，天兵閃電劈出，劈中對方的鐵鉤。「噹！」鷹飛竟給他一刀劈得像狂風吹的落葉般，往後飄去。戚長征暗叫不好，對方已由背後的破窗穿出廟外，倏忽沒在黑夜的山林裏。一股涼意由後脊升起。戚長征尚未遇過如此莫測高深的敵人，更不知他爲何要走。插在神檯的火把正燃燒著，照耀著水柔晶躺在地上美麗赤裸的胴體。戚長征來到水柔晶旁，壓下的妒火又湧上心頭，想起她和鷹飛熱烈擁吻的情形，暗忖：若我一刀把這女人殺了，不是一乾二淨嗎？

風行烈和白素香進入客館的小廳，譚嫂迎了上來，低聲道：「小蓮很累，倒在床上睡著了。」

風行烈叫了聲不好，撲入房內。床上空無一人。風行烈心有所覺，往右方望去。

谷倩蓮剛倚窗轉過身來，見到他情急之狀，臉上綻出個迷人笑容，撲過來投進他懷裏，喜叫道：

「噢！你好緊張倩蓮哩！」

白素香和譚嫂剛衝進來，見到兩人緊抱著，大感尷尬。風行烈也不好意思，但乍失乍得的喜悅，卻蓋過了一切，竟捨不得把谷倩蓮推開。

譚嫂道：「不阻公子休息了。」自行離去。

白素香本應隨譚嫂一齊退出，但一對長腿像生了根似的，提不起來。風行烈知她未走，不捨地輕輕推開谷倩蓮。

谷倩蓮「咦！」一聲道：「怎麼你襟頭有朵香衾，看！差點給我壓扁了。」

白素香羞得臉也紅了，怕給谷倩蓮耍弄，忙道：「夜了。我應該走了。」

谷倩蓮追了過去，在出門處一把將她拉著，笑道：「走甚麼，今晚誰睡得著？不如我們到『眾僧石』去浸溫泉。」

風行烈全無睡意，他曾聽過厲若海談及雙修府有三大名勝，就是溫泉、蘭坡和芝池，這時想起，雅興大發，應道：「谷小姐有此興致，風某定必奉陪。」

谷倩蓮挽著白素香來到他面前，一洗先前悲傷之態，笑道：「你看！我和香姊的皮肉如此嫩滑，全賴常在泉內浸浴。」

風行烈的眼光隨即落在兩女的俏臉和粉頸處，谷倩蓮自然任由愛郎看個夠看個飽，白素香則是嬌羞不勝，偏又逃不出谷倩蓮的挽扣。風行烈見兩女各具醉人風姿，兩張俏臉互相輝映，暗忖若三人組成一個小家庭，畫眉之樂，必是其趣無窮。旋又想到，風行烈啊！你怎可在未解決和冰雲間的事前，便時刻見色起心，風流快活。

白素香給風行烈看得垂下頭去，輕輕道：「小蓮！你陪風公子去吧。」

谷倩蓮嗔道：「怎可以沒有你這好姊姊，讓我們一齊在泉水裏，浸個和說個痛快，直至天明，不是挺美嗎？」

白素香靦腆地道：「這怎麼可以呢？」

風行烈本打算只是去看看，想不到谷倩蓮竟想三人共浴，那豈非硬逼自己娶白素香，此事如何使得。可是看到谷倩蓮的快樂樣兒，又有點不想掃她的興。說自己對白素香毫不心動嗎？那只是騙自己，再回心一想，敵人大軍隨時壓境而來，浪翻雲能否趕至，只是個渺茫未知的希望，以敵方實力之強，縱使有烈震北和自己，亦是必敗無疑，說不定明天雙修府上下給殺個雞犬不留，自己這刻還推推搪搪，豈非可笑至極嗎？對酒當歌，人生幾何。說到底，冰雲無論有何理由，終是騙了他的感情，自己要做甚麼事，誰也管不了。想到這裏，豪情大發，拋開一切，正要說話，谷倩蓮這小靈精已道：「香姊啊！你的身體終有一日都要給男人看，你不想那個人是行烈嗎？」

白素香垂首低聲道：「我只是蒲柳之姿，公子怎看得入眼。」

對婦道人家來說，沒有話比這兩句更表示出以身相許之意，若風行烈拒絕的話，白素香除了自盡外，再沒有別的保存體面的法子了。風行烈恍然大悟，知道兩女自幼相處融洽，心意相通，攜手合作下，一步一步把自己逼上了退無可退的窮巷裏，而且只是一夜間的事。他同時想到，若硬將兩女分開來，她們兩人誰都不會快樂。說不定谷倩蓮一早打定主意，希望他能娶谷姿仙為妻，然後她和白素香作妾，共事他這一夫。唉！自己總是鬥不過這小精靈。在不知還有沒有明天下，為何不可及時行樂呢？

豪情再起，風行烈哈哈一笑道：「來！趁天還未亮，我們到溫泉去浸個暢快。」

靳冰雲離開他後，直到此刻他才眞正回復以前風流自賞的男兒本色，而大功臣就是這小精靈。就算明天戰死當場，也不虛此生了。今晚就荒唐個夠。

朝霞一聲嬌呼，軟癱繡床上。韓柏埋首在她香美膩滑的粉頸和秀髮裏，貪婪地嗅著她動人的體香，知道自己的魔種又再精進了一層。

朝霞略張少許倦慵的媚眼，求道：「柏郎！我眞的不行了，求求你放過朝霞吧。」

韓柏體內的精氣正前所未有地旺盛，暗忖自己眞要多娶幾個嬌妻才行。男女交合時陰陽相交之氣，對魔種裨益之大，實在難以估計。若問他的魔種有何需要，則必是這二氣和合所產生的養分。魔門的採補和藏密的歡喜大法，求的無非是這種能造出生命的男女之氣。自己身具魔門最高境界的魔種，自然而然能採納這種「生氣」據爲己有。由此亦可見道心種魔大法是如何詭異神秘。只要想起里赤媚，他絕不會疏於練功，想到這裏，暗忖趁自己現在狀態如此之好，不如到鄰房找柔柔繼續練功，豈不美哉。吻了朝霞一口後道：「你既再難消受，就乖乖地在這裏睡覺好嗎？」朝霞無力地點了點頭，閉上秀目。

韓柏暗忖若現在摸到左詩房內，她會有甚麼反應？旋又放棄這個想法，因爲左詩比朝霞更臉嫩，人又正經，若如此向她施襲，縱使心內千情萬願，怕也下不了台，會怪自己不尊重她，若鬧僵了，可能會有意想不到的反效果。他離開了朝霞的身體，迅速披上衣服。朝霞均勻滿足的呼吸聲由床上傳來，竟酣然入睡，想來她的夢定必甜美非常。韓柏心中一陣自豪，切實地體會到自己成爲眞正的男子漢大丈夫，一個能令女人完全滿足的男人。

他躡手躡腳推門走出房外，還未看清楚，已給人一把揪個正著，范良極的聲音在身旁響起道：「小子！你到哪裏去？」

韓柏低聲道：「不要那麼大聲，會把人吵醒的。」一眼瞥見范良極脅下挾著個大酒罈，滿口酒氣，吃驚道：「你喝光了浪大俠的酒，不怕他回來跟你算賬嗎？」

范良極嘿然道：「來！坐下再說。」硬拉著他靠牆坐在靜悄無人的長廊內。韓柏的心早飛到柔柔動人的肉體處，又不敢不應酬這喝醉了的大盜，唯有暗自叫苦。

范良極遞過酒罈道：「讓你喝幾口吧！見你伺候得朝霞這麼周到，也應有些獎勵。」

韓柏接過酒罈，剛舉起來，一震停下道：「甚麼？你一直在偷聽我們行事？」

范良極嘻嘻笑道：「你當我是變態的淫蟲嗎？只聽了一會，朝霞叫了那一聲後，我便閉起耳朵，直到你把地板踏得像雷般響，我才給驚醒過來。」

韓柏恨得牙癢癢地，但自問不會因范良極的耳朵而放棄男歡女愛，唯有逼自己相信他不是變態的淫蟲，舉罈小心翼翼地先喝一小口。一股清醇無比的芳香沿喉貫入臟腑的最深處，連靈魂兒也飄飄欲飛起來。

韓柏一震道：「好酒！」

范良極道：「多喝兩口，包管你甚麼壞事都做得出來。」

韓柏再舉罈痛飲，放下酒罈時，整個世界都變得不同了。再沒有半絲憂慮、半分擔心。喝酒原來是這麼好的。

范良極道：「試過清溪流泉後，其他酒都沒啥癮頭的，真慘！所以你定要把左詩弄到手，讓她天天釀酒給我們喝。」

韓柏同意點頭，心中叫道：好詩姊呀，我定要你乖乖跟著我，喚我作相公、夫君，又或柏郎，間中再來聲好弟弟，嘻！

范良極一把摟著他的肩頭道：「小柏兒，我眞的很感激你。」

酒醉三分醒，韓柏受寵若驚道：「你也懂說人話嗎？」

范良極喟然道：「剛才終於聽到了朝霞的歡笑聲，我眞的很快樂。」

這回輪到韓柏心中感動，范良極對朝霞的關懷，眞的是出自肺腑，絕無半點花假。由他帶自己去偷窺朝霞開始，到了此刻，其中的經歷，只有他們兩人才會明白。將來老了，回想起來，會是怎樣的一番滋味呢？

范良極大力拍了他一下，縮回手去，道：「去吧！」

韓柏愕然道：「去哪裏？」

范良極出奇和善地反問道：「剛才你想到哪裏去？」

韓柏這才想起柔柔，不由覺得非常好笑，咭咭笑了起來。范良極本要問他有何好笑，話未出口，自己早笑得前仰後合，失去控制。喝醉了的人，笑起來時，哪需任何笑的理由。

韓柏一邊笑，一邊扶著牆搖搖晃晃站了起來，按著牆走到柔柔的房門前，輕輕一推，竟推不開來，原來在裏面栓上了門閂。韓柏怎會給個木栓難倒，內勁輕吐，一聲輕響，木栓斷成兩截。

韓柏推門入內，再把門關上，然後輕叫道：「柔柔！你相公我韓柏來了。」

大床繡帳低垂，裏面的柔柔一點反應都沒有。韓柏留心一聽，帳內傳來兩個輕柔的呼吸聲。韓柏嚇了一跳，酒醒了一半，暗忖難道柔柔這麼快便去偷漢子，旋又暗責自己，柔柔怎會是這樣的女人。月色由窗外斜斜透射進來，溫柔地灑遍繡帳那半邊的房內。韓柏輕輕走了過去，心兒忐忑跳著，戰戰兢兢撾起紗帳，一看下暗叫我的媽呀！這回眞是天助我也。原來帳內有一對玉人兒並肩作海棠春睡。柔柔身旁睡的不是他的詩姊姊還有誰。柔柔向牆側臥，睡在裏邊的美麗胴體在被內起伏有致；左詩俏臉仰起，被子輕起輕伏，使他不由幻想著被內誘人的情景。月色斜照下，兩女美艷不可方物。這兩個大美人，昨夜必是在床上相擁談心，話題怕也離不開他。心中一甜，坐在床沿處，俯頭下去，貪婪地細看左詩秀麗無倫的俏臉。

忽覺左詩的俏臉開始紅了起來，不一會連耳根也紅了。韓柏大奇，喃喃道：「詩姊眞怪，連睡覺都臉紅，可能有先見之明，說不定夢到了我會對她輕薄。」又突有所覺，眼尾餘光一掃，見到左詩露在被旁的玉手揑緊被邊，輕輕顫抖著，恍然大悟，原來這美麗的好姊姊在裝睡。

韓柏心中大樂，藉著七分酒意，俯下頭去，在她兩邊臉蛋各香一大口，低叫道：「詩姊姊，弟弟愛你愛得快要發狂了。」

左詩全身呈現一陣強烈的顫抖，被子都掩藏不了，隱見朝著他的酥胸正急劇起伏，櫻桃小口張了開來，不住喘氣，卻怎也不肯把秀目睜開。韓柏被逗得慾火狂燃，湊下唇去，痛吻左詩微張的紅唇。這時他連甚麼魔種，甚麼練功全都忘了，完全沉醉在左詩身上。左詩也算作繭自縛，若非她的清溪流泉，可能韓柏的膽子未必會大到這包天地步。

連韓柏自己也不知道，現在他正踏上由道入魔的過程。道心種魔確是玄妙詭秘至極的魔門至高功法。赤尊信將魔種強灌進韓柏的體內，與他作肉體和精神兩方面的結合。肉體的結合在赤尊信來說，是他可以控制的。他把自已強橫的生命力和魔功，藉著類似藏密灌頂大法的魔門秘術，一古腦兒輸進韓柏體內，使他體質和外形都出現了天翻地覆的變化，轉變成現在充滿奇異魅力的外貌和身形。但精神的結合，卻牽涉到兩個迥然有別的元神，不是赤尊信所能控制或預估，只能聽天由命。這也等於在韓柏的心靈內，有兩個元神在鬥爭排斥著，爭取控制權，這過程非常危險，動輒會把韓柏變成狂人。幸而韓柏福緣深厚，遇上了秦夢瑤，才把他的魔性壓下去。但有利必有害，若魔種的力量眞被完全制伏，那魔種便再也不能進一步舒展發揮。而韓柏的成就將止於此，再難更有精進。豈知花解語想吸取韓柏元陽裏那點眞陰，誤打誤撞下竟使兩個一直互相排斥的元神藉愛慾爲橋樑，融爲一體，由那刻開始，兩個元神合二爲一，也可以說韓柏就是魔種，魔種便是韓柏，再無彼我之分。這魔種成孕於男女愛慾之中，只有在那種情況裏，魔種才能成形生長，有如胎兒在母親體內，藉臍帶的聯貫才能吸取養分和成長。韓柏體內不住出現的性慾衝動，實基於魔種本身對男女肉慾的渴求，就像胎兒對母體全心全意的索求。只有在那情況下，魔種才能茁長，其理實是微妙非常。愈熱烈的情慾，愈能使魔種成長。這成長的過程絕非一蹴可成的。

由柔柔到朝霞，以至現在的左詩，都提供了韓柏體內魔種最需要的愛慾。因爲三女都深深愛上了他，對他既有情亦有慾，培植著他的魔種，若換了和花解語合體前的韓柏，怕連半句大膽無禮話兒也不敢對朝霞或左詩說出來，更遑論對她們挑情輕薄，恣意侵犯了。也是他這種風流浪子的由魔種衍發的情性，使三女死心塌地愛上了他，迷上了他。男女之道，本來就是無所拘束，恣情任性。在魔種來說，行雲佈雨，更若呼吸般自然和重要。她們欲拒還迎的反應，更進一步刺激著韓柏的魔種，使他沉醉其中，更想挑逗和反擊她們。這樣來來往往，滾雪球般使魔種不住成長著。幸如浪翻雲所云：這魔種已非當日赤尊信植進他體內的魔種了，因爲魔種的核心處，正是俠義善良的韓柏，此所以才能不流於魔道邪行。

當有一日魔種內最核心處那韓柏的元神，擴展成長至極限，魔種會變成道胎，而這道胎也是魔種，這才是魔門道心種魔大法的最高層次。在韓柏來說，唯一能使眞正的道心把整個魔種包容轉化，就只有男女之愛，那是使魔種成長的眞正養分。他如此渴想得到秦夢瑤、朝霞和左詩，也是這個道理。不明內情的人看去，會覺得他是個貪花好色的浪子，哪知內裏另有緣由。由道入魔，再由魔入道，致魔道交融，就是道心種魔大法的過程和理想。

唇分。左詩美目緊閉，劇烈地喘息著，再沒有辦法裝睡。韓柏鑽入被中，爲她解帶寬衣。左詩感覺著自己身上的束縛逐件減少，情慾卻不斷高漲，眼角瀉出歡樂的情淚，因爲在這一刻，她知道空虛和苦難全過去了。亦清楚無誤地知道自己深愛著浪翻雲，絕不會比她對韓柏的愛爲少。爲了浪翻雲，她會更全心全意去愛韓柏。

三人由客館後的山路往上走，白素香提著燈籠，默默走在前方帶路。

一男兩女默默往上走，享受著夜深的寧靜和空寂。穿過一叢密林後，樹木逐漸疏落起來，路旁多了很多形狀奇怪的巨石，在夜色裏活像匍匐的怪獸異物。

繞過一塊特大的巨石後，舉頭一看，赫然見到烈震北坐在一塊大石上，含笑看著他們，再上五十來步的高處，被群石圍繞的溫泉正熱氣騰升，池後是筆直陡峭的石山壁。

烈震北呵呵笑道：「人不風流枉少年，世侄不須感到不好意思，想我年輕時偎紅倚翠的狂放，世侄尚差得遠哩。」

白素香和由風行烈背後走出來的谷倩蓮一齊往上奔去，來到烈震北兩旁，親熱地左右把他挽著。

烈震北伸手摟著兩女的小蠻腰，仰天笑道：「這兩個都是我的乖女兒，倩蓮承繼我的醫術，素香承繼我的針術，老夫尚有何憾？」

風行烈恭敬施禮道：「想不到先生來此養靜，我們打擾了。」

烈震北微笑道：「想起大敵即臨，怎還能窩在後山裏。」

風行烈想起先前的問題，向兩女道：「你們先到溫泉去，我向先生請益後，自會上來找你們。」

兩人見他說話的語氣神態，都像丈夫向妻子吩咐似的，芳心既甜蜜又歡喜，乖乖地齊聲應喏，嘻笑著往上追逐奔去。銀鈴般的嬌笑在空山裏迴盪著。風行烈想起大敵即來，暗下決心，除非戰死當場，否則絕不讓兩女受到任何傷害。

烈震北感嘆道：「行烈要記著，能令女人快樂的男人，才是眞正的男子漢。」

風行烈想起以前對谷倩蓮的冷淡，是否因爲他把自己的情緒放在最重要的位置？這樣算不算自私呢？心內一陣歉疚，決定待會定要好好補償她們。

烈震北道：「你是不是想問我魔種的事？希望你的情緒不要再像上次那麼波動。」

風行烈立即道歉，並將自己奇怪的改變感受說了出來。烈震北留神聆聽，沉吟片晌後道：「很感謝世侄告訴我這麼珍貴的第一手資料，使我死前終於弄清楚種魔大法的一些關鍵問題。」

風行烈心中一酸，想起烈震北只餘下兩天的壽命，難得他仍是如此安然自如，想了想道：「我既是種魔大法的爐鼎，現在死不了，是不是因而習染了魔氣，改變了氣質，做出以前不會做的事來。」

烈震北呼出一口氣道：「可以這樣說，也不可以這樣說，其中確是玄妙非常。」頓了頓續道：「要明白我這兩句話，首先要明白天地之理，凡物分陰陽，故有生必有死，有正必有反，有男必有女，有道胎亦有魔種，誰也不能改變這情況分毫。」風行烈點頭表示明白。

烈震北道：「種魔大法亦不能例外，有生亦有死，而它正是針對此點而引發，不過在說及這關鍵處前，先要明白魔種究竟是怎麼一回事。」風行烈有點緊張地吸了兩口氣，他眞的很想知道，難得現在終於有人肯告訴他了。

烈震北仰首望天，徐徐道：「不論道胎魔種，都來自人類最本原的生命力，這生命力不是普通的生命力，而是先天的生命力，道家的返本歸原，『本原』指的就是這先天的生氣。」

風行烈道：「既是如此，爲何仍有魔種道胎之別？」

烈震北道：「分別在於其過程，道胎是由人身體內的陰陽而來，魔種則是由男女交合而來。」

風行烈一震道：「甚麼？」

烈震北道：「你想到了，所以靳冰雲這魔媒才如此重要，當她以處子之身和你結合時，在精氣交融裏，一點先天生氣便會成形，龐斑透過魔門詭異莫測的秘術，就在那關鍵性的一刻，利用那點生氣撒下魔種，以後你們每次交合，他都潛進你們的心靈裏，培養種子，然後在成熟時刻，與魔種結合，把種子生氣的精華攝爲己有，有生必有死，其死氣則歸你承受，故有種生鼎滅的後果。」

風行烈吐一口涼氣，打個寒顫道：「這實在使人難以置信。」

烈震北點頭道：「事情就是如此，不過因你體內有一道奇異的生氣，使你逃過種生鼎滅的大禍。現在這生氣已和死氣渾融結合，加上若海兄的奇氣，三氣合一而成完全不同的另一種昇華，那就是現在的你。相信我吧！不要受任何事物的拘束，也不用怕別人議論而綁手縛腳，因爲你是古往今來，唯一有這機緣的人，只有你自己才能找到應走的道路。」

風行烈一拜到地感激不已。烈震北微笑道：「到上面溫泉去找尋你的幸福和快樂吧，本人就在此地迎風賞月。如此良宵，怎可虛度？」

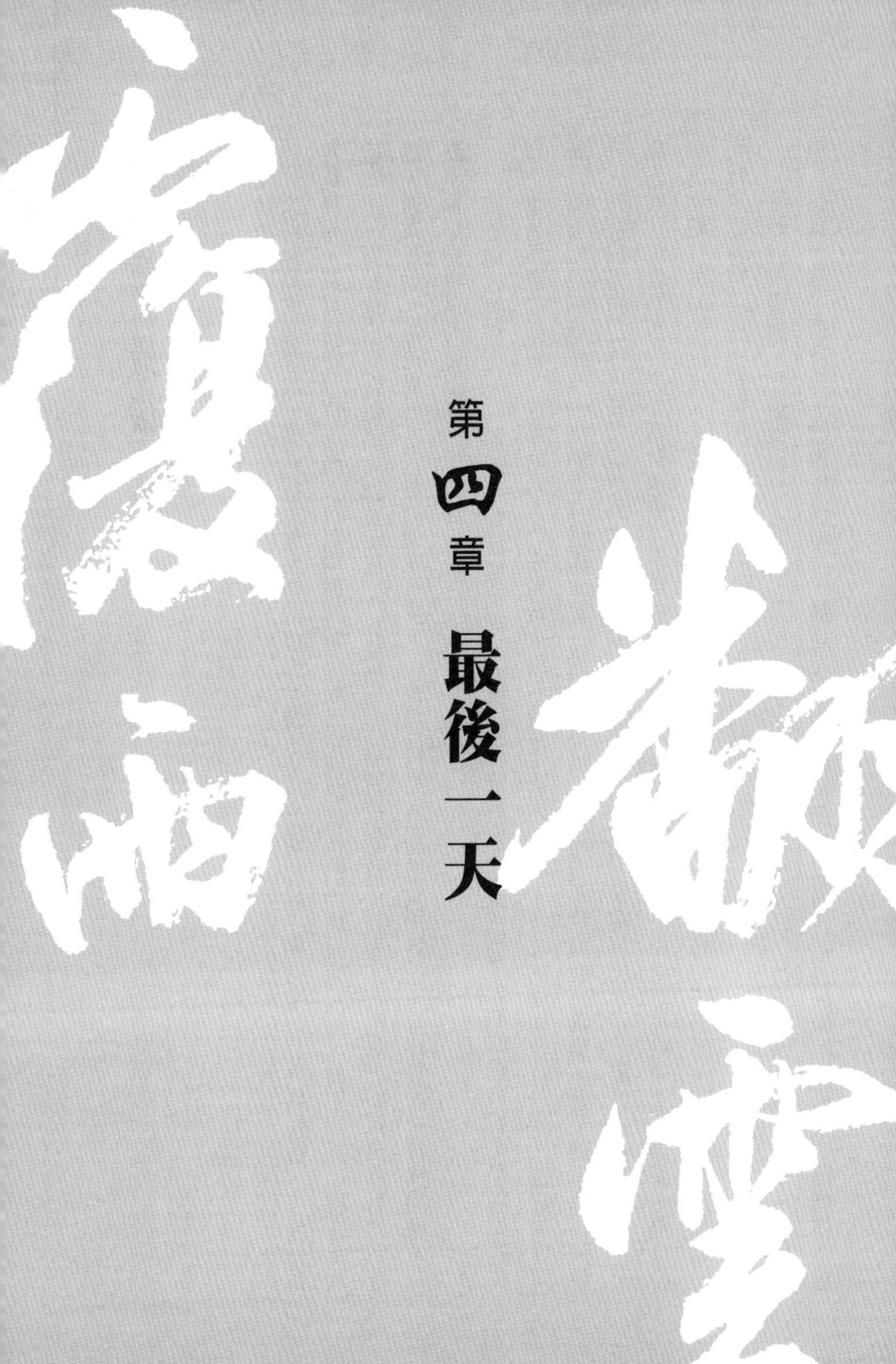

第四章 最後一天

第四章 最後一天

來船點點火光亮起。秦夢瑤至靜至極的道心一塵不染，澄明如鏡。圍過來的廿八艘快艇，乍看似是雜亂無章，其實隱隱分作三組，左右兩翼每組十艘，中間略落後的一組只有八艘。眞正的好手應在那八艇之上。秦夢瑤俏立在艇頭，迎著夜風，衣袂飄飛，儼若凌虛御風的仙子。敵艇上船尾處各有六名壯漢，運槳如飛，迅速逼近。火箭均架在弓弦上，蓄勢待發。浪翻雲頭頂竹笠，身披簑衣，神態閒逸，一點不似感到事情的急迫性。

終於進入射程裏。「嗤嗤」聲響個不絕。右邊那組快艇百多支燃燒著火油的勁箭射上鄱陽湖的夜空，畫著美麗的弧線，往秦浪兩人的小風帆火雨般灑來，照得方圓十多丈的湖面血紅一片，既好看又可怖。秦夢瑤感到艇尾有一支船槳伸進湖水裏。她眼看前方，自是看不到浪翻雲落槳，甚至聽不到任何聲音，卻能像是自己伸展肢體般感到木槳伸進湖水裏那微妙的力感。浪翻雲出手了。眼前盡是點點火芒，驟雨般往首當其衝的秦夢瑤射過來。小風帆速度劇增，驚人的速度！小風帆忽地給舉上了湖面，飛魚般順著水勢往外斜衝開去。火箭全部落空，敵船上傳來驚訝的呼叫。秦夢瑤心中暗笑，若浪翻雲這駕船的大行家竟會被這些小輩難倒，傳出去將會是天大的笑話。

敵船鼓聲雷動。三組艇再分了開來。最接近的右方那一組改變方向，打橫搶來欲攔腰截擊。中間那組八艘艇，轉了個急彎，改由尾後追來。最遠左方那組則掉頭斜斜向正前方駛去，準備在去路處佈下包圍網，教他們即使避過由左方衝來的攔腰截擊，仍脫不出他們這下一重的封鎖。只要能攔上他們一陣子，後面的八艇即可趕至，前後夾擊。在戰術上，敵艇的應變確是無懈可擊，只從這點推之，當知對方有高手在主持。可惜對手是天下無雙的浪翻雲。秦夢瑤閉上美目，無視敵人射來的第二批火箭，感受著浪翻雲持著的木槳在湖水裏畫著曼妙無比的線條。

船槳忽地急顫了一下，帶起一道強烈的暗流。暗湧激撞在船底處，小風帆再次給托離湖面，同時改變了船向，偏往左方。浪翻雲哈哈一笑，船槳一收一伸，激撞在船尾的湖水裏。浪花爆上半天，反映著漫天激射而來火箭的閃光，小艇箭矢般往攔腰逼來的敵艇射去，第二輪的火箭全部射空，落到船的後方。浪花落下時，一點都濺不到小風帆上去，可見小艇逸離速度是如何迅快。秦夢瑤閉上的美目瀉下了一滴晶瑩淚珠，因爲她終於「看」到了浪翻雲天下無雙的覆雨劍了，不過這一次是一支木槳。那又有何分別？秦夢瑤只憑感覺，就知道浪翻雲掌握了劍道的至理。那就是天道，亦是自然之道、天然之理。浪翻雲覆雨劍法的精粹是來自洞庭湖的湖水。這明悟使她心生感動。掌握了水性，就是掌握了天道。所以他才能玩魔術般利用了水性，做出眼前所有這些不可思議的事來。

敵陣隊形立即亂了起來。秦夢瑤通明的劍心甚至可以感到敵艇上的人心中的寒意，故有此不戰自亂的情況。氣勢上浪翻雲全面地壓倒了他們。一個接一個的水花在船尾爆向天空。浪翻雲再一聲長笑，運腰下坐，船頭翹了起來，速度激增下，敵人連第三輪火箭尚未及射出，小風帆已破入了敵艇的中間處，擦身而過。「鏘！」秦夢瑤飛翼劍出鞘，漫天劍氣由她手裏似太陽光束般往左右兩艇激射而去。兩艘敵艇上共二十多人，連秦夢瑤的劍是長是短都還未看清楚，不是給劍氣撞得兵器脫手，東歪西倒撲進水裏，就是識趣伏下避禍。這還是秦夢瑤劍下留情。小風帆狂風拂過般由敵艇陣中穿出去，半刻停留也沒有，距離拉至五丈之遙。本由前後方夾攻過來的另兩組快艇，全落了空，急忙轉舵追來，和吃了虧的那組快艇擦身而過。浪翻雲木槳彈上半空，忽變成數十度槳影，以肉眼難以覺察的高速，拍擊湖水，沒有先前爆上丈許高的水花，連一滴水都沒有激起。秦夢瑤感到十多道暗湧往追來的敵艇激射過去，「蓬蓬」之聲不絕於耳，前排的十二隻快艇似玩具般被暗湧掀起船頭，然後往側翻跌，敵人隨艇齊給掀翻到水裏去，後至的快艇則撞在覆沉了的艇上，也傾側翻倒，潰不成軍。小風帆船尾再爆起水花，速度不減，迅速離開。

「鏘！」飛翼回到鞘內。驀地秦夢瑤秀目寒芒一閃。浪翻雲則悶哼一聲，運槳一撥，小風帆奇蹟地往橫移開了五尺。「蓬！」水花四濺裏，紅日法王由水底弓背彈出，若風帆尚在原定航線，剛好給他的背撞個正著，保證會斷為兩截。眼看他用力過猛，要沖天而起時，他凝定半空，高度剛不過船桅的頂端。要知他正全力上沖，這樣要停便停，實在有乖自然物性。那停頓絕不超過眨眼的一半時間，然後他以比上沖更驚人的高速，往橫移來，一足伸出，點向船桅。換了一般高手，定以為他想踢斷船桅，但秦浪兩人只從他身體移動帶起的風聲，知道了這一腳若給點在船桅處，力道會沿桅而下，落至船身，硬生生把小帆船從中折斷。他的目的仍是要把秦浪兩人分隔開來，好全力對付其中一人。目標當然是秦夢瑤。於此亦可見此人戰略高明，看出了浪翻雲的不好惹。

秦夢瑤靜立船頭，沒有半點動手攔阻的意思。浪翻雲嘴角牽出一絲笑意，頭一搖，頂上的竹笠彈離頭頂，閃電般往紅日法王旋飛割去。紅日法王「咦」了一聲，點向船桅的腳不得不收了回來，手掌暴脹，一把拍在竹笠旋轉著的邊緣處。若他不收腳，竹笠會在足尖點上船桅的同時，割入他的腰裏，分了力道在那一踢的他，將擋格不了竹笠含蘊著的驚人勁道。「蓬！」竹笠在他的大手印下化作漫天碎粉。

浪翻雲遙生感應，上身晃了半晃。紅日法王白髮白眉一齊直豎，精光閃爍的眼朝浪翻雲射去，一聲長嘯，人往船頭的前方拋去，藉勢化勁。小風帆破浪而前，往紅日法王落點衝去。紅日法王鮮紅的喇嘛僧袍獵獵作響，濕透了的衣服就藉那下抖動灑出千萬點水珠，往船頭的秦夢瑤罩去。秦夢瑤靜立不動，雨珠來到她身前三尺許處，像碰上隱形的牆壁般落下，重歸進湖水裏。這時紅日法王有若金剛天神的雄偉身形，背著船頭，雙足接觸湖面。小艇衝至他背後丈許的近距離。紅日法王仰天一笑，雙足點在湖水上，如著實地般彈了起來，凌空運腰轉身，手掌暴脹，往秦夢瑤面門抓來。

秦夢瑤伸手拔出背後飛翼，往前似緩似快地推出，迎上紅日法王快得看不清楚的一抓，竟恰到好處地把對方狂猛的攻勢完全封擋。要知兩人並非在實地上交手，距離位置隨著小艇的高速前進不住變化，所以看似毫不費力的互相一擊，其中計算的精確，實非一般高手所能想像。紅日法王五指箕張，每隻指頭都動了起來，在有限的活動幅度裏作著奇異的動作，就像五件武器般往秦夢瑤的飛翼攻去。秦夢瑤嬌叱一聲，飛翼一顫下抖出五道劍影，封鎖了對方每一指的攻勢。「叮叮噹噹」連串爆響。船頭窄小的空間兩條人影撞到一堆。紅影白影旋纏在一塊兒，再分不出誰打誰來。指劍交擊發出的勁響沒有剎那停止。驀地劍芒暴漲。紅日法王仰身退離秦夢瑤的劍圈，到了船頭外的兩丈許處，「颼」一聲往橫斜下，沒入水裏。船頭的空中飄下一塊紅色衣布，竟是紅日法王被割斷了的一小截袍服。小風帆迅速前去，晃眼間由紅日法王下水處旁丈許掠過。後面的敵艇在遠方亂成一團，再無法追來，也不敢追來。紅日法王沒入水後再不見任何影蹤。

秦夢瑤回劍鞘內，靜靜站了一會後，輕嘆道：「若非紅日法王因大哥的竹笠以致元氣未復，夢瑤是否能把他逼回水裏，實是未知之數。」

戚長征看著躺在地上，剛和自己有合體之緣的赤裸嬌娃，心中的妒恨痛苦差點令他仰天嘶喊。剛才水柔晶摟上鷹飛脖子的景象，冤魂不散地糾纏著他。他一聲悲嘆，欲掉頭離去，眼角掃到水柔晶腿上綁著的七首。心中忖道：她能爲我自殺，顯然對我的愛毫無虛假，衝著這一點就不能置她不顧。長刀點出，落到水柔晶的嬌體上。水柔晶穴道被解，仍在迷糊間小口張開，悽叫道：「長征！」她坐了起來，見到戚長征冷冷看著她，一點感情也沒有，就像看著個陌生人那樣。

水柔晶嬌軀一震，站了起來，待要撲入戚長征懷裏，戚長征喝止道：「你這水性楊花的賤人，由今天起你是你，我是我，休想我會再受騙。」

水柔晶俏臉血色一下子全部褪掉，捧著胸口向後連退兩步，想起昏倒前的事，焦灼萬分叫道：「長征！你誤會了。」

戚長征仰天悲笑道：「親眼見到還有誤會？你這賤人一見舊情人，明知對方狼心狗肺仍投懷送抱，獻上肉體和香吻，這叫做誤會？大概你是想不到我這麼快會回來罷？」

水柔晶淚水不受控制湧出眼眶，嬌體搖搖欲墜，悽然狂叫道：「不是那樣的，你聽我的解釋。」

戚長征冷然道：「你做過的事，任你舌燦蓮花，休想使我改變主意。以後你走你的陽關道，我過我的獨木橋，各不相干，哼！」轉身便去。

水柔晶淒苦冤屈湧上胸臆，像給大鐵鎚當胸擊了一下，往後踉蹌跌退，直至裸背靠上荒廟的破壁。

眼看著戚長征出廟而去，耳內忽響起戚長征的傳音道：「乖柔晶，我愛你，快扮作自殺的樣子，但可不要眞的自殺。」

水柔晶呆了一呆間，戚長征走得無影無蹤。她壓下心中的狂喜，直撲到門前，扮作絕望傷心地狂叫道：「長征！不要走啊！」廟外靜悄悄的，只有秋風吹拂的呼嘯聲。

水柔晶無力地退到廟心處，拔出匕首，指著心臟的位置，半瘋狂地笑了起來道：「你走吧！走吧！我要死給你看。」

「柔晶！」一個柔和的聲音在廟外遠處響起，帶著一種使人願意順從的力量。水柔晶至此不由深深佩服戚長征的智慧和策略，詐作一驚下匕首反指向聲音來處。

人影一閃，鷹飛嘴角帶著個懶洋洋的笑意，立在身前，微笑道：「死是那麼容易的嗎？」灼灼的目光集中到她動人的裸體上。

水柔晶狠狠道：「你這魔鬼，剛才以卑鄙手法，使長征誤會我而走了，我要和你拚命。」

鷹飛冷笑道：「左一句長征、右一句長征，你不怕我妒忌起來，待會和你相好時不懂憐香惜玉嗎？」眼光又在她赤裸的胴體上下遊移著，笑道：「你的身體仍是那麼美，難怪能把那小子迷得暈頭轉向。連我都想要舊情復燃呢。」

水柔晶往後退了幾步，靠著牆壁，尖叫道：「不要過來！」

鷹飛狂笑道：「你是我的女人，就永遠是我的女人，我要你生便生，死便死，哪由得你作主。」

水柔晶眼中射出堅決的神情。鷹飛看在眼裏，一移身，往她凌空抓去。水柔晶驚叫一聲，反手把匕首往自己胸口插去。鷹飛心中暗笑，若你能在我眼前自殺，以後我的名字可要倒過來寫才行。彈出兩道指風，刺向水柔晶的腕穴，豈知水柔晶匕首倏地翻過來，向他推出，氣勁嗤嗤，竟是蓄勢而發，全力出手。鷹飛心感不妥，難道自殺竟是假的，正要變招先拿下水柔晶，警兆倏起，一道強至無可抵禦的刀氣，由大門湧入，接著刀光閃處，戚長征人刀合一，往他殺至。鷹飛錯在心神全集中到水柔晶的胴體上，連背後雙鉤都未及取出，匆忙間分出小半力道一掌劈向水柔晶，另一掌全力往戚長征刀鋒迎去。剎那間形勢逆轉，他變成兩面受敵。戚長征這一刀挾著自己女人受辱的悲憤之氣而來，將刀法潛能發揮盡致，而鷹飛則是驚怒下倉皇應戰，此消彼長，高下立見，何況他還得應付水柔晶的匕首。心理上他更是處於劣勢。原本是他佈局騙人，現在反落入對方陷阱中，教他如何不憤恨難平。鷹飛一聲悶哼，兩掌同時劈中匕首和戚長征的天兵寶刀。三條人影一合即分。鷹飛狂嘯橫移，撞破另一面牆壁，迅速逸走。水柔晶歡叫一聲，投進戚長征懷裏。

戚長征摟著水柔晶，嘆道：「在這樣的形勢下，也只是令他被我的刀氣輕創，此人實在非常可怕。」

水柔晶道：「沒有一天兩天，他也沒有能力再追我們，長征！我多麼怕你眞的誤會了我，剛才他……」

戚長征用手捂著她的小嘴，柔聲道：「若非你醒來後叫的是我老戚的名字，使我知道你暈倒前只想著我，眼前就是一個截然相反的局面。來！快穿衣，我們立即走。」

水柔晶低問道：「小靈貍死了嗎？」

戚長征痛心地點頭道：「放心吧，有一天我會向這殘忍的凶徒討回血債，現在卻不能不走。」

水柔晶的熱淚滴在他的襟前。一向樂觀的戚長征，忽地感到前路一片黑暗。這次能趕走鷹飛全賴對方的輕敵，下次再遇上時，他們恐難有今晚的僥倖了。

曙光初現。風行烈和兩女整理衣服，離開令他享盡人間艷福的溫泉，走往下山的道上。烈震北不知所蹤。谷倩蓮驚異地不斷偷看他。

風行烈微笑道：「倩蓮！你又在打甚麼鬼主意？」

谷倩蓮伸手挽著他臂膀道：「行烈你現在特別好看，不知這是不是情人眼裏出潘安呢？不過你早是我情人了，為何現在我才發覺呢？」

白素香在另一邊摟緊風行烈道：「小蓮說得不錯，烈郎多了一種很特別的動人神采，像整個身體都挺直硬朗了，有種難以形容的氣概。」

風行烈心中一動，知道昨夜與兩女的胡地胡天，對體內匯聚的三氣定是大有裨益，因為燎原槍法最重氣勢，發揮陽剛的氣魄，就像厲若海那種境界，只須走出來站站作個樣子，即可不戰而屈人之兵。兩女感到自己不同了，正代表著自己真的有了突破，否則不會生出如此戲劇性的變化。心中豪情奮湧。好！由此刻開始，就當我風行烈重新做人，放手大幹一番，才不致辜負了師父培育的苦心。靳冰雲嘛！讓我再見她一面，和她說個清楚。假設她仍願作我的嬌妻，我將不計較過往的事，否則事情就此完結，自己豈能為一個不愛自己的女人牽扯一生。想通了這點，整個人輕鬆無比。

兩女放開了挽著他的手，原來已到了主府大門前。三人走了進去。雙修公主谷姿仙獨自一人立在大堂中間，在充滿喜慶的佈置襯托下，分外有種孤清冷艷的感覺。她冷冷看著三人的接近，神色平靜。風行烈心中奇怪，為何一個婢僕的影子都不見。白素香和谷倩蓮來到谷姿仙身前，作賊心虛，「噗噗」兩聲，跪了下去，垂著頭不敢做聲。風行烈想不到兩人有此行動，呆在當場。

谷姿仙美目緩緩掃過兩女，幽幽一嘆道：「他走了！你兩人滿意了吧？」

白素香一震道：「不關小蓮的事，全是素香獨斷孤行。」

谷姿仙的眼光來到風行烈身上，忽地神情一動，仔細地打量著他，秀目奇光迸射，好一會才斂去，柔聲道：「公子！昨夜睡得好嗎？」

換了往日，給這成熟的美女如此大膽的目光掃射下，他定會感到不自然，現在卻是欣然領受，正容道：「成抗兄眞的不告而別嗎？我這就去把他追回來。」

谷姿仙幽怨地瞅他一眼，輕輕道：「走便走吧！我谷姿仙難道要求人娶嗎？」

谷倩蓮一聲歡呼，跳了起來，過去挽著谷姿仙，無限高興地道：「好了！眞的好到不得了。」接著問道：「那個婆娘呢？」

谷姿仙心灰意冷地道：「也跟著去了，你開心吧！」

谷倩蓮一蹦一跳來到白素香旁，要把她拉起來。白素香掙脫她的手，向谷姿仙道：「小姐！責罰我吧！」

谷姿仙嘆了一口氣道：「敵人怕已登上了柳蝶林，我哪還有心情和你們計較呢？浪翻雲啊！你在哪裏呢？」

風行烈心中一震，知道谷姿仙任由成抗姊弟離去，實含有不讓他們牽入此事之意，心中不由一陣感動，淡淡道：「素香現在是風某的女人，她犯的過錯我願負起全部責任，我雖不懂雙修大法，不過只要有一口氣在，誓要除去『花仙』年憐丹，助小姐收復無雙國。」

谷姿仙嬌軀一震，朝他望來，定睛看著他，暗忖這人爲何忽然變得如此有英雄氣概，敢作敢爲，沒有一點矯情之態，柔聲道：「當年亡國時，敝祖曾立誓將來收復國土，只能憑自己的力量，公子的好意姿仙心領了。不過公子既有此意，足夠抵消素香的膽大妄爲，素香起來吧！」

在谷倩蓮的攙扶下，白素香半推半就站了起來，驚喜莫名，風行烈竟當著小姐明言自己是他的人，哪能不樂翻了心，感到身有所屬的幸福。谷姿仙看在眼裏，一陣感觸，她和谷白兩女自幼生活在一起，親如姊妹，現在這兩個最愛捉弄男人的好姊妹，終找到能令她們傾心的如意郎君，自己卻注定與幸福無緣，上天怎會如此不公平？想到這裏美目不由溜到風行烈身上，暗忖以自己銳利的目光，爲何昨天竟看不到此刻對方正散發著的男子魅力和動人的英雄氣質。當時只感到他是個很好看的男子。他現在擁有的那種特質，卻一如浪翻雲般使自己心動著。假若在遇上浪翻雲前碰上他，是否會對他傾心戀慕呢？

谷倩蓮又過來纏著她道：「小姐不如嫁給行烈，我們兩人則做他的妾婢，這樣就是一家人了，將來復國之事，就交到他手上，總好過你隨便找個人去練雙修大法，可憐將來是否成功還是未知之數。」

風行烈嚇了一跳，谷倩蓮如此口沒遮攔，全不顧人家小姐的尊嚴和面子，谷姿仙定會要她好看。

豈知谷姿仙俏目一亮，往他望來，好一會才收回目光，嘆道：「我們能否活過今天尚不知道，以後看看怎麼樣吧。」這幾句話表明了她對谷倩蓮的提議並不反對。

谷白兩女歡呼起來。風行烈有一陣滿足的痛快感覺，知道這絕色麗人對自己心動了，禁不住生起爭回一口氣的決心，抵償了谷姿仙過去對他的冷淡，微微一笑道：「公主是否嫁與風某，絕對無妨，不過倩蓮和素香都是我的人了，風某好歹都算是半個雙修府的人，兼之年憐丹既助方夜羽爲患中原，更是我的大敵。除非風某力有不逮，否則必教他不能生離中土，如此對小姐復國之業，當有幫助，那時小姐喜歡哪個人，就可嫁給那個人，再不受任何害苦人的大法束縛。」

谷姿仙聽出他話中隱含的傲氣，想到這男子因著自己昨天的態度，作出反擊，故表示全不介意自己愛上何人，和是否肯以身相許。嘆了一口氣，沒有說話。

這時譚冬匆匆走來報告道：「全府的人均撤往了後山的秘洞。而敵人則過了柳蝶林，正往這裏趕來。」風行烈至此才明白為何見不到半個人。譚冬接著神情一黯道：「接到南康來的消息，夫人的靜室發生了激烈的打鬥，胖婆子不幸慘死當場，夫人則不知所蹤。」

谷姿仙倏地轉身，叫道：「甚麼？」風行烈三人愕在當場，谷倩蓮想起胖婆子，灑下熱淚。

譚冬道：「小姐不用擔心夫人，據南康傳來的消息說，極可能是老爺去探望夫人時遇襲，不過看情形他們已突圍逃生。」

谷姿仙想起給父親的那封信，正是要他去探看谷凝清，深吸一口氣，收攝心神後道：「震北先生哪裏去了？」

譚冬道：「我在路上遇到震北先生，他說要去迎接賓客。」

風行烈一震道：「甚麼！我立即去助他。」

白素香一把將他扯著，笑道：「你當先生是個只逞匹夫之勇的人嗎？」跟著玉容倏地慘白了起來，她想起了烈震北只剩下一天的壽命。眾人也隨著神色黯然。谷姿仙強烈地想起了浪翻雲，自己堅拒撤出雙修府避禍，是否只是想再見這偉大的劍手一面呢？

里赤媚和刁項兩人並排走在最前頭，言笑晏晏間穿過桂樹林，踏上石橋，就像遊人雅士般，沿著碎石路，往雙修府走去。後面跟著的是柳搖枝和刁夫人，最後是由蚩敵和蒙氏兄弟三人，其他刁家的小輩和絕天滅地等一個不見。一行七人，優優閒閒往目的地邁進。里赤媚倏地止步。走在他旁的刁項，愕了一愕停了下來，往前望去，見到烈震北好整以暇地由峽谷彎處緩步出來，見到各人抱拳道：「貴客遠道來此，有失遠迎，還望恕罪。」說話間，已來至他們身前十多步處立定。刁氏夫婦和柳搖枝見到烈震北，想起那天給他到船上大鬧一番，他們卻莫可奈何，都感到有點尷尬，現在對方一人昂然對著他們七個人，更使他們大爲洩氣。

里赤媚閃爍的目光上下打量了烈震北一會，微笑道：「先生到此迎客，給足我們面子，里赤媚先謝過了。」

烈震北負手傲立，攔在路心道：「里兄今日此行，志在必得，爲何竟會漏了花間派主年憐丹呢？」

里赤媚失笑道：「年派主是愛花之人，見到滿山烈兄栽種的奇花異草，忍不住帶著花妃，瀏覽忘行，不過烈兄請放心，待會里某定會爲你引見，好讓你們親近親近。」

刁項悶哼道：「烈兄如此攔在路心，是否想以一人之力，把我們七人留在此處？」

烈震北一陣仰天長笑道：「正有此意！」

里赤媚鳳目一凝，神光閃過，迅如鬼魅的身形來至烈震北近處。烈震北微微一笑，兩手揚起。「蓬！」「蓬！」路旁的長草立時烈燄沖天，濃煙捲起，把整截路陷進伸手不見五指的黑煙裏，敵我雙方八個人全失去了影蹤。「蓬，蓬，蓬！」數十下悶雷般的氣勁交觸激響由烈震北和里赤媚處傳出來，濃煙旋捲，卻不散去。接著是烈震北的長笑聲。這時烈燄迅速波及方圓近半哩的長草，烈燄濃煙，覆蓋著廣達數里的範圍。沒有人明白火勢爲何如此凌厲迅速，只知道烈震北既名毒醫，這煙絕不會是好東西。

煙霧裏悶哼過招之聲不住傳來，顯是烈震北在濃煙裏不住移動，向各人展開狂猛的攻勢。濃煙非常古怪，風吹不散，而且即使閉上呼吸，也會由眼耳皮膚侵入體內，除了里赤媚不懼百毒外，其他人都要運功抗毒，致功力大打折扣。兼且敵我難分，於是大大便宜了沒有這問題困擾的烈震北。蒙二一聲慘叫，顯是吃了大虧，接著蒙大也叫了起來。里赤媚勃然大怒，憑著聽覺趕到烈震北背後，一指點去。「嗤！」的一聲，烈震北的華佗針刺中他指尖。一股尖銳氣勁透體而入，里赤媚暗呼厲害，在對方奇異氣勁沿腕脈走至手肘處時，硬以眞氣化去。烈震北悶哼一聲，打橫移開，閃到另一人背後，下面飛起一腳，往那人腳踝踢去。里赤媚左擺右搖，來到烈震北左側，一肘撞去。

「蓬！」烈震北和那人交換了一腳，再和里赤媚戰在一起，暗嘆若非被里赤媚纏著，其他人休想有一人能倖免於難。他在這條路上種的毒龍草，今早給他以秘法除去水分，又灑上易燃的特製藥粉，發出的濃煙劇毒無比，只要牽制得敵人一時疏忽下來不及運功抗毒，任對方內功如何深厚，也要給劇毒侵入腑臟，飲恨當場。想到這裏，肩頭一搖，硬受了里赤媚一掌，趁勢衝入亂成一片的敵人陣裏，華佗針左刺右點，驚呼悶哼聲連串響起。里赤媚狂喝一聲，往烈震北追去。烈震北一聲長笑，迅速遠去。毒龍草剛好燃盡，濃煙散去。烈震北早人影不見。

里赤媚暗叫一聲厲害，回頭往眾人望去。功力較次的蒙大蒙二坐倒地上，額上全是豆大的汗珠，顯是受毒氣所侵，正運功逼毒，蒙二傷勢較重，口、鼻、耳都滲出了血絲。刁項情況較好，但也不敢移動，臉色蒼白，看來沒有一段時間亦難以復元。里赤媚走到蒙大蒙二背後，伸掌按著兩人背心，送入眞氣，助他們驅毒。其他人行了一會氣，回復過來。刁夫人忙助丈夫療傷。柳搖枝和由蚩敵對望一眼，眼中驚怒交集。烈震北確是手段驚人，竟能以一人之力，硬把他們阻在此處。

里赤媚站了起來，眼中掠過哀色，低聲：「老四和老五再無法與人動手了。」

由蚩敵怒道：「不殺烈震北，我誓不罷休。」

刁夫人駭然道：「這毒非常厲害，我必須和夫君覓地療傷，否則不堪設想。」

里赤媚冷然道：「烈震北中了里某一掌，雖化去了我大半力道，已夠他受的了，再見他時，就是他身死之刻。」向柳搖枝道：「搖枝！你和刁夫人負責護送他們三人回船上去，蚩敵你和我在這裏稍待一會。」接著微微一笑道：「除了里某外，還有年派主、紅日法王和石中天老師，就算浪翻雲和秦夢瑤來了都不用怕。」

范良極搭著韓柏肩頭，興高采烈回到韓柏的房裏。

范良極讚道：「想不到左詩眼角這麼高的妞兒，都給你一招兩式弄上了手，確有些三腳貓的泡妞功夫。」

韓柏傲然道：「這個當然。」

范良極心情大佳，掏出煙管，放在嘴邊，乾吸了幾口，瞇起眼道：「你有沒有聽過范豹他們說起有關江湖上新選出來的十大美人？」

韓柏眼睛亮了起來，道：「甚麼十大美人？」

范良極道：「這都是江湖上好事之徒閒著無聊想出來的玩意兒，你要不要聽聽？」

韓柏道：「我剛送了個老婆給你當義妹，還要賣關子吊我的癮？」

范良極連聲道歉後道：「其實這非正式的選舉是來自八派年輕一代的弟子，不過很快傳遍江湖，差點比我們黑榜高手更受人注意，女人的魔力眞是厲害。」

韓柏不耐煩地道：「我不理是誰說的，只想知那十大美女究竟是誰？」

范良極又拿起煙管乾吸了幾口，悠然道：「你一定不會反對，排名首位的美人，就是使你神魂顛倒，但全無希望能眞的弄上手來玩玩的秦夢瑤。」

韓柏心中一熱道：「誰說我沒法弄她上手？我定要她乖乖跟著我，不過絕不是你所說的玩玩，我對她是很認眞的。」

范良極兩眼一翻道：「說倒容易，看到你面對她時的手足無措，我才替你難過呢！排第二位的是風行烈那小子的前度情人靳冰雲，這妞兒我也見過，姿容確可和秦夢瑤相比。」

韓柏一呆道：「她是風行烈的……的……」

范良極冷笑道：「朋友妻不可戲，我一直想提醒你，不過總是忘記了。」

韓柏吐出一口氣道：「好險！不過我有秦夢瑤就心滿意足了。」

范良極冷冷道：「秦夢瑤是你的嗎？」

韓柏頹然道：「第三位是誰？」

范良極道：「此女你很快可以見到，就是鬼王虛若無的獨生愛女虛夜月。不過你可要小心點，據聞此女最愛戲弄男人，江湖上的風流名士不知有多少人在她裙下英名盡喪，你韓柏怕也不能討好。」

韓柏嗤之以鼻道：「不要小看我，連浪大俠都說我對女人有法子，待我將來收拾了她，讓她乖乖作你的義妹，那時你才會明白我的獵艷手段。」

范良極哈哈笑道：「話誰不會說，到時鬧得灰頭土臉時，不要來向我哭訴，求我這戀愛專家指點。」接著又興奮地道：「假若你能讓秦夢瑤做我的義妹，我范良極才眞的服了你。」

韓柏愕然道：「你好像養成了收義妹的怪癖，眼前就有件現成貨，你有沒有興趣？」

范良極心癢難熬道：「你說左詩嗎？當然有興趣，剛才你應叫她立即認我，眞不明白你的腦筋為何如此不靈光？」

韓柏失笑道：「這事容易，詩姊現在除了浪大俠外，全聽我的了，來！先說誰是第四位美人。」

范良極憧憬著美麗的將來，眉開眼笑地道：「第四位是雙修公主谷姿仙，可惜你們無緣相會，任你手段通天，亦無計可施。」

韓柏苦惱地道：「都是你不好，要我裝神弄鬼，搞到現在脫身不得，否則說不定能一親芳澤呢！」

范良極笑罵道：「你這大淫棍眞是死性不改，人都未見過就想著那回事，唉！我眞為我的三個好妹子擔心。」

韓柏給勾起好奇心，催促道：「第五個美女是誰？」

范良極道：「這個更不得了，琴棋書畫無不精通，芳名憐秀秀，是當今最有名的才女，賣藝不賣身，你說多麼誘人，據說她在戲台上唱曲時，連三歲孩童、百歲老叟都要動心。」

韓柏悠然神往道：「那我定要一開眼界。」

范良極續道：「第六和第七位你聽聽倒可以，想則不用想了。」

韓柏奇道：「她們是誰？」

范良極又把煙管拿到嘴角乾吸兩口。韓柏終忍不住道：「這樣乾吸有甚麼樂趣呢？」

范良極嘆了一口氣道：「這兩天太刺激了，累我箭盡糧絕，剩下的仙草不夠十口，不乾吸怎行。」

韓柏同情地點頭，卻是愛莫能助。

范良極道：「這兩位美女一是朱元璋的陳貴妃，另一則是西寧派掌門人『九指飄香』莊節的么女

『香劍』莊青霜。朱元璋的愛妃不用說了，莊節最重門戶之見，你說他肯不肯讓你這江湖浪子，不知哪裏鑽出來的淫棍去碰他的愛女？」

韓柏惋惜地道：「唉！又少了兩個機會，快說還有三人是誰？」

范良極道：「排第八位的是八派的另一個種子高手，可惜是個尼姑，你應沒有機會吧？」

韓柏愕然道：「這些人是怎麼選的，尼姑可以入圍嗎？」

范良極道：「這尼姑是雲清的小師妹，你未曾見過才會說出這種蠢話，若你見過她的話，包你要選她入圍，這麼美的尼姑實是天下罕有。」

韓柏不感興趣地道：「餘下的兩人是誰？不是尼姑或皇妃就好了。」

范良極道：「第九位叫寒碧翠，乃八派外另一大派丹清派的掌門人，此女十八歲便以劍術稱冠全派，二十二歲當上了掌門之位，今年二十五歲，傳聞她立誓永不嫁人，要把一生用在發揚丹清派上，與八派一較短長，你若可弄她上手，要我叩頭斟茶都可以。」

韓柏意興索然道：「怎麼會是這等貨色，第十個不會又是這樣吧！」

范良極笑道：「剛剛相反，排名最末的這位是江湖上著名的蕩女，和她有一手的人絕不會少。」

韓柏精神大振，因想多套點資料，故作驚奇道：「這樣的女人竟可入選嗎？」

范良極哂道：「又不是選最有貞節道德十大女人，她為何不能入選？其實她的艷色絕不遜於其他美女，只是由於聲名欠佳，才給人故意排在榜末，不選她又實在不像話。」

韓柏搔頭道：「我受不了了，快說這美女是誰？你親眼見過她沒有？」

范良極挨在椅背上，道：「你答應一件事後，我才告訴你。」

韓柏嘆了一口氣道：「專使扮了，朝霞娶到了手，你還要我幹甚麼呢？」

范良極道：「我要你在今晚宴會前，學懂馬小子默寫下來的無想十式。」

韓柏一震道：「甚麼？」

范良極道：「我們中總要找個人出來冒充那擒下八鬼的神秘高手，才可以除去敵人的疑心，我老了，記憶力怎及你們後生的，只有靠你去充當少林的高手。」

韓柏咬牙切齒道：「你在這時間才來認老，不是擺明坑我嗎？」

范良極道：「時間無多了，最後一位是『花花艷后』盈散花，此女行蹤飄忽無定，來歷神秘。」接著眨眨眼道：「我不但見過她，還偷了她一點東西，更知道她一些很重要的秘密。」接著跳了起來，往房門走去道：「我會通知我的義妹們莫來煩你，好好給我關在房內用功吧！今晚全靠你了。」

韓柏眼睜睜看著他離去，除了苦笑外，還能幹甚麼呢？這大盜究竟偷了盈散花甚麼東西？她又有甚麼不可告人的秘密呢？

風行烈和谷姿仙、谷倩蓮、白素香、譚冬四人，站在雙修府堂外，目瞪口呆望著峽口外沖上天空的濃煙。

谷姿仙道：「震北先生發動了他的毒龍火陣，眞教人欽佩。」

風行烈皺眉道：「我應該去助他一臂之力的。」

谷姿仙道：「若你可幫上他的忙，他定會要你去的，所以不用爲此事不安。」

風行烈藉機問出心中一個問題道：「爲何震北先生會隱居在這裏呢？」

谷姿仙奇道：「倩蓮沒有告訴你嗎？是尊師厲若海先生特別邀請他來此的，否則怎請得動他。」接著露出笑靨道：「幸好他來此後愛上了這地方，還收了她們姊妹這兩個好女兒，他們相處得很好呢。」

風行烈這時正側頭看著她，見她笑起來時露出兩個迷人的小酒渦，禁不住怦然心動，暗忖她的心情似乎好多了，竟有這麼動人的美姿，一點不遜色於靳冰雲。谷姿仙驀地發覺對方盯著自己，俏臉微紅，別轉臉去。風行烈大感尷尬，望向身旁的谷倩蓮道：「守壺叔和岳叔兩人到哪裏去了？」

譚冬心不在焉答道：「他們到路上接應震北先生去了。」頓了頓道：「讓我去看看。」說罷匆匆而去。

風行烈見三女毫無動身之意，唯有壓下這衝動，向谷倩蓮道：「你是不是不舒服，爲何不說話了？」平日總是只有這小精靈吱吱喳喳，現在一反常態，自是教他大感奇怪。

小倩蓮挨到他旁，在他耳邊輕輕道：「我們想你和小姐多說點話，多多溝通，增進感情。」她聲音雖低，谷姿仙仍聽得一清二楚，半嗔半怒責道：「倩蓮！」

風行烈爲之氣結，知道谷倩蓮若要達到某一目的，通常都是不擇手段，眼前就是製造形勢，硬架他兩人上轎，令人啼笑皆非，淡然道：「公主芳心早有所屬，倩蓮你再不知好歹，胡言亂語，我會對你不客氣的。」

谷倩蓮嘻嘻一笑道：「行烈息怒，小姐和浪翻雲只屬純潔的神交，現在如是，將來也如是，小姐！小蓮說得對嗎？」

谷姿仙玉臉一寒道：「我的事不用你管，若你再這樣沒上沒下，胡言亂語，風公子帶走你後，就永遠不准回來。」

谷倩蓮嚇得噤若寒蟬，一臉委屈。風行烈看得心頭發痛，胸臆湧起傲氣，冷冷道：「公主乾脆俐落，明表立場，風某實在不敢高攀，亦高攀不起。由此刻開始，倩蓮素香你兩人不得再提起此事，否則我拂袖即走。」

谷姿仙嬌軀微顫，知道自己語氣確是用重了，一陣難堪。谷倩蓮說得一點不錯，浪翻雲早超然於男女物慾之外，是修行中的有道之士，和自己只能止於神交，假若將來風行烈眞的殺了年憐丹，自己不嫁他還嫁誰？她自幼修練雙修大法的基礎功，其中一項就是「觀男術」，那是一種基於男女相吸的玄妙直覺感應，所以當日和浪翻雲一見鍾情，就是此理。昨日她遇上風行烈時，芳心仍被浪翻雲盤據，故對風行烈不以爲意，到今天見面時，才忽然發覺風行烈對她有不遜於浪翻雲的吸引力。況且形勢逆轉，成抗已走，大禍迫在眉睫，雙修大法變成不切實際的一回事，自己實有權選擇喜歡的人，享受到夢寐以求的魚水之歡。現在卻爲著面子，硬逼這驕傲的男子說出這番沒有退路的強硬話來，眞是何苦來哉。心中輕嘆，可能自己注定是個苦命的女人。四人間一時氣氛冷僵至極。

在谷姿仙另一旁的白素香眼中淚花打滾，向風行烈悽然道：「烈郎！小姐並不是那個意思，你……」

風行烈心頭火起，朝她看去，正要喝止，眼光過處，驀地發覺谷姿仙眉黛含愁，秀目內藏著兩泓深無盡極的憂色怨意，心中狂震，知道這美女對自己並非無情，到了咽喉的重話，竟說不出來。與烈震北幾番有關道心種魔大法的對話後，他清楚知道無論是龐班、浪翻雲又或厲若海，追求的都不是這世上的任何東西，包括世人歌頌的愛情在內，所以就算他對谷姿仙展開攻勢，亦絕無橫刀奪愛的問題，爲何自己明知此理，仍以浪翻雲爲題，蓄意去傷害眼前這姿色內涵均能與靳冰雲相埒的美女呢？這實在大異自己一向的君子風度。難道不知不覺間，早愛上了她？故愛深恨亦深？

谷姿仙見他呆看著自己，不由偷偷往他望去。兩人眼光一觸，都嚇了一跳，各自別過臉去，心兒都卜卜狂跳起來，泛起一種意外至極的甜蜜感覺，好像忽然得到了從天降下的某一種珍貴的恩物。

谷倩蓮喜叫道：「先生回來了！噢！還有那一男一女是誰？」

谷姿仙忙收攝心神，往下望去，驚喜道：「浪翻雲來了！」

門開，柔柔閃了進來。韓柏正捧著那十多頁手抄的無想十式看得愁眉苦臉，見到柔柔進來，大喜過望，一把將她摟到懷裏坐好，驚奇道：「你怎過得死老鬼那關的？」

柔柔憐愛地吻上他的臉頰道：「你要多謝詩姊了，她說你若沒有我們陪在身旁，甚麼事都提不起勁兒來的。」

韓柏呵呵大笑道：「眞是深悉爲夫的個性，她們爲何不來？」

柔柔道：「她們到膳房弄美點伺候你呢！快用心看，這是我們答應了范大哥的，有沒有字看不懂？」

韓柏將抄本擲在几上，哂道：「這樣的功夫，我一學就會，有甚麼了不起。」

柔柔道：「范大哥也這麼說，因爲你有赤尊信的魔種，所以天下武功到了你手上，都是一學就會，最怕是你臨急應敵時，忘記了使出少林心法，那就糟了。」

韓柏嘆道：「我看老范是白費心機了，這無想十式全是內功心法，甚麼招式都沒有，怎樣去騙人？」

柔柔道：「你太小覷范大哥了，其實他老謀深算，早想到這點，只要你是憑少林內家正宗心法和敵人交手，兼之你根本全無招法，動手時只憑意之所指，反會使敵人誤以為你是故意隱瞞出身少林的身分，以致深信不疑呢！」

韓柏一愕道：「你的老頭大哥果然有點道行。來！橫豎我已大功告成，我們先快樂快樂。」

柔柔俏臉飛紅，求饒道：「不！你的詩姊和霞姊快來了，給她們看見怎麼辦呢？」

韓柏大奇道：「看見有甚麼問題？為何害羞起來？」

柔柔抵擋不住，幸好這時門打了開來，左詩和朝霞捧著茶點進來，後面還跟著范良極和陳令方兩人。柔柔嚇得跳了下來，裝作上前幫忙捧東西，掩飾曾和韓柏親熱過。左詩和朝霞同是興高采烈，范良極則笑得一對眼睜不開來，陳令方卻像變了另一個人，紅光滿面，就若以前臉上積有污垢，現在才洗乾淨了似的。各人不拘俗禮，隨便在這船上最大最豪華的貴賓室坐下，由三女把茶點分配在三個男人旁的几上。

當朝霞把茶點放在陳令方的几上時，低叫道：「老爺請用點心。」

陳令方臉色一變道：「韓夫人以後叫我陳老、陳令方、陳先生、陳公、惜花老，總之叫甚麼都可以，絕不可再叫老……不……不……剛才那一個稱呼。」

朝霞欣喜地道：「我隨柏郎喚你作陳公吧！」

韓柏目不轉睛看著陳令方道：「陳公為何今天的樣子像變了另一個人似的？」

陳令方眉開眼笑道：「嘻！這事我正想請教范師父呢。」

范良極正歡喜地從未來義妹女酒仙手中接過一盅熱茶，聞言嚇了一跳，正容道：「陳兄難道忘了我為你犧牲了七七四十九天的陽壽，一年內都不可再給人看相嗎？」

陳令方愕然道：「不是一百天嗎？」

范良極道：「普通看相就是一百天，但是若給人化了惡煞，則至少一年內不可看相。」

左詩第一個忍不住笑，藉故出房去了，接著是朝霞和柔柔，跟在左詩後面逃命般走個一乾二淨。

陳令方失望地道：「如此由我試道其詳，請范兄記著我說錯了的，一年後給我糾正。」頓了頓又興奮起來道：「昨夜我照了十多次鏡子，發覺氣色不住轉好，自丟官後我一直烏氣蓋臉，由昨夜送了韓兄入房後，烏氣退卻，老夫還怕燈光下看不眞切，到今早一看，天呀！我的厄運終於過去了。」范韓兩人面面相覷，心想難道眞有此等異事。

陳令方仔細端詳了韓柏一會，欣悅地道：「韓兄果是百邪不侵，氣色明潤，更勝從前，老夫安心了。」

韓柏亦首次細看陳令方的臉，道：「不過陳公鼻頭和兩顴均微帶赤色，這又是怎麼一回事？」

陳令方道：「難怪范兄肯收你爲傳人，韓兄確是天分驚人。這赤色應在眼前之事，看來今晚會有些許凶險，幸好老夫印堂色澤明潤，到時自有你們兩位貴人爲我化解。」

范韓兩人見他如此高興，再無任何騙他的良心負擔，齊齊舉茶祝賀，滿座歡欣。邊吃著左詩和朝霞弄出來精緻可口的美點，范良極向韓柏問道：「那無想十式你練上手了沒有？」

韓柏傲然道：「無想十式剛和我體內行走的氣脈方向相反，非常易記，例如運轉河車時，我的氣是由任脈順上泥丸下督脈，無想十式則反由氣海逆上脊椎督脈，再由督脈過尾枕回任脈，所以我一學便會，噢！」范良極和陳令方見他忽地陷進苦思裏，都不敢打擾，靜看著他。

自得到赤尊信的魔種後，韓柏體內的眞氣只依著以前赤尊信體內的路徑行走，自然而然地應用出來，但對體內究有何經何脈，實在一無所知，讀完無想十式後，最大的收益似乎只是多知道了經脈穴竅的名稱位置。現在他卻忽然靈機一觸，當日和里赤媚動手時，對方每次眞氣入侵，都是逆氣攻入，故能造成特別傷害，現在他學懂了無想十式這少林玄門正宗的最高深的內功心法，豈非眞氣可順可逆，隨時轉變？假設給對方眞氣侵入，逆氣攻進內腑時，自己逆轉體內眞氣，對方入侵的眞氣，不是變成順氣而行，和體內眞氣融合，減少傷害。不過當然不能任由對方順氣攻入臟腑，自己屆時或可轉順爲逆，如此順順逆逆，何愁不能化解對方的眞氣？想到這裏，拍几喝道：「我想通了。」

范良極皺眉道：「又說一學就會，原來到現在才想得通。」

韓柏興奮道：「我想通的不是無想十式，是如何挨打的功夫。」

范良極啐道：「這樣沒志氣的人眞是少見，不想去打人，卻想著如何挨打。這麼喜歡的話，讓我揍你一頓來看看！」

陳令方此時充滿對韓柏的感激，爲他辯解道：「韓小兄奇人奇事，若他挨得了打，和別人各揍一拳，他豈非大佔便宜，此眞絕世奇功呀！」

范良極不想長韓柏志氣，改變話題道：「來！讓我們商量一下今晚如何應付敵人的手段。」

陳令方精神一振道：「范兄的佈置妙至毫顚，我眞想不到胡節還有甚麼法寶。」

韓柏道：「范小子你有甚麼佈置？」

范良極怒道：「你叫我作甚麼？」

韓柏嘻皮笑臉解釋道：「小子代表年輕，所以只有年輕小子，沒有年老小子，明白了嗎？范小子！」

范良極拿他沒法，道：「我著范豹等人在廳內設了幾個可藏人的平台，可將那八鬼藏於其中一個的台下，到時我們坐了上去，誰有本事來偷人。」

韓柏道：「不怕悶死他們嗎？」

陳令方代爲解釋道：「台後貼牆處開有氣孔，台底上下四方都鑲了鐵甲，敵人想破台而入都要費一番大工夫。」

韓柏皺眉道：「我看敵人這次來是志在陳公，不是那八個小鬼。」他這話最合情理，沒有了陳令方，誰還敢爲這件事出頭？何況最初的目標正是要殺陳令方。

范良極笑道：「所以我才要你扮不是少林高手的少林高手，小子你明白了沒有？」

韓柏啞口無言，站了起來道：「我在此困了整個早上，也應該出去活動活動了，何況我還未看灰兒呢。」

范良極抓起手抄本喝道：「你忘記這功課了。」

韓柏笑道：「你可當煙絲把它吸下肚去，因爲所有東西都盡在本人腦中。」

范良極笑罵聲中，韓柏以最高速度出門去了，不用說又是藉看灰兒之名，去佔三女的便宜。

浪翻雲和烈震北並肩登階而上，言笑甚歡。烈震北的臉色反常地紅潤，而不是平時病態般的蒼白，看得人心悸神顫，擔憂至極。秦夢瑤悠然走在兩人身後，滿有興趣地聽著兩人的對答，不時露出會心的微笑，教人忍不住生出好感。陳守壺、趙岳和譚冬跟在最後，不斷警覺地往山下回望下去，觀察有沒有敵人的蹤影。谷姿仙眨也不眨看著浪翻雲，臉上現出動人心魄的喜意，和風行烈迎了上去。

浪翻雲目光落到谷姿仙的俏臉上，親切一笑道：「公主愈來愈美了。」谷姿仙欣悅地垂下了頭，顯示出女兒家的嬌羞。

浪翻雲伸手扶起要向他拜倒的風行烈，捉著他的手仰天長笑道：「厲兄有徒如此，當能含笑九泉之下。」

風行烈心中湧起對長者的孺慕，激動地道：「浪大俠當日於行烈落難時的援手之情，行烈沒齒難忘。」

浪翻雲放開了他的手，親切地道：「見到你像見到韓柏，都不由我不打心底裏喜歡你們。」眼光落到兩旁好奇地打量他，又不時偷看秦夢瑤的谷倩蓮和白素香處，先向谷倩蓮道：「這位姑娘定是連范良極和韓柏也要既頭痛又疼愛的小妹妹了，行烈你得妻如此，夫復何求。」

眾人想不到浪翻雲對他們的事如此清楚，大爲訝異。谷倩蓮在浪翻雲的目光下，羞人答答地道：「大俠不要信他們兩人說的所有關於小蓮的壞話，我是很乖很乖的。」

浪翻雲哈哈一笑，向白素香道：「這位姑娘！我們是不是曾有一面之緣呢？」白素香嚇了一跳，想不到當日扮了醜女都瞞不過他的法眼，含羞報上了名字。

烈震北興致極高，向各人道：「來！讓我爲各位引見慈航靜齋三百年來首次踏足塵世的仙子秦夢瑤小姐。」

谷姿仙風行烈等齊齊一震，向走上前來的秦夢瑤行見面禮。風行烈看到秦夢瑤，生出一種奇怪至極的感覺，頓時想起了靳冰雲。她們都有著某一種使人傾倒心儀的絕世氣質，卻又是迥然有異，非常難以形容。谷姿仙想著的卻是爲何她會和浪翻雲聯袂而來，兩人究竟是甚麼關係？秦夢瑤客氣地和他們招呼著，可是總令人感到她所具有那超然於人世的特質，形成了一種難以親近的距離感。也是這種距離和遠隔，使人覺得若能得她青睞，將是分外動人和珍貴的一回事。

烈震北伸手搭著浪翻雲的肩頭大笑道：「想不到烈某這輩子的最後一天，能和浪兄把臂同行，實乃生平快事，不如我們先進府內，邊喝酒邊等待貴客的來臨。」

浪翻雲絲毫不以爲意地向谷姿仙笑道：「我想著的卻是公主親手烹調的野茶，公主莫要讓浪翻雲失望。」

谷姿仙由統率全府的英明領袖，一變而爲天眞可人的小女兒家，雀躍道：「那天烹茶的工具全保留在我房內，我立即拿出來招呼你，可不要笑我功夫退步了。」

谷倩蓮和白素香齊叫道：「讓我們去拿！」你推我撞，搶著奔進府堂內，大敵當前的愁懷，一掃而空。眾人不禁莞爾。

烈震北道：「姿仙行烈你們先陪浪兄和夢瑤小姐進去，我吃完藥便來。」逕自去了。

譚冬三人道：「我們留在這裏，好監視敵人的動靜。」

谷姿仙道：「切勿和敵人動手。」然後向浪翻雲道：「大俠請！」

浪翻雲深深看了她一眼，想起了紀惜惜，一陣感觸道：「公主請！」和她並肩往府堂走去。

風行烈向秦夢瑤微微一笑道：「夢瑤小姐請。」秦夢瑤報以笑容，跟在他身旁，追在浪谷兩人背後，齊往府堂正門緩步走去。

前面的谷姿仙低聲道：「我知道你會來的，但又擔心你不來，現在你來了，眞的很好！」

浪翻雲道：「知道公主有事，無論怎樣我也會來的。」

谷姿仙偷看了他一眼後，輕輕道：「我還以爲長江一別後，以後無緣再見，不過是否不再見面，反而更美呢？我可以把最好的形象，永遠留存在你心中。」

浪翻雲微笑朝她望去道：「你在我心中永遠是那麼風姿綽約、楚楚動人，甚麼都改變不了這印象，公主請放心。」

谷姿仙嬌軀一震道：「有了這幾句話，姿仙縱使立即死去，亦心滿意足了。」

後面的風行烈把谷姿仙對浪翻雲的情深款款全看在眼底，出奇地心中半絲妒念也沒有，深切地體會到兩人間那超越了普通男女情慾的忘情愛戀，有的只是欣賞情懷。

身旁的秦夢瑤溫婉地道：「風兄消除了體內種魔大法的餘害，因禍得福，夢瑤眞替風兄高興。」

風行烈朝她望去，猶豫片晌，問道：「請問令師姊芳蹤何處？」

秦夢瑤平靜答道：「雲師姊應已回到靜齋去，風兄有甚麼打算？」

風行烈苦笑道：「我不知道！」

秦夢瑤感到他心中濃烈的哀傷和無奈，憐意大生。在她所遇到的年輕男子裏，除了韓柏、方夜羽和戚長征外，風行烈是第四個令她看了第一眼就生出特別好感的人。輕輕一嘆後，回復她那平靜無波的心境。接著心湖裏不由自主地泛起韓柏那惱人的面容，熱烈的眼神。

風行烈沉浸在對靳冰雲的思念裏，默然無語，跨過門檻後，忽然問道：「夢瑤小姐是否認識風某的好友韓柏？」

恬靜清冷的秦夢瑤，聞言嬌軀一顫，問道：「風兄爲何忽然提起韓柏？」

風行烈愕然道：「我也不知道！」

秦夢瑤知道這天資卓絕的年輕高手感應到自己心中對韓柏的思念，幽幽一嘆道：「認識的！」不知是何緣故，自受傷之後，反更不能遏制地不時念著韓柏，想起被這無賴調情時自己反常的放縱和忘憂。浪翻雲剛遇到她時，曾出奇地逼她表白對韓柏的態度。浪翻雲並非普通的人，其中自有深意。難道自己眞的對這可愛的小無賴情難自禁，眞是寃孽！

風行烈見提起韓柏後，秦夢瑤的冷漠立時煙消瓦解，代之而起是一種難言的幽怨和感懷，心中一震想道：原來她眞的愛上了韓柏，這傢伙眞個得天獨厚。

秦夢瑤嗔怪地瞪他一眼道：「風兄莫要胡思亂想！」

秦夢瑤出奇地俏臉紅了一紅，剛好此時浪翻雲聞笑回過頭來，看到秦夢瑤這罕有的神態，一笑道：「我喜歡夢瑤現在的樣子。」

給她這麼一看一說，風行烈反感到有種打破了這仙女般的美女那與人世隔絕的禁忌的快意，忍不住哈哈大笑起來。

秦夢瑤回復她的恬靜無波，淡然自若道：「韓柏何時把大哥你收買了？」

這時四人來到府堂裏一角的大檯旁，浪翻雲爲谷姿仙拉開椅子，讓她坐下，笑道：「有情而無情、無情而有情，在劫難逃，終有一天夢瑤能明白我這局外人說的話。夢瑤請坐，行烈爲你拉開椅子了。」

秦夢瑤俏臉再紅，原來她竟忘了坐下。心中驚叫道：爲何我受了傷後，竟不時爲那無賴臉紅？秦夢瑤啊！這究竟是怎麼一回事？像她這種高手，無論在任何情況下，都不會心不在焉的。但剛才聽到浪翻雲「在劫難逃」一語，竟有片刻失神，怎不教她駭然大驚。可惡的浪翻雲又故意指出這點，令她更是無以自處，芳心亂成一片。唉！自己二十年來的清修，難道就如此毀了嗎？幸好這時谷倩蓮和白素香興高采烈捧著茶具從內堂跑出來，解了她尷尬的處境。谷姿仙站了起來，迎了過去，在二女協助下，開始在一旁的茶几上開鐺煮水。

烈震北灑然而至，臉色回復清白，坐到秦夢瑤對面，沉聲道：「夢瑤今天絕不宜動手。」風行烈懍然望著秦夢瑤，暗忖天下間除龐斑浪翻雲外，誰可傷她？

秦夢瑤淡淡一笑道：「先生好意，夢瑤心領了。生死何足道哉，夢瑤與紅日法王之戰勢在必行，這是夢瑤對師門的唯一責任，絕不願逃避。」

烈震北仰天長笑，道：「好！只有靜庵才可調教出秦夢瑤來，誰都不行！」

風行烈心頭一陣激動。先是浪翻雲對烈震北僅有一天壽命，表現得毫不在意；現在則是烈震北對秦夢瑤的視死如歸以長笑處之，都表現出他們視生死如無物的心胸氣魄。

谷倩蓮托著茶盤，上面的四只小杯子均斟滿了滾熱的茶，香氣騰升，跟在谷姿仙後，來到檯旁。谷姿仙伸出纖美雪白的雙手，輕輕拿起一杯，遞給秦夢瑤道：「夢瑤小姐高義隆情，遠道來援，姿仙謹代表雙修府上下各人，敬小姐一杯。」

秦夢瑤含笑接過，一飲而盡。

谷姿仙拿起第二杯茶，屈膝微一躬身，盈盈遞向烈震北道：「對先生姿仙不敢言謝，先生永遠是姿仙最敬愛的長者，姿仙和倩蓮素香都是先生的乖女兒。」

烈震北一笑接過，喝個乾淨，肅容道：「烈某還有何憾事？」轉向浪翻雲道：「浪兄當明白我今天的興奮心情，這是烈某期待了畢生的大日子。」

白素香嘩一聲哭了出來，伏在谷倩蓮背上，不住抽搐，累得谷倩蓮陪著她眼紅紅的，淚花滾動。烈震北搖頭道：「傻孩子！」

谷姿仙把小嘴湊到白素香耳旁，安慰了兩句後，拿起第三杯茶，送到浪翻雲眼前，嬌痴地道：「由今天開始，姿仙要學夢瑤小姐那樣，喚你作大哥，喝了這杯茶後，大哥以後都要憐我疼我，不得反悔！」

浪翻雲仰天長笑，充滿歡娛之情，拿過杯子，送至鼻端，深深嗅了一下，道：「眞香！」一飲而盡，微笑道：「雙修大法，果是不同凡響，看看是誰家男子有福，可配得上我這迥異流俗、蘭心蕙質的好妹子，必然享盡人間仙福。」說到最後那句，眼光掃向風行烈，大有深意微微一笑。

換了其他人，都會對浪翻雲這幾句話，摸不著頭腦。但在場各人，均明白到浪翻雲所指的是谷姿仙因爲自幼修習雙修大法的基本功，故絕不如一般女性看異性的浮面膚淺，而是深入地感觸到對方眞正的內涵，故能看破浪翻雲已達到超越了人世肉慾的道境，就如當年躍空仙去前的傳鷹。讚她迥異流俗，自是因她清楚表示出會將對浪翻雲之情，轉化作純潔無瑕的兄妹之愛，如此蘭心蕙質的嬌娘，怎能不教他嘆服。浪翻雲想起左詩，希望她現在已得到了眞正的幸福。

風行烈聽到「享盡人間仙福」一語，一顆心卜卜跳了起來，想到谷姿仙精善雙修大法，若能和她作魚水之歡，那種動人處確是不作他想。這時谷姿仙把最後一杯茶送至他面前，垂頭道：「過去姿仙多多得罪，還望風公子大人大量，既往不咎，這杯茶算是我向公子賠罪了。」

谷倩蓮化哀爲笑道：「烈郎喝了這杯茶後，以後再不准向小姐說硬話兒，要像浪大俠般憐她疼她了。」風谷兩人都給她說得大感尷尬。

烈震北歡喜地道：「還不趕快把茶喝掉。」

風行烈從谷姿仙手上接過熱茶，當指尖相觸時，兩人同時輕顫，目光交纏了電光石火的刹那，才同時撤回目光。

風行烈舉杯朗聲道：「公主請原諒在下愚魯之罪。這一杯風某只喝一半，另一半當是在下向你回敬。」

他整個人忽然發出亮光，一時虎目神光電射，罩著谷姿仙，半點畏怯也沒有。眾人呆了一呆，想不到一向儒雅溫文的風行烈有如此驚人之舉。雖說是江湖兒女，不爲禮教餘風所拘束，但仍是深受男女之防影響的。合喝一杯酒，只限於共諧秦晉的男女，稱爲合巹酒。當日浪翻雲以共用一杯打開了左詩緊閉的心扉；今天的風行烈卻以半杯茶公開逼谷姿仙向他明示以身相許之意。最明白其中究竟的是烈震北，知他因體內三氣匯聚，徹底提升了他的氣質，使他連平常的舉動，也深合燎原百擊那懾人的氣勢，教人無從抗拒。

風行烈輕啜一口，喝掉半杯茶，穩定的手把剩下半杯茶的杯子遞至羞得臉紅過耳的谷姿仙面前。谷倩蓮放下托盤，和仍滿臉淚漬的白素香來到谷姿仙左右，欣喜地把她挾持著，教她欲逃無從。

谷姿仙偷偷看著眼前那小半杯茶，心中既怨又喜。怨的是此人大男人得可以，竟在眾人面前以泰山壓頂之勢，硬架人家上轎，逼她投降；喜的卻是風行烈這種不可一世的英雄霸氣，和浪翻雲的放蕩瀟灑一樣，均是自己夢寐以求的眞正男子漢典型，教她身軟心顫，欲拒無從。風行烈則是痛快至極，直至此刻，才感到自己眞正在享受生命，就像使出了厲若海所教的橫槍勢，心中充滿了廝殺於千軍萬馬間那一往無前的豪雄氣勢。就算給對方斷然拒絕，亦屬快事。

谷姿仙終忍不住抬頭望向風行烈，一看下暗叫一聲「罷了」，伸出手來，抓緊風行烈的大手，就在他手上低頭把茶喝乾了，然後若無其事地到浪翻雲旁的椅子坐下，風情萬種橫了風行烈一眼道：「風公子滿意了嗎？」

浪翻雲看得啞然失笑，接著神色一動，悠悠往外喝去道：「貴客已臨，爲何還不上來一會？」

里赤媚的聲音由山腳下的遠方傳上來道：「浪兄休要如此客氣，折煞我等了。」接著是喧天而起的奏樂聲。

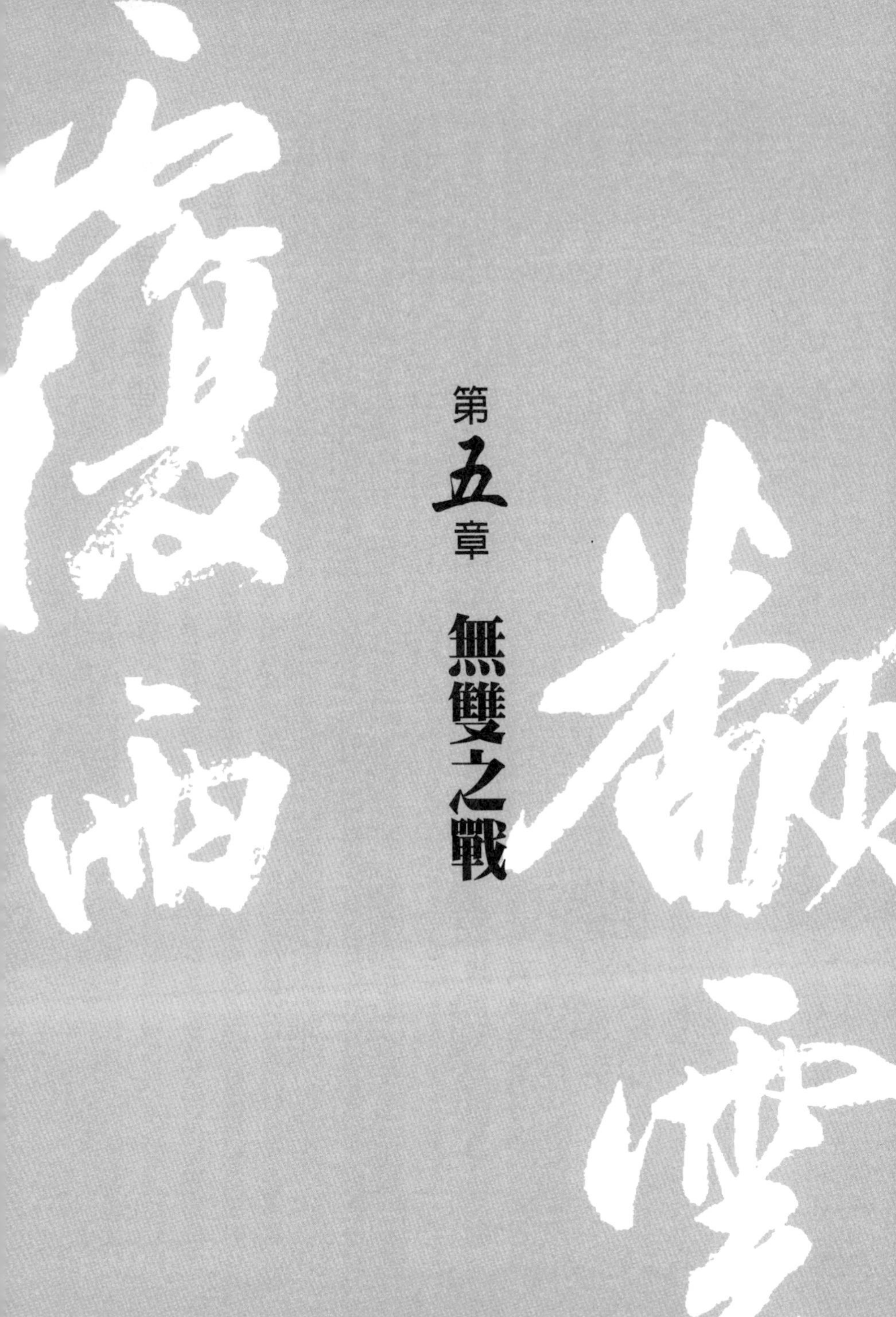

第五章 無雙之戰

第五章 無雙之戰

秋陽當空。戚長征和水柔晶連夜趕路，抵達洞庭南面湘水旁的長沙府。尚未進城，已感到異樣的氣氛。原來城門增設了關卡人手，嚴密地搜查和盤問入城的商旅。

戚長征大搖大擺地往城門走去，嚇得水柔晶畏縮地依傍著他，低聲勸道：「這些兵丁分明是針對你們怒蛟幫而來，你這樣進去，是不是要找人打架？」

戚長征道：「放心吧！老戚在江湖上混了這麼多年，一個關卡都過不了，還有臉見人？」

水柔晶道：「我們大可在別處攀牆而入，爲何要捨易取難？」

戚長征道：「越牆而入才危險，敵人只要在城內的幾處制高點佈下人手，在這樣的大白天保證我們無所遁形，對官府來說，由於人手充足，這是輕而易舉的事，還是由城門進入妥當。」

水柔晶芳心卜卜狂跳，無奈下硬著頭皮，尾隨他往城門走去。這時城門有十多人和幾輛運貨的騾車，正排成鬆散的隊伍，輪候檢查。

戚長征走路的動作忽地誇大起來，一副有恃無恐、昂揚闊步的樣子，還不遵守規矩，帶著水柔晶繞到隊伍的最前頭，看樣子是要插隊第一個進關。

城衛看到他這副「氣派」，愕了一愕，齊喝道：「立即給我滾回去排隊！」

戚長征兩眼一翻，舉手打了兩下手勢。其中一個城衛微愕道：「老兄原來是長沙幫的人，不知是哪個堂口的兄弟，甚麼字輩的？你身旁這漂亮娘兒是那個窰子的姑娘，待我們好去捧她的場。」

戚長征向水柔晶大笑道：「由你自己答他們吧。」

水柔晶心中暗恨戚長征玩世不恭的態度，偏又奈他莫何，垂頭道：「他是小婦人的丈夫。」眾衛均露出艷羡之色。

戚長征上去用江湖切口交談了幾句，眾衛均不由肅然起敬。戚長征拖著水柔晶，輕輕鬆鬆進入了城內。

水柔晶心中佩服，問道：「你眞有辦法，但我仍不明白你怎能騙過他們。」

戚長征道：「不是我有辦法，而是老翟有辦法，他特別爲我找了幾個身分，都是些連官府也不輕易招惹的人物，身材相貌又都與我有幾分相像，兼之我們怒蛟幫一向嚴禁幫中徒眾冒充別些幫會的，所以現在臨急拿來一用，立即見效。」

水柔晶笑道：「你剛才扮得眞像，一副江湖惡少的模樣，眞怕你把我賣進窰子裏去。」

戚長征笑道：「若我眞把你賣進窰子裏，你會不會和我拚命？」

街上的人熙來攘往，好不熱鬧，兩人沿街緩行，另有一番優閒味兒。

水柔晶嫣然一笑道：「絕不會！你捨得便任你賣吧！讓你的良心整治你。」

戚長征心中一甜道：「我當然捨不得。來！」拉著她溜進一條橫巷去。在橫街左穿右插，來到一處僻靜的荒地。

戚長征道：「這城內有個我們的暗舵，他們在城口留下的暗記，顯示他們遇到了麻煩，因爲由昨午開始，他們停止畫上代表時間的橫線。」

水柔晶明白這是江湖上慣用的手法，可藉特別的筆畫，顯示符號有效的時間，遂道：「他們可能是昨天撤離此處了。」

戚長征搖頭道：「我們進城後，竟沒有幫會中人來盤查或跟蹤我們，大不合理，定是對方故意不引起我們注意，待我們自投羅網摸到暗舵時才圍殺我們。」

水柔晶這時完全地信賴著戚長征的忖度和智計，問道：「我們躲到這裏來，不是明著告訴別人你看破了他們的詭計嗎？不走更待何時？」

戚長征堅決搖頭道：「我們不走！」

水柔晶吃了一驚，瞪大美目道：「不走？」

戚長征輕輕吻了她一下，微笑道：「我們等他們來。」

水柔晶道：「征郎！你每一著都教我大出意外，但這次我眞的不能明白，你連敵方有甚麼高手都不知道，又有官府牽涉其中，難道你有把握勝過後援力量源源不絕的強大敵人嗎？」

戚長征露出他陽光般充滿生氣和光采的笑容，輕咬著她的耳珠道：「這是置之死地而後生的險中求勝法，若我不能在短時間內刀法大進，會在未到洞庭前便給鷹飛殺死，你也會受他淫辱，所以我要儘量爭取時間，領悟封寒教我的左手刀，再融入我自身的刀法裏，因此不得不引敵人出來試刀，只有血戰中領悟出來的刀法，才是眞實的。」

水柔晶嬌體一震，心中生出無窮敬意和愛慕。

戚長征柔聲道：「縱然我尚未能比得上他，可是他絕不夠我狠，絕不及我的不怕死。柔晶！我有絕對的信心保護你，讓你不會受到任何傷害。這是丈夫對愛妻的保證。」

西南方衣袂破風聲響起。水柔晶像沒有聽見那樣，俏目射出令人心顫的情火，道：「征郎！不論生死，我都要永遠和你在一起。」

樂聲喧天中，敵人終於走進府堂內，這時譚冬等三人退了進來，站在谷姿仙身後，各人目光落在來者身上。帶頭的是里赤媚，嘴角含著淡淡的笑意，步伐輕鬆寫意。和他並肩而行是個身材頎長，只比里赤媚矮了少許的中年男子，眉濃鼻高，臉頰瘦削，眼內藏神，背負長劍，自有一股懾人的氣勢和威嚴，教人不由生出警惕之心。兩人身後是一男兩女。那男人高鼻深目，一看就知非中土人士，一身華服，剪裁適身，令人感到他必是非常注重儀容的人，看來順眼而不俗氣，長衫飄拂，氣度不凡。此人面目頗爲英俊，遠看像個三十來歲的精壯男子，細看下才發覺他眼尾布滿魚尾紋，透露出比他外貌大得多的年歲。兼且此人目光閃爍，正好顯露出他絕非正派人物，屬於心性詭狡多變，陰沉可怕那類奸惡之徒。他的高度與里赤媚大致相若，但因頭頂儒冠，高了出來，非常搶眼。身旁兩女都是宮髻堆鴉，長裙曳地，配上亭亭玉立的身材，風姿曼妙動人，可惜臉上都用一塊紗布遮住了口鼻，使人難窺全豹，不過只是露出的眉眼，已教人感到她們必是非常美麗。兩女一人吹奏著胡笳，一人把戴在兩邊手腕的銅環相互敲擊，發出高低不同、輕重無定的清亮脆響，充滿了音樂的感覺，也有種使人心蕩神搖的味道。走在最後的是禿鷹由蚩敵，一臉陰沉中透出尋釁生事的惡模樣。

眾惡客踏進府堂內時，目光最後都集中在浪翻雲這天下第一名劍臉上，若非是浪翻雲，換了一般高手，只是給這幾道凌厲眼光看看，便要心顫膽怯，不戰而潰了。浪翻雲哈哈一笑，依照江湖禮節，領著眾人長身而起，迎了過去，只有烈震北和秦夢瑤仍然安坐。前者自斟自飮，像不知貴客已臨的模樣，後者閉上秀目，如觀音入定，不屑理會凡塵之事。雙方的人隔了十多步停下，打橫排開，成爲對峙之局。樂聲倏止，府堂一片靜默。里赤媚暗中打量浪翻雲，見他手足移動時，有種天然渾成的感覺，他本想給對方來個下馬威，憑著鬼魅的身法，試試對方實力，可是直至浪翻雲立定，仍然無法出手，心中駭然，以前天下間，只有龐斑可令他生出這種感覺，想不到現在又多了個浪翻雲。但兩人予他的感覺，卻是迥然有異。龐斑是捉摸不到的；而浪翻雲卻是無懈可擊。都是同樣地可怕。

浪翻雲微微一笑，望向里赤媚旁的頎長瘦削男子，抱拳道：「恕在下孤陋寡聞，武林出了如此高明的劍手，浪某卻眼拙認不出來，敢問高姓大名？」

那男子客氣一笑道：「在下石中天，一向閒雲野鶴，專愛躲在山林中聞花香，聽鳥語，不愛見人，浪兄不知有我這一號人物，乃理所當然之事。」

烈震北的聲音悠悠傳過來道：「『劍魔』石中天既不願見人，爲何老遠走來混這潭濁水，難道臨老糊塗，想當個蒙古官兒嗎？」

聽到他說話，里赤媚和由蚩敵雙眼同時閃過深刻的仇恨，蒙大蒙二兩人的毒傷，使他們間結下了不可解的深仇。

石中天哈哈一笑道：「烈兄責怪得是，不過怕是有點誤會了，石某今日此行，爲的是領教浪翻雲的覆雨劍，免得因攔江之戰，錯失了一償這平生大願的機會，至於中蒙之爭，石某絕不插手，也沒有這閒情。」

他這樣說，分明表示不看好浪翻雲和龐斑的決戰，但浪翻雲卻知道這人極有心計，藉龐斑來壓他的氣勢，同時抬高自己的身分，非常高明。

那不類中土人士的華服高冠男子仰天一陣哈哈大笑，操著微帶異域口音的漢語道：「石老師好氣魄，『花仙』年憐丹佩服之致。」接著眼光落到遠處秦夢瑤身上，突爆起亮光，好一會後再在白素香兩女身上放肆逡巡，然後才落到站在浪翻雲和風行烈間的雙修公主谷姿仙的身上，最後望向她的眼睛，眼神由光轉暗，由暗轉光，像生出吸力般鎖著谷姿仙的俏目，嘴角露出一絲難以形容，但又使人不能不同意是很好看的笑意，道：「若公主答應在下婚事，本仙立即和公主折返西域，我們生的兒子就繼位爲王。」

當他的眼光落在白素香和谷倩蓮身上時，兩女都生出完全赤裸的感覺，其目光有若實質，所到處身體竟泛起若有似無的暖意，直鑽內心，駭然下躲到風行烈背後。首當其衝的谷姿仙更是心神迷惘，想把目光移開也有所不能，幸好她的雙修大法先天上能克制他的「花魂仙術」，死命守著靈台一點清明，可是當他悅耳動聽的聲音響起，芳心竟湧起想跟隨對方的衝動，覺得那是最理想的安排，差點便想說「好」。這時風行烈伸手過來，拉著她的手，強烈真氣透體而來。谷姿仙嬌軀一震，完全清醒過來，反手握緊風行烈的手。「花仙」年憐丹心中震怒，他趁各女猝不及防下，藉目光送出邪秘無比的玄功，先往秦夢瑤施術，豈知秦夢瑤有若一泓清潭，完全不受影響，於是改向白素香和谷倩蓮施術，兩女抵擋不住，生出感應，而年憐丹亦藉兩女的反應把邪功運行至頂峰，倏地全力向谷姿仙展開攻勢，哪知給風行烈窺破玄虛，破去他的邪功異術，以後要再使谷姿仙入彀，將困難百倍，冷冷道：「你是誰？」

風行烈雙目亮起精芒，刺進他眼內道：「卑鄙妖人，哪有資格問我名字。」

年憐丹雙目邪芒大盛，袍服無風自動，眼看便要出手。浪翻雲冷哼一聲。別人聽入耳裏，只覺這聲冷哼特別深沉有力，像能觸到靈魂的最深處，但落在年憐丹耳裏，卻如遭雷擊，渾身一震，轉往浪翻雲望去。浪翻雲亦是心中微懍。他這下冷哼，是以無上玄功送出，直入年憐丹耳內，對方只是略受驚震，可知此人確有驚世絕藝，連他也感到非常難惹。年憐丹起始時並不像里赤媚般深悉浪翻雲的厲害，故此一上來便想以邪功先聲奪人，豈知先給風行烈破去。現在又吃了浪翻雲的暗虧，他也是不世高手，強敵當前，立即收攝心神，進入無憂無樂的境界，微微一笑抱拳道：「浪翻雲名不虛傳，領教領教！」退後了兩步，悠然立在兩名花妃間，一副袖手旁觀的樣子，就像從未曾出過手的閒適模樣。

浪翻雲嘴角露出一絲大感興趣的笑意，目光緩緩掃過里赤媚等人，道：「誰人來陪浪某先玩一場？」

府外風聲響起，柳搖枝掠了進來。谷倩蓮一見是這大凶人，嚇得縮到風行烈身後，不敢正面對著他。

柳搖枝來到里赤媚旁，搖頭嘆道：「蒙二完了！」

由蚩敵大喝道：「甚麼？」

里赤媚伸手制止了由蚩敵，轉向浪翻雲道：「浪兄請稍待片刻，讓我和烈兄先算算我們間的血仇。」轉向烈震北喝道：「烈兄！請指教。」

浪翻雲心中暗讚里赤媚心術的厲害。要知浪翻雲乃龐斑外天下無敵的高手，誰也不敢向他正面挑戰。石中天看似專誠和浪翻雲比劍而來，可是觀乎他不單獨向浪翻雲挑戰，而與里赤媚等聯袂而至，便有想撿便宜的嫌疑。年憐丹與浪翻雲巧妙過了一招後，便退下至第二戰線，擺明不會作第一個與浪翻雲對仗的人。剩下便是隱焉居於主帥的人妖里赤媚，若無人應戰，他就不得不出手一搏，可是現在他藉著蒙二的死訊，趁勢挑戰烈震北，則兩方的人都不能怪他，於是他便可躲過作第一個與浪翻雲對陣的人。

可以想像即使沒有蒙二的死訊傳來，他也會以這作藉口向烈震北挑戰。

和烈震北同坐於後方一角的秦夢瑤卻有另一番想法。自閉上美目後，她一邊凝聚玄功，一邊展開玄門天聽之術，把場內一動一靜全收進耳內，敵我之勢了然於胸。乍看之下，雙方實力平均。對方的頂級高手計有里赤媚、年憐丹和石中天三人，較次一級的是柳搖枝和由蚩敵，然後是那兩名花妃。己方則有浪翻雲、烈震北、風行烈和自己四位特級高手，但打下的谷姿仙遜了最少兩級，谷倩蓮、白素香、譚冬、陳守壺等更是不堪里赤媚一擊的普通好手。兼且自己和烈震北都受了嚴重內傷，不利久戰。在這樣的情況下，對敵方來說，最利於混戰。連浪翻雲和風行烈也要因分心照顧功力較次的人而會受到牽制，難以發揮全力。浪翻雲或者仍能遊刃有餘，但風行烈將會大大吃虧。況且他可能仍未及得上里年石三人的級數。更可慮的是己方實力已然見底，對方起碼還有一直同行而至，但卻尚未出現的絕天滅地等人，說不定能在某一時間突然加入戰陣。最後是神龍見首不見尾的紅日法王，此人功力之高，絕不遜於里赤媚等人，他是否正在暗處伺機出手呢？明悟湧上了她通明的劍心，她忽地看破了這次雙修府之戰，對方要對付的人實是浪翻雲。因著與谷姿仙的關係，浪翻雲實是不能不來。方夜羽的智計確是驚人。在一般情況下，即使里赤媚、年憐丹、石中天和紅日法王一齊圍攻浪翻雲，怕也困他不住，但處現在這種形勢下，浪翻雲卻絕不能孤身逃走。這是一個針對浪翻雲而設的陷阱。想到這裏，秦夢瑤的道心進入了完全寂然靜極的境界，漠然候著凶難的來臨。

這時烈震北長笑響起，一閃身離椅而去，足不沾地來到里赤媚前，微笑道：「里兄請！」

雙方的人往後退開，剩下這兩大頂尖高手對峙府堂中心處。一種逼人的寂靜往四外蔓延。里赤媚面含笑意，兩手優閒垂在兩旁。烈震北容色靜若止水，華佗針夾在耳後處，負手傲立。一個是當年蒙皇座前的第一高手，一個是黑榜上的名人，無論身分武功都可堪作為對手。

風行烈自拉上谷姿仙柔軟的玉手後，再沒有放開來，原因有一半是捨不得放開，另一半是谷姿仙反抓緊著他，不讓他脫身。當往後退時，他感到這美女的手在顫震著，憐意大生，知道她看到了形勢對己方絕對不利。若混戰爆發，可能除了浪翻雲外，沒有人能活著逃去。這時他也不由不佩服烈震北的先見之明，若讓蒙大蒙二和刁氏夫婦同來，形勢可能更是惡劣。

風行烈向身旁的谷倩蓮和白素香低聲道：「若出現混戰的情況，倩蓮和香姊緊記跟隨在我身旁，其他甚麼也不要理。」谷倩蓮和白素香歡喜地點頭。

浪翻雲仍是那副似醒還醉、毫不在意的神態，似乎天下再沒有可以令他煩心的事。譚冬、陳守壺和趙岳這三個雙修府的元老高手，都是神情緊張，手放至隨時可拉出兵器的位置上。烈震北和里赤媚靜靜地對視著，一點要大動干戈的跡象也沒有。兩人甚至沒有凝聚功力的現象。

里赤媚鳳目忽地亮了起來，嘴角笑意擴大，衣袂亦飄拂而起，配著他高俊的修長身體，俏美的面容，確有種妖艷詭異吸引人的邪力。烈震北臉上露出一個耐人尋味的笑意。然後兩人同時移動。里赤媚速度之快，可教任何人看得難以置信，但又偏是眼前事實。速度正是「天魅凝陰」的精粹。「天魅」指的是迅如鬼魅的速度；「凝陰」指的是內功心法。兩者相輔相成。速度愈高，凝起的內勁愈是凌厲。像那次給韓柏施巧計反撐了他一腳，可說是絕無僅有的事，一般情況下，連刀劍猛劈的速度，也及不上他身體倏進忽退的速度。縱使對方兵器的速度追得上他，也因速度上分異不大，難以劈個正著，他便可以驚人的護體真氣化去。所以當日秦夢瑤才對不捨有即使兩人聯手，怕也未必留得下他之語。里赤媚的天魅凝陰已達至古往今來練此功者的最高境界，轉化了體質，陰氣凝起時，身體似若失去了重量，像一陣輕風般，可以想像那速度是如何駭人。所以眾人幾乎在見到他開始移動時，已逼至烈震北身前五尺近處。

烈震北先是手提了起來，似乎要拔出耳輪夾著的華佗針，到里赤媚逼至近處，左腳才往前踏出了第一步。一快一緩，生出強烈至極的對比。里赤媚冷哼一聲，身子一扭，變成右肩對著烈震北的正臉，右肘曲起，猛然往烈震北胸口撞去，漠然不理烈震北分左右擊來的拳頭。谷倩蓮和白素香兩人最關心這義父，看得驚叫起來，烈震北難道連華佗針也來不及取出來迎敵嗎？烈震北現在唯一應做的事，就是往後急退，避開里赤媚側身全力擊出的一肘，因爲以里赤媚迅比鬼魅的身法，確可以在擊中他脆弱的胸膛後，又在對方雙拳分左右擊上他的胸膛和背心前，退避開去。可是誰也知道若烈震北向後退避，接著來的會是此消彼長下，里赤媚更發揮出的排山倒海的攻勢。烈震北冷哼一聲，不退反進，胸膛迎上里赤媚的鐵肘。敵我雙方除了有限幾人外，全都大驚失色。最吃驚的卻是里赤媚，這時已到了有去無回的形勢，但他卻摸不透烈震北爲何要藉他的手肘自殺。「蓬！」手肘猛撞在烈震北寬闊的胸膛上，縱使他穿上鐵甲，亦難逃五臟六腑俱碎的命運。里赤媚打定主意一擊即退，絕不貪功，豈知手肘撞上胸膛時，竟滑了一滑，難以命中對方心窩，驚人處還不止此，對方的胸膛竟生出一股強大的吸力，使他退後的速度緩了一緩。里赤媚臨危不亂，左掌移到胸前，護著心口要害，然後身體一搖一擺，連著胸前護掌主動撞在對方的右拳，也延長了對方左拳擊在背心上的時間，同一時間，撞上對方胸膛的右肘全力吐勁。「蓬！」另一聲氣勁交擊爆出的悶雷聲在烈震北的右拳和里赤媚護在胸前的左掌處響起。里赤媚迅速急退，烈震北的左拳只能擊中他的右後肩，給他晃了晃藉勢化去八成勁道。此時烈震北才往後踉蹌跌退。里赤媚迅速移後，到了二十步開外，倏地停下，再跌退兩步，張口噴出一小口鮮血，臉色轉白，眼中精芒畢露，往烈震北望過來。

浪翻雲趕到烈震北背後，把他從後托著，眞氣源源輸入。烈震北在他耳旁低聲迅快地道：「里赤媚的傷勢絕不如他外看般嚴重，你要小心點了。」他說出來的話，連浪翻雲都不得不重視，因爲他既是絕頂高手，也是第一流的神醫。

里赤媚的聲音傳過來道：「烈兄五臟六腑俱碎，你我間血仇就此一筆勾消。」

烈震北站直身體，若無其事道：「醫藥之道，豈是里兄所能知之，來此前我服了自配的五種藥物，死了也能復甦過來，里兄若是不信，我們可再鬥一場。」里赤媚眼中精光閃過，驚疑不定。

浪翻雲大笑道：「烈兄請先到一旁歇息，喝杯熱茶，浪某手癢非常，想找個人來試劍。」

烈震北微笑道：「好！覆雨劍法烈某聞之久矣，卻從未見過，今天定要一開眼界。」言罷步履灑然走回原處，坐了下來。對面的秦夢瑤張開俏目，關切地朝他看來。烈震北苦笑低聲道：「烈某永遠不能憑自己的力量再站起來了。」

那邊的里赤媚眼睜睜看著烈震北坐下，搖頭苦笑道：「佩服佩服！無論勝敗，烈兄在里某心中永遠是條好漢子。」浪翻雲等也不由對里赤媚的風度露出欣賞的神色。

「鏘！」風行烈放開了谷姿仙的手，把丈二紅槍接上，擺了個橫槍勢，向「花仙」年憐丹喝道：「年派主，厲若海之徒風行烈向你請教高明。」

年憐丹微笑道：「你不是說我沒有資格問你的姓名嗎？」

谷倩蓮在風行烈背後探頭出來道：「現在不是你問他，而是他告訴你，那怎麼同？」

柳搖枝對風谷兩人恨之入骨，冷笑道：「風小子你手腳眞快，不見幾天，就拔了這丫頭的頭籌，讓小生來陪你玩上一手吧。」

年憐丹大笑道：「對不起！這小子是年某的，誰也不能奪我所好。」

風行烈的挑戰，可說正中他下懷，他這次東來，主要的目的就是消滅有關雙修大法的任何人或物，免得這種能克制他花間派的奇異內功心法繼續存在世上。除去了風行烈，等於廢去了谷姿仙練成雙修大法的機會。在公平的決鬥裏，連浪翻雲也不能插手，如此良機，他豈肯放過。兩名花妃擁到他旁，吻上他的臉頰。年憐丹哈哈一笑，春風滿面，由其中一名花妃手中接過一把黝黑的厚身重劍，扛在肩上，悠然走了出來。

谷倩蓮和白素香使了個眼色，齊齊奔到風行烈旁，學那對花妃送上香吻，才笑嘻嘻走了回去。

谷姿仙略一猶豫，也走了上去，把紅唇溫柔地印在風行烈的臉頰處，低聲道：「你要小心，記著！你比他年輕。」

風行烈點頭表示明白。谷姿仙的意思是縱使風行烈現在比不上對方，但勝在年輕，大把好日子在後頭，終有一天可超越對方。可是她卻不明白燎原槍法的精神，就是一往無回，絕不容許任何的退縮。這也是為何赤尊信能由龐斑手下逃生，而厲若海卻要戰死當場的原因。那不是因為赤尊信勝過厲若海，而是由於燎原槍法根本是不留退路的。

年憐丹淡淡一笑道：「我肩上此劍，乃寒鐵所製，不畏任何寶刃，重一百八十斤，風兄小心了。」

風行烈橫槍而立，全場各人均看得呆了一呆。風行烈就像由一個凡人蛻變成一個天神那樣，散發著逼人而來的氣勢。

柔柔推門回房。朝霞正對鏡理妝，左詩幫她在頭上結髻，兩人一邊笑談著，寫意滿足。

柔柔向躺在床上的韓柏叫道：「他們快下完棋了，你還不起來？」

韓柏嚇了一跳，范老鬼下完棋後的心情照例不會好到哪裏去，若過來看到自己剛剛起床，後果眞是嚴重至極，忙爬了起來。三女齊來伺候他穿衣。

韓柏出奇地沒有對三女動手動腳，問道：「現在是甚麼時候了？」

柔柔道：「剛過了午時。」

韓柏舒服地吐出一口氣道：「時間過得眞快。咦！你們的小肚子餓了嗎？」

朝霞道：「早點吃多了，到現在還不覺餓。」

韓柏忽地側耳細聽，奇道：「下面爲何會有搬東西的聲音？」

柔柔答道：「方參事正在佈置下面的廳堂，預備今晚的盛宴，現在搬的是樂器，今晚看來非常熱鬧呢！」

韓柏心中一熱道：「今晚來的姑娘不知樣子生得如何呢？」

左詩繃起俏臉道：「你若亂去勾引人家的姑娘，我們會對你不客氣的。」

韓柏苦著臉道：「柏弟怎敢不聽詩姊的管教。」旋又嘻皮笑臉道：「不過以後你也要喚我作夫君，這是交換條件。」

左詩白他一眼道：「我一是叫你作夫君，一是叫你作柏弟，你自己揀一樣吧。」柔柔和朝霞拍手叫好，齊齊逼他挑揀。

韓柏道：「我兩樣都愛聽，都不捨得丟棄。」話題一轉道：「誰陪我去看灰兒？」

柔柔道：「我和詩姊尚未理好頭髮，朝霞陪你吧！」

韓柏拉著朝霞的手，出房去了。來到走廊裏，因怕撞上范良極，讓他發覺現在才去探看灰兒，忙加快腳步。

在樓梯處朝霞拉著他擔心地道：「給馬守備和方參事看到我們走在一起，不太好吧！」

韓柏哂道：「放心吧！陳公今早已分別通知了馬方兩人我們的關係了，這在官貴間乃極爲平常的事，沒有人會奇怪，當然！羨慕是在所難免的了。」

韓柏移了過去，用手按著梯壁，微往前傾，卻不碰觸朝霞的身體，俯頭愛憐地細看朝霞仰起的豔容，想起昨天在她房內把她逼在門處的動人情景，生出感慨，十年後他們會是甚麼樣子呢？

腳步聲在上面響起。兩人嚇得分了開來。范良極大步走了下來，見到兩人哈哈一笑道：「你這小子眞是好色如命，甚麼地方都可以幹這種事。」

朝霞羞得無地自容，垂頭道：「大哥不要怪柏郎，是妹子不好！」

范良極愕了一愕，旋即笑道：「那又不同說法，男歡女愛，本就不受任何俗禮拘束，將來我和雲清那婆娘……嘿……」

韓柏道：「你的心情看來挺好呢！難道這次贏回了一局？」

范良極開心地道：「還差一點點，這次只以三子見負，算陳老鬼好運道。來！我們到下面看看。」

朝霞返身往上走回去，道：「你們去吧！我回房有點事。」

韓柏含笑答應。范良極一手搭著他的肩頭，往下走去，到了出口處才放開了他。近樓梯處守著兩名扮作護院的手下，見到兩人下來，忙肅立見禮。艙廳內熱鬧至極，范豹和一眾兄弟全在，監視著在佈置大廳和搬東西的工作人員。近樓梯處建了一個大平台，上面放了兩排八張椅子，正對著大門處，左右兩方各有三個較小的平台，放著椅子，椅旁几上擺著插了鮮花的花瓶，香氣四溢。韓柏盯了那平台一會，發覺向這方的部分開有幾個透氣小孔，卻給鋪在台上軟氈邊垂下的長絲絨蓋著，不留心看實在難以察覺，推了范良極一下，使了個眼色。

范良極點頭道：「那八個小鬼給我用獨門手法制著，進入半休息的狀態，除了我的靈耳外，誰也不會聽到他們的呼吸聲，這招算絕吧。」

韓柏往大門走去，道：「讓我出去透透氣。」不理范良極的呼叫，逕自去了。

出門時剛好和馬雄撞個正著。馬雄恭敬施禮，問道：「專使要到哪裏去？」

韓柏不用瞞他，道：「我要去看看我的救命馬兒。」

馬雄暗忖若他有甚麼意外，自己必然頭顱不保，忙跟在一旁，又召了四名守在門外的便裝兵衛跟著，道：「船上的兵衛都換了最精銳的好手，縱使對方是武林高手，也架不住我們這麼多人。」

韓柏怎會對這些所謂好手感興趣，順口問道：「今晚來的有甚麼漂亮的姑娘？」

馬雄興奮地道：「今晚來的全是鄱陽湖附近最有名的姑娘，聽說連遠江白鳳樓的白芳華也肯賞臉來獻藝，除了憐秀秀外，長江兩岸就數她最有名了。」

韓柏大感興趣道：「這位姑娘賣不賣身的？」

馬雄頹然道：「除非能得她青睞，否則白芳華誰也不賣賬。」

韓柏道：「那有沒有人曾得她垂青？」

馬雄道：「白小姐眼高於頂，到現在仍未聽過她看上了誰，不過她的橫笛和七弦琴號稱雙絕，無人聽過後不爲之傾倒。」韓柏對音律一竅不通，至此興味索然，連再問也免了。這時兩人來到船尾下艙灰兒處，灰兒見到韓柏，親熱地把頭湊過來。

韓柏抱著牠的馬頸，又摸又吻，親熱一番後，拿起一束嫩草，餵牠吃食，邊向馬雄道：「這白芳華既如此高傲，爲何又肯來獻藝？」

馬雄道：「這誰也不明白。本來請的是她樓內其他姑娘，豈知她自動表示肯來，眞教人費解。」接著壓低聲音道：「若專使對其他姑娘有興趣，儘管告訴我，專使對馬雄如此恩深情重，我定會有妥善安排。」他這幾句倒不全是假話，韓柏確是個討人喜歡的人，尤其是他沒有一點架子，更增馬雄對他的好感。

韓柏想了想，問道：「誰都知道在青樓裏要保存清白是難比登天的一回事，白芳華憑甚麼辦到呢？」

馬雄壓低聲量道：「聽說京師有人保她，至於那人是誰，我可不清楚了。」

韓柏嚇了一跳，暗忖難道白芳華是楞嚴的人，若是如此，今晚的形勢看來並非如范良極想像般簡單。

韓柏道：「我要帶灰兒到岸上散步。」

馬雄嚇了一跳，想了想道：「爲了專使的安全著想，最好只是在岸旁走走好了。」

韓柏道：「當然當然！」

戚長征側耳傾聽，忽地一震道：「不對！」

水柔晶道：「甚麼不對？」

戚長征道：「我原本以爲在這遠離洞庭的大城，敵人應不會有多少好手在這裏，但現在聽敵人來勢的迅捷，幾乎像肯定了我們大約的位置般搜索包圍過來，可知對方定是好手，而且是接到了消息，在這必經之路等我們入局，如此我要略微變更計畫。」

水柔晶道：「我們該怎麼辦呢？」

戚長征一邊細聽四周遠處響起的風聲，鬆了一口氣道：「對方只有九個人，若我沒有猜錯，這批人必是官方的人，聽命於楞嚴。」

水柔晶道：「方夜羽手下有兩批中原高手，一批由卜敵統領，一批直屬方夜羽指揮，現在來對付我們的人，說不定是這些人，你怎會肯定是屬於楞嚴的？」

戚長征又露出他那使水柔晶心醉神迷的動人笑容，道：「道理很簡單，投附方夜羽的高手大多是惡名昭彰之輩，都是官府欲得之而後快的凶徒，這樣的人和官府合作會有很多實質和心理上的問題，而若是方夜羽手下聲名較佳的名家，則只會暗中行事，不會輕易暴露與方夜羽的關係，所以單看現在這種與官府公然聯合行動的情況，當知道應屬楞嚴的人。」

水柔晶佩服地道：「告訴我現在該怎麼辦？」

這時林外的空地出現了一個中年人，身披長衫，面白無鬚，貌相斯文，頗有點儒生雅士的味道，大喝道：「戚長征還不滾出來受死，想做藏頭縮尾的王八嗎？」

戚長征和水柔晶對望一眼，都想到對方既知他們身分，仍敢公開搦戰，定是有十分把握殺死他們兩人。換言之，對方早知道他們所在，故佈下天羅地網後，才向他們發動攻勢。

戚長征眼中射出強大無匹的信心，道：「待會我衝出去時，會把敵人完全牽制著，你乘機全力逃走，使我無後顧之憂，事了後我會到西南方二十里外蘭花鎮入鎮前的涼亭來會你。」

水柔晶明白地點頭，深情地道：「我會等你三天，若還不見你，我便自殺陪你。」

戚長征肯定地道：「放心吧！老戚豈是如此容易被人殺死，我必會教他們大吃一驚，來！我們去。」

他刀交左手，一聲長嘯，人隨刀走，衝出林外，往那中年儒士撲去。

同一時間水柔晶拔出匕首，由樹林的另一端衝出，還未出林，前方已傳來兵刃交擊和那中年儒士的驚喝聲。水柔晶全力衝出。她乃方夜羽座下十大煞神之一，自幼受著最嚴格的訓練，武功高強不在話下，兼且精於應付種種惡劣的環境，縱使在這惡敵環伺的情況下，仍絲毫沒有半點懼意。剛掠出樹林，人影一閃，一個頭頂光禿禿的和尚，提著戒刀，攔著去路。水柔晶一聲不響，匕首猛刺，氣勢凌厲無比。那和尚想不到她如此勇猛，慌忙挽起刀芒，欺對方女流力弱，兼之匕首短小，欲以強凌弱。哪知水柔晶既名水將，武功走的是五行中水的路子。水可剛可柔，衝奔時莫可抵禦。水柔晶一聲嬌叱，柔軟的腰肢一扭，欺身而上，手中匕首上畫下扎，割腕挑心，凶毒無倫，全無留手。那和尚恁是厲害，雖然給對方殺個措手不及，仍能奇招迭出，堪堪守住。

這時水柔晶已從對方刀法認出是八派外另一派雁蕩宮的出家高手，這派的掌門至善禪師一向很熱心朝庭的事，希冀能與八派一爭長短，故有人加入楞嚴的陣營，是非常合理之事，不由更服膺愛郎的洞察力。水柔晶手法一變，像變了個沒骨人般晃前仰後，左扭右擺，匕首從敵人完全意想不到的角度攻出，每一招都準狠辣不缺。殺得那雁蕩派的和尚騰挪閃躍，不住避退。勁風由左後方逼來。水柔晶心中暗笑，她正是要逼這窺伺一旁的敵人現身。一聲嬌叱，賣個破綻，先往左移，再移往右，「颼！」一聲斜掠而上，躍上一道破落的矮牆，足尖一點，破空而去，逃得蹤影不見。那撲出來的敵人是個四十來歲提著狼牙棒的瘦小漢子，與和尙會合在一起，均感顏面無光，苦笑下往戚長征的方向趕去。

戚長征從藏身處掠出來後，展開左手刀法，殺得那中年儒生全無還手之力。對一般人來說，一是右手較左手靈活，或是反過來左手較好，但對戚長征這類自幼精修的好手來說，左右手都是同樣靈活，分別不大。封寒的左手刀之所以能名震江湖，關鍵處在於獨門內功心法和險至毫顚的出刀角度。別人要學封寒的左手刀，可能學一世也不能得其神髓，可是對戚長征這正步入先天境界的用刀大行家來說，卻是一點便明，欠缺的只是火候和感情。所以才有找人試刀的必要。不要小看感情這一環，那代表著對刀法深刻的體會。沒有體會，就沒有感情。要把左手刀法使得像呼吸般自然，才能生出感情，那是需要一段歷練的時間，當那種感情出現時，左手刀的精華會融入戚長征本身的刀法裏，使他突破目前的境界。

「鏘鏘鏘！」那中年儒士一聲慘哼，手中長劍落地，肩臂處鮮血飛濺，踉蹌跌退。這時他的同夥才來得及趕上接應，可見戚長征這一番猛攻的速度和威勢，是如何出乎敵人意料之外。戚長征倏地後退，回身一刀，把身後逼來的一名健碩壯漢劈得連人帶棍，跌向一旁。左右兩方是一名白髮滿頭的老者和一個矮胖漢子，前者提著一支重達百斤的鐵杖，後者用的是開山斧，見戚長征似欲逃去，大喝聲中合攏過來。戚長征哈哈一笑，改退爲進，迎上兩人，左手刀閃電劈出。「噹噹！」兩個敵人猝不及防下，給他殺得只有招架之功，全無還手之力。先前給他劈退的壯漢，長棍一擺，再加入戰圈。戚長征一聲長嘯，湧起萬丈豪情，把三人捲入刀勢裏，兔起鶻落間，天兵寶刀縱橫開闔，一時左手刀法，一時是平常慣用的刀法，不旋踵兩種刀法渾融無間，連他自己也不能分辨究竟使的是甚麼刀法，只知意之所往，得心應手，淋漓盡致。能有如此高手試刀，確是難得的機會。

這時四周出現了五個人來，包括早先的和尚和那矮瘦漢子。另三人一個是梳著高髻的女人，風韻楚楚，體態娉婷，竟是個十分艷麗動人的花信年華少婦，背插長劍。另兩人年紀和戚長征相若，一人兩手各提著一個流星鎚，臉上生了塊大黑痣，使他本來不太難看的臉極不順眼；另一人相貌樸拙老實，令人感到他手上的方天畫戟走的亦必是樸實無華的路子。戚長征看得心花怒放，能與這麼多各門各派，內功武器均不同的高手交鋒，實比在怒蛟幫內與上官鷹等對練幾年更有實效。想到這裏，哈哈一笑，天兵寶刀寒芒大盛，三名敵手幾乎同時中招，受了不輕的傷，跌退開去。戚長征並不追擊，收刀卓立，只覺氣暢神馳，痛快已極。九名敵人，到現在已有四人因傷退出，再不能出手對付他。其他五人爲他氣勢所懾，竟不敢立刻攻上來，只是團團把他圍著。

戚長征知道自己的刀法正臨於突破的佳境，眞是別人讓開路請他走，他也不肯走，大笑道：「何方高手，給老戚報上名來。」

那五人臉上均現出驚疑不定的神色，他們此來，確是奉命專程要殺死這怒蛟幫年輕一代的第一高手，故曾特別研究過對付他快刀的方法，豈知對方不但改用左手，而且刀法的變幻莫測，更使他們先前研究出來的方法全派不上用場。最使他們心寒的是戚長征絲毫沒有急如喪家之犬的狼狽情狀，教他們怎能不心寒氣洩。

那矮瘦漢子冷喝道：「你勝過我們才說吧！」

基於異性相吸的道理，戚長征眼光自然落到那風韻迷人的少婦臉上，哂道：「原來都是無膽之輩，那爲何還敢向我幫挑釁？」

他這句話並非無的放矢，要知縱然這各派高手肯爲官府賣力，始終仍是江湖中人，就算成功殺死戚長征，也要在事後嚴守秘密，唯恐傳了出去，惹得浪翻雲和凌戰天這類高手來尋仇，連所屬家派也給殺個雞犬不留。故此若非穩殺戚長征，誰敢報出家派名字？

那艷麗少婦不知如何，抵受不得戚長征的輕視般，大怒道：「你聽著了！我就是湘水幫的褚紅玉，別人怕你尋仇，我卻不怕。」

戚長征微笑道：「算你有種，尚夫人生得這麼嬌艷可人，若我是尚亭，定不肯放你出來冒險。」尚亭乃湘水幫幫主，褚紅玉是他師妹，武功不錯，名字更相當響亮，主因還是她生得貌美如花，特別容易被人記著，所以她一說出來，戚長征立知她是何人。其他人見他語出輕薄，紛紛喝罵。褚紅玉俏臉一寒，拔出長劍，往他刺來。其他人配合著同時攻至。戚長征冷哼一聲，天兵刀幻出滿天刀影，旋風般把五人全捲進去。

風行烈往前踏出三步，每一步都給人穩如泰山的感覺。甚至在當他踏足地面時，生出了整個府堂搖晃了一下的感覺。這當然是一種幻覺。搖的並不是府堂，而是觀者的心。扛著玄鐵重劍的年憐丹斂起輕蔑的笑意，代之而起是凝重的神色，雙目奇光並射，直望進風行烈眼內。他的「花魂仙法」是近乎魔宗蒙赤行一脈的精神奇功，專攝人之魂。風行烈立時露出惘然之色，腳步一滯。年憐丹心中狂喜，一聲大喝，玄鐵重劍由肩上揚起，變成平指前方，身往前傾，炮彈般射出，人劍合一，往風行烈刺去。谷倩蓮等眼力較次的人，看得臉色發白，連叫也叫不出來。狂大的勁氣隨著年憐丹向風行烈直逼而去。風行烈迷惘的眼神忽地回復銳利，一聲狂嘯，丈二紅槍化作一條怒龍，絞擊而上。這一槍不屬燎原槍法內的任何一式，純屬因時制宜，隨手拈來，但又含蘊著燎原槍法的一著奇招。

年憐丹見他忽然回復清明，心中一懍。尤使他震驚的是對方根本不受他的「花魂仙法」影響，剛才的迷惘只是假裝出來，引他主動出手。「霍霍！」槍劍絞擊。兩人齊往後退了半步。接著槍影大盛。年憐丹一聲斷喝，一劍劈出。在僅只數尺的短距離內，重逾百斤的玄鐵重劍，竟生出數種不同的變化，忽然重若萬斤巨鐵，忽又輕似隨風拂起的鴻毛，教人完全摸不到重劍力道的變化。雙方的人無不動容，想不到年憐丹劍術高明至如此出人意表的地步。「鏘鏘鏘！」玄鐵重劍以疾逾閃電的速度，三次劈上丈二紅槍的槍頭。丈二紅槍三次想展開攻勢，都給年憐丹精妙絕倫的劍法完全封死。更難受者，是對方劍上傳來忽輕忽重的內勁，教人難受得差點吐血，有種有力無處發揮的無奈感覺。槍影散去。年憐丹一聲長笑，由正方搶入，重劍連環擊出。更駭人的事出現了。在場的每一個人，無論功力高低，竟都能清楚地感到年憐丹要攻擊的部分、每一個企圖，那感覺鮮明至極，且偏有一種明知如此，也難以抵擋的感覺。風行烈面容肅穆，施盡渾身解數，連擋對方七劍，也退足七步，完全失去了還擊的能力，起始時的一點優勢，完全失去。雙修府那面的人固是看得一顆心提到了咽喉，但年憐丹的震駭卻一點不下於他們。近二十年來，在西域能擋他一招半式的人寥寥無幾，所以此次應邀前來中原，除了要除去雙修府這禍根外，亦有不甘寂寞之意，想立威天下，成不朽功業，豈知遇上這第一個年輕對手，竟能擋著他全力的猛攻，怎不教他震駭莫名，也更增他殺意。

勁氣以兩人為中心，旋捲著府堂整個龐大的空間，掛著的燈籠吊飾狂風掃落葉般甩脫絞碎，在兩人頭上狂舞著，聲勢嚇人。谷倩蓮看得差點哭了起來，往浪翻雲看去，只見他仍是好整以暇，挨在一邊壁上，興趣盎然地看著，這才安心了一點。谷姿仙這時退到烈震北身旁，眼中情淚流滿俏臉也不自覺，沒有人比她更清楚知道年憐丹的厲害，但仍想不到他強橫至此。秦夢瑤張開俏目，平靜無波地觀看著場上的血戰。烈震北伸出顫震的手，握上谷姿仙的纖手，淡然道：「不用怕！他不會那麼容易輸的。」

「鏘！」一下自開戰以來最清脆的激響震懾全場。原來當年憐丹想劈出第八劍時，丈二紅槍竟不見了。

「無槍勢！」年憐丹劈出第七劍後，剛提劍要劈，丈二紅槍由右腰眼退到風行烈背後。年憐丹心中冷笑，暗忖小子想找死，手中玄鐵劍凝聚六十多年的精修，一劍劈下。丈二紅槍由風行烈左腰眼吐出來。無槍勢實是不世之雄厲若海嘔心瀝血創出來的絕代奇招。就是藉背後左右手的交換，將整個人的精氣神凝在一槍之內。當日連龐斑也要受傷，年憐丹雖是一代武學宗師巨匠，仍難以與龐斑相提並論，他能擋得了嗎？槍尖擊中劍尖。年憐丹本想變招化解，但在這念頭剛起時，槍尖已激射在劍尖處。震撼全場的爆響就發生在此時。兩人同時全身劇震。年憐丹斷線風箏般往後飛退，落地後連續兩個踉蹌，才飄然立定，雙目神光閃閃回頭望來。風行烈只向後退了三步，便穩立如山，但臉上血色褪個淨盡，蒼白若死人，好一會才恢復了少許血色。府堂上空的碎屑雨點般灑下，落到兩人身上和地上。兩人目光交鎖，毫不退讓。

浪翻雲長笑響起道：「這一戰就此作罷。」

年憐丹皺眉道：「浪翻雲你不覺得有點專橫嗎？」

浪翻雲並不理他，走到風行烈旁，向擁過來的三女道：「行列你立即到後堂去，讓姿仙以雙修大法爲你療傷。」風行烈微一點頭，任由急得一臉熱淚的谷姿仙拉著往內堂走去。谷白兩女當然追著去了。

浪翻雲這才往年憐丹望去，淡淡道：「年兄莫再說廢話，你若要躲到一角盤膝打坐，沒有人會怪你，否則莫怨不能活著離去。」

年憐丹眼中厲芒亮起，旋又斂去，點頭道：「好！浪兄如此關心年某，年某自當遵從，不過我定要看看浪兄待會如何殺我。」拂袖走到一角，眞的盤膝坐下，調息運氣。兩名花妃分立兩旁爲他護法。

兩人對答時，全場寂然無聲，氣氛沉凝至極。浪翻雲雙目亮起前所未有的精芒，暴喝道：「石中天，動手！」

石中天驀然發覺浪翻雲整個人變得像劍般鋒利，心中一寒，硬著頭皮拔出他的「石中劍」，冷冷道：「浪兄請指教！」話剛落，浪翻雲名懾天下的覆雨劍離鞘而出。

這邊的人除閉目趺坐的年憐丹外，以里赤媚眼力最是高明，一看下暗叫不好，知道石中天未出手心神已爲浪翻雲所懾，動手下去實有死無生。不過一切都遲了。不知何時，浪翻雲已逼至石中天身前十步許處，懷中爆起一天閃爍無定，眩人眼目的光點，鮮花般盛放著。石中天一聲山崩地裂的狂喝，石中劍揮出，劍未及人，無堅不摧的劍氣破空響起，眾人都生出想掩耳不聽的衝動。只是這似拙實巧的一劍，似已可看出石中天確有挑戰浪翻雲的資格。擴散的光點倏地內收，變成一團光球。覆雨劍在空氣裏消失得不見一絲影蹤，有種玄之又玄的感覺。光球以肉眼僅可察覺的高速，迎上石中天掃來的劍鋒。「啪！」光球像給劍鋒掃散了般，化作激濺往府堂每個角落的光點。明知光點不會眞的射來，觀戰雙方的人都不由自主往更遠處退去。

遠坐一角的秦夢瑤秀目采芒閃閃，一瞬不瞬看著天下無雙的覆雨劍法，就像正目睹著一個神蹟的發生。沒有人比她更能從中得益。石中天的劍術確到了宗匠的級數，但比之浪翻雲仍是差了一大截。浪翻雲的覆雨劍實已達到了百年前大俠傳鷹全盛期時的無上層次。差的只是那「最後一著」，否則他就是另一個傳鷹。「叮噹」之聲不絕於耳。一時間府堂中心盡是無窮無盡的光點和呼嘯聲。「鏘！」覆雨劍回到鞘內。石中天持劍遙指浪翻雲，面如死灰。潮水般湧退著的光點餘象到此刻才消去。堂內靜至落針可聞。石中天一個踉蹌後，回劍鞘內，往後飛退，穿門而出，一句話都沒有留下，就那樣離開了。浪翻雲銳目望向里赤媚。里赤媚嘴角洩出一絲詭異的笑意，「轟！」浪翻雲右旁的牆壁爆炸開來，紅影閃來。同一時間閉目趺坐的年憐丹跳了起來，凌空馭劍掠至。里赤媚沒有半分延遲，雙拳向浪翻雲全力轟出。域外三大頂尖高手，就由紅日法王破壁攻入時，向浪翻雲發動最要命的攻擊。這也是唯一對付浪翻雲的可乘之機，他的氣勢在與石中天決戰時達至最高點，此時正是回落的時間。有起必有伏，這是宇宙的至理，浪翻雲也不能例外。

在紅日法王破壁前的剎那，一直默坐不動的秦夢瑤離座彈起，飛翼劍來到手中，人劍合一，以美至不能形容的嬌姿，恰恰迎上破壁穿入的紅日法王。她一直等待著會發生的事，終於來臨。其他人根本連腦筋運轉的速度都追不上眼前的突變，更遑論作出反攻。烈震北肅坐不動，似是一點也不知道發生了甚麼事情。浪翻雲看也不看紅日法王，覆雨劍又回到手中，射出千萬光點，迎向年憐丹和里赤媚排山倒海的攻勢。

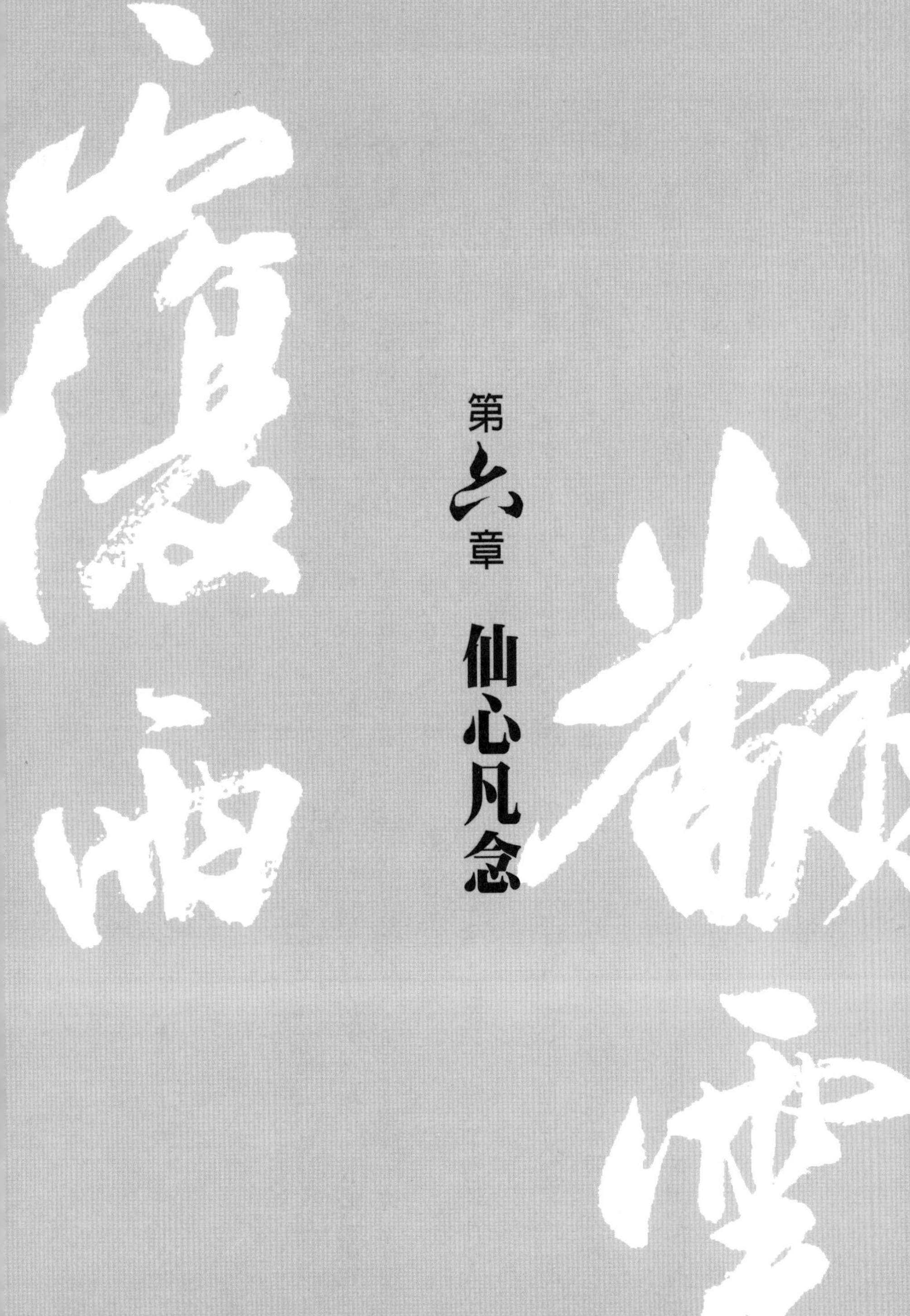

第六章 仙心凡念

第六章 仙心凡念

灰兒剛離船上岸，立即顯得非常興奮，不住躍起前蹄。韓柏養了牠多年，看著牠由小馬兒成長到現在這樣子，豈有不知牠的脾性，心中一軟，向身旁的馬雄道：「我這馬兒多天沒有奔跑了，我必須讓牠盡情跑上一會，否則牠會悶壞了的。」接著壓低聲音道：「牠是我的救命恩馬，也是幸運的象徵，若牠有甚麼三長兩短，我的運道也完了。」他故意說得非常嚴重，教馬雄難以拒絕。

豈知馬雄亦有他老到的應付方法，道：「這個容易，讓我派幾個手下，騎著牠沿岸往下游縣外的大草原繞上幾個圈，包牠精神爽利，悶氣全消。」

韓柏心中暗罵，坐了那麼多天船，我這專使大人難道不會悶壞嗎？眉頭一皺，計上心頭道：「在我們高句麗，這種叫作『運馬』，絕不可給別人乘騎，連拉著跑也不可以，所以只可由我來親自策騎。嘻！你明白了吧？」

馬雄知道這專使得罪不得，一聲令下，從佈防在碼頭兵隊牽出五匹戰馬來，讓馬雄和他所謂的四名便裝好手當作坐騎。韓柏心懷大開，一踏馬蹬，瀟灑地跨上馬背。馬雄眞心讚道：「專使好身手。」和那四人也登上馬背。

韓柏大笑道：「你們不用那麼擔心我，若我沒有本領早被馬賊拿了命去，好！讓我們比比看。」馬雄來不及阻止，韓柏一聲厲喝，灰兒箭般往前竄出。馬雄等急忙策騎追去。

灰兒被綁在船艙多日，這時還不等於龍回大海，發了狂般放開四蹄，全力奔馳，剎那間把馬雄等拋在大後方吃塵，距離愈來愈遠。韓柏兩耳生風，剎那間離開了岸旁密集的民居，來到下游郊野處。韓柏一時興起，策著灰兒，轉往縣外的荒郊馳去，逢林過林，上丘下坡，不一會連馬雄的影子也看不見了。這時他和灰兒來到一道清溪之旁，只見四周環境優美至極，幽谷疏林，於是放緩速度，沿溪而上，前方隱隱傳來水瀑轟鳴的聲音，雖給樹林阻了視線，仍可想像得到那裏定有飛瀑清潭的美景。灰兒抵受不住溪水的引誘，不肯前進，逕自俯頭到溪水裏喝個痛快。韓柏跳下馬來，沿溪而上，穿過密林後，地勢漸高，怪石一塊疊著一塊，層層高起，石隙間叢草雜生，秋色宜人，如入世外勝地，人間桃源。韓柏往上走去，目標是最高的一塊橫石，水響聲正是由石後傳來。眼看可盡覽勝景，忽然白影一閃，上面石上走了個人出來。

韓柏愕然往上望去，只見一個白衣俊童，張開手攔著，怒喝道：「快退回去！」

韓柏愕然道：「這又不是你的地方，有何資格不准我上去？」

白衣俊童的目光落到他華麗的專使官服上，眼中閃過奇怪的神色，旋又寒起面孔硬邦邦地道：「總之不准你爬上來，也不須告訴你任何理由。」

韓柏仔細打量著他，發覺他不但面目清秀，而且皮膚又嫩又白，非常整潔乾淨，心中一動道：「你若改穿女裝，必然非常好看。」

白衣俊童臉孔一紅，立即又回復先前凶巴巴的神情，怒道：「你再不滾回去，小心會遇上橫禍。」

韓柏這時再無疑問，對方定是個男裝打扮的美麗少女，大感有趣，更不肯走。瞪大了眼睛，目光狠狠盯在對方的胸脯上，立刻發覺那裏的衣物特別高隆，顯是紮了布條，使原本豐滿的地方，變得在視覺上平坦起來。

白衣俊童眼中殺意一閃，兩手一翻，多了對短劍。恰在此時，一聲嬌甜的聲音自石後傳來道：「秀色！讓這大膽狂徒上來吧！我想看看他是甚麼樣子的。」

白衣俊童狠狠瞪了他一眼，退了回去。韓柏哈哈一笑，三步化作兩步，登上橫石。縱使他有著心理準備，石後的美景仍使他看得目瞪口呆起來。只見一道小瀑，由山壁飛瀉而下，落到石後一個丈許見方的石潭裏，清可見底。這仍不是最扣動他心弦處。令他目眩神迷的是坐在清潭另一邊石上的一個白衣年輕女子。她無限適意的坐在那裏，手中拿著乾布揉抹著那頭烏黑秀髮，水光盈盈，顯是剛曾沐浴潭內。瓜子形的俏秀臉龐，一對美眸黑白分明，帶著種說不出的媚姿，此刻向韓柏望過去的目光，既大膽直接，又含著似隱似現的神秘風采。晶瑩雪白的肌膚透出一種健康的粉紅色，教人找不到任何瑕疵。最誘人的是她那嬌慵懶散的風姿，像這世上再沒有能令她動心的事物似的。

韓柏的眼光由她的秀髮開始，一直往下望去，直至她露在雪白羅裳下那雙白皙的小腿上，深吸了一口氣道：「我能早點上來就好了。」

女子「咭咭」嬌笑起來。這時到了她身後的白衣俊童兩眼射出森寒的殺機，喝道：「你是活得不耐煩了。」

美女揮手制止了那叫秀色的看來是她侍婢的白衣俊童的吆喝，上下回視著他，徐徐道：「你到這裏來幹甚麼？」

韓柏盯著她這時因手上的動作，致使衣襟敞開少許下露出的豐滿胸肌上，吞了一口唾涎，道：「沒有甚麼，隨便走走吧！」

美女放下抹頭的布巾，讓秀髮像那道飛瀉的小瀑般散垂下來，猛力搖了兩下，舞動長髮，揮掉剩下的水珠。韓柏心中叫道：天下竟有這麼誘人的美女！

女子那對有若嵌在最深黑夜空裏兩點星光的美眸往他凝望過來道：「別人可以四處走動，專使大人怎能這麼做呢？」

韓柏一震：「你知道我是誰？」

白衣美女盈盈起立，微微一笑，櫻唇輕吐，說出一連串奇怪的語言來。韓柏心叫我的媽呀，怎麼她竟懂高句麗話，且說得比陳令方還好，可恨自己除了聽得懂「你」「我」這類單字外，其他的就半個字都聽不懂，硬著頭皮道：「你怎麼竟懂說我們的話？」

白衣美女一陣嬌笑，足尖原地一點，掠過清潭，來到韓柏身前，兩手伸出，一下子揪著他的衣襟。香氣襲來。女子身量頗高，只比韓柏矮小半個頭，此時略仰俏臉，把有絕世之姿的粉臉，湊到離他眼前不足半尺處，兩手同時一緊，略往上提，淡淡道：「你究竟是誰？」

韓柏頭皮發麻道：「你不是知道我是誰嗎！」

白衣美女目光轉寒道：「那你就告訴我，剛才我說了些甚麼？」

韓柏哈哈一笑，藉以掩飾心中的驚惶，道：「你要我說便要說嗎？除了正德王的命令，我朴文正誰的話都不聽。」

白衣美女倏地退開，飄回原處，嬌笑道：「不要騙我，你是個冒牌的專使，哼！騙騙別人還行，撞著我就要原形畢露了。」

韓柏嘆了一口氣道：「你愛說甚麼便甚麼吧！我要走了。」

白衣美女笑道：「你這人眞沒用，要不要我脫掉衣服，再在潭裏出浴給你看看。」

韓柏愕然道：「你說甚麼？」「專使大人！」馬雄的叫聲由遠處傳過來。

白衣美女道：「若你不想我揭穿你的身分，就乖乖給我留下一株人參，否則我會教你陷進萬劫不復的處境。」接著向他甜甜一笑道：「只要你聽話，我甚至可讓你得到我的身體。記著了，我很快會來找你的，不要教我失望呀！」轉身和那婢女往山的另一邊離去，走時仍不忘記回眸一笑，那種狐媚，可教任何男人魂爲之銷。

韓柏看著她們消失在對面的岩石下，頹然嘆了一口氣，回頭向馬雄聲音傳來的方向走去。這回眞的是自作孽，不可活，這樣倒楣的事情也可以給他遇上，不過她的確動人至極。

戚長征左手持著的天兵刀斜盪翻飛，一挑一劈，皆如奔雷掣電，重重擊中敵人兵刃，無論對方招式如何巧妙，角度如何刁鑽，總給他一刀封死，無法展開下著，唯有駭然退開，讓另一人補上。縱使在五名敵人排山倒海而來的攻勢裏，他仍能縱橫自如，倏進急退，飄移無定，使敵人根本無法形成合圍之勢，變成每一次都像是和戚長征單打獨鬥那樣。戚長征愈戰愈勇，愈打愈痛快，只覺對封寒傳授的左手刀法心領神會，忽地一聲長嘯，天兵刀落處，「鏘」的一聲，竟把那臉生黑痣的青年左手的流星鎚在離手握處寸許位置削斷，那黑痣青年失了平衡，往右傾去。戚長征飛起一腳，正中對方小腹，把那人踢得飛跌開去。接著回刀一劈，把那樸實青年由後側刺來的方天戟盪飛開去。他靈變無方的身法終於滯了一滯。眼前劍芒漫天幻起，往他罩來，正是那風韻動人的褚紅玉。和尙的戒刀和矮瘦漢子的狼牙棒覷此良機，亦分由左右後側全力攻來。

戚長征知此五人實屬高手，剛才吃虧在輸了氣勢，致被自己牽著鼻子走，若現在讓他們爭回主動，說不定難以生離此地。他乃極有決斷的人，這些念頭電光石火般閃過腦際之時，已下了決定，一聲暴喝，人隨刀走，硬撞進那褚紅玉的劍網裏。一連串刀劍交擊聲暴雨打芭蕉般響起。褚紅玉一聲冷笑往後急退，挽起劍花，擋著戚長征的進路。戚長征晃了晃，去勢不改，長劍滑肩而過。褚紅玉想不到他身法精妙至此，駭然下給戚長征撞入懷裏去。和尚和矮瘦漢子大叫不好，提起一口眞氣，箭般掠至，戒刀和狼牙棒往戚長征背脊招呼過去。戚長征哈哈一笑，閃了閃，到了褚紅玉背後，右手緊箍著她的蠻腰。兩人攻擊的目標變成了褚紅玉，嚇得駭然收兵。

戚長征摟著被封了穴道的褚紅玉迅速疾退，掠上了牆頭，向追來的敵人喝道：「誰敢追來，我就殺了此女，看你們如何向尙亭交代。」眾人呆了呆，沒有撲上去。戚長征仰天長笑，摟著褚紅玉消失在牆外。

秦夢瑤躍離椅子時，知道自己先前的想法一點無誤，今天雙修府之戰針對的確是浪翻雲。關鍵的人物是「劍魔」石中天。而發難的時刻就在浪翻雲擊敗石中天的剎那。只是他們有四個失算。第一個失算就是想不到石中天敗得如此之慘，並不能耗去浪翻雲大量的眞元。另兩個失算是里赤媚和年憐丹同時受了傷。最後的失算就是想不到她秦夢瑤竟能以無上智慧，測破了玄機，一直在監察著紅日法王的動靜，故能在紅日法王發動攻勢的同時，先一步加以截擊。否則浪翻雲縱有通天徹地之能，也難以在與石中天決戰後洩了鋒銳的瞬間，抵擋異域最頂尖的三大高手全力的夾擊。

狂飆捲起。當秦夢瑤的飛翼劍挾著無堅不摧的劍氣刺上紅日法王變得通紅的巨掌時，浪翻雲手上的覆雨劍消失不見，變成漫天光雨，迎上年憐丹的玄鐵重劍和里赤媚的雙拳。戰事剛開始便結束了。紅日法王兩隻衣袖盡化碎粉，由進來那破洞疾退回去，狂笑道：「若夢瑤小姐百日後仍能不死，這一仗便當本法王輸了，本法王立即回藏，決不食言。」到這後一句時，忽地變成沙啞的乾咳聲。聲音迅速遠去。

浪翻雲和秦夢瑤劍回鞘內，背對背肅然靜立。這時年憐丹和里赤媚才在退了十多步後，站穩腳步。由蚩敵、柳搖枝和那兩名花妃移到兩人身旁，掣出兵刃。兩名花妃用的都是劍，只看她們提劍的氣勢，便知亦是此道高手。

浪翻雲仰天長嘯道：「好！給我滾吧！」

里赤媚冷笑道：「浪翻雲你怕了嗎？」

浪翻雲淡淡一笑道：「是的！我的確生出了懼意，可是若你們恃強行凶，致使這裏無人活命，我立誓要保命離去，然後逐一將爾等殺死，若違此諾，地滅天誅。」

年憐丹輕嘆道：「浪翻雲你自視太高了。任你如何厲害，始終未登仙界，終是血肉凡軀，我們這裏的人無一不是高手，若先行圍攻於你，由於你定要保護其他人，勢不肯獨自逃生，那後果你應知道是怎樣的一回事吧！」

浪翻雲哂道：「我有言在先，你如不信，我們不如手底下見個眞章吧！」

現在形勢非常明顯，雙修府這方面的四大高手：烈震北傷重至一點聲息也沒有；風行烈則正受著谷姿仙雙修大法的療治，生死未卜；秦夢瑤顯亦因爲傷上加傷，能否活命仍是未知之數。其他譚冬、陳守壺、趙岳，連忙也幫不上。變成只有憑浪翻雲一人之力，應付有里赤媚和年憐丹在內的六大高手，形勢上又不能獨自逃走，局面的凶險，實到了無以復加的地步。

就在這千鈞一髮的時刻，悅耳的女子嬌笑聲在正門處響起道：「里赤媚你千算萬算，卻算漏了愚夫婦。」

里赤媚盯著浪翻雲，頭也不回道：「雙修大法果是不凡，連那麼嚴重的內傷也可治好，里某佩服至極。」

不捨的聲音響起道：「浪兄其劍其人，宗道心儀久矣，請恕來遲一步之罪。」牽著谷凝清的玉手，繞過敵人，來到浪翻雲處，才放開緊握的手，分立在浪翻雲兩旁。

里赤媚灼灼的目光，打量了不捨和谷凝清好一會後，微笑點頭道：「你們只是把傷勢壓下，幸好如此，否則里某連和談的資格都沒有了。浪兄怎麼說？」這人不愧一代奸雄，提得起放得下，一見形勢變化，立時提出和議。

浪翻雲向仍靜立身後的秦夢瑤道：「夢瑤怎麼說？」

秦夢瑤柔聲道：「讓他們走吧。」

浪翻雲眼神銳利起來，緩緩掃過敵方眾人，點頭道：「今日之事就此作罷，下次給我遇上你們任何一人，必全力搏殺，絕不留情，請吧！」

年憐丹一聲長笑，道：「好！今天總算見識到覆雨劍法，亦承認你有說這些話的資格。他日當我功力盡復時，你不找我，我也會找你，到時再領教高明。」

里赤媚抱拳道：「若非我們站在對抗的立場，浪兄會是里某眞心渴欲交結的朋友，請了！」轉身當先離去。轉眼間里年等人走得一乾二淨。譚冬等三人悲喜交集，迎了上來，向不捨兩人見面行禮。

浪翻雲轉過身來，兩手搭在秦夢瑤香肩上，好一會後愛憐地道：「夢瑤！好了點嗎？」

秦夢瑤轉過身來，臉向著浪翻雲、不捨和谷姿仙三人，微微一笑道：「夢瑤現在只想回到靜齋去，在師父墳前懺罪，告訴她我終於失敗了。」她如此一說，誰也知道她不能活過紅日法王所說的百天之數。

浪翻雲微微一笑道：「夢瑤不要絕望，我可以擔保在這中藏之爭，你將是那大贏家。」

谷倩蓮的尖叫傳來：「震北先生！」眾人循聲望去，只見她不知何時已跪在烈震北身前，一臉悲痛，淚流滿頰。

秦夢瑤淡淡道：「大哥出劍的一刻，就是震北先生坐化之時，如此奇妙的仙去，震北先生當能瞑目了。」眾人都泛起一種玄之又玄的感覺。

谷凝清拉起秦夢瑤的手，指尖搭著她的腕脈，良久後皺眉道：「縱有雙修大法，恐亦無補於事。」

秦夢瑤瞅了浪翻雲一眼柔聲道：「夢瑤自知生機已絕，剛才純憑一口先天眞氣，接連心脈，暫時保命，希望能在倒斃前趕返靜齋，大哥不需安慰夢瑤了。」

浪翻雲向不捨和谷凝清道：「賢夫婦最好先去看看行烈和姿仙的情況如何，順便帶走倩蓮，並勸勸那妮子，告訴她烈兄在去前悟通了大圓滿的境界，故毋需爲他傷悲，我想和夢瑤私下說幾句話。」

不捨兩人黯然點頭，帶著倩蓮和譚冬等四人去了。浪翻雲伸手摟著秦夢瑤香肩，走到陽光漫天的府堂外，順步來到俯瞰山下全景的高處。梯田重重，雙修府回復了平昔的寧靜和平。

秦夢瑤往浪翻雲靠過去，幽幽道：「不知爲何，有大哥在我身旁時，我總有軟弱的感覺。」

浪翻雲微笑道：「這是因爲夢瑤受了傷嘛。告訴我！你心中有沒有想著那個人？」

秦夢瑤淡淡道：「到了這等時刻，我更不想瞞你，被紅日法王所傷後，我一直想著韓柏，想著再見他一面，才回靜齋尋一塊埋骨之地。」

浪翻雲笑道：「你為何連浪翻雲的話都不相信，你定會吉人天相的。」

秦夢瑤微微一笑道：「若雙修大法都救不了夢瑤，還有甚麼方法呢？」直到此刻，她仍沒有對自己不久於人世的事實，表現出半點悲哀，但神態卻有異於她往昔的超然塵凡，似由出世轉為入世。這含蓄地顯示在她對浪翻雲的態度和對韓柏的依戀兩方面上。

浪翻雲摟著她的手緊了一緊，悠然道：「光是雙修大法當然接不回斷了的心脈，但加上一個人就成了。」

秦夢瑤一顫道：「若要夢瑤把貞操隨便付給一個人，我情願死了也不要那樣地活著。」

浪翻雲失笑道：「你若知道那人是誰，定會收回這兩句話。」

秦夢瑤俏臉飛起兩朵紅雲，以前所未有的嬌羞低聲輕問道：「那傢伙是韓柏嗎？」

浪翻雲正容道：「只有他的魔種才可激起你道胎的生機，接回斷了的心脈，說不定還會有更奇妙的事發生呢。」

秦夢瑤閉上美目，輕嘆道：「假設我懷了他的孩子，那怎辦才好？」

浪翻雲淡然道：「橫豎你和他的緣分也是止於這百日之期，送他一個兒子作別禮不是挺美嗎？」

秦夢瑤張開美目，一向清澈的眼神竟變得朦朧如薄雲後的迷月，櫻唇輕吐道：「假設我真離不開他，豈非要給那壞蛋欺負足一生一世嗎？」

浪翻雲笑道：「夢瑤不是說過為了師門使命，甚麼都不計較嗎？」

秦夢瑤嗔道：「大哥在逼夢瑤嗎？」

浪翻雲微笑道：「就算你的心脈完好無恙，夢瑤始終要和韓柏作一了斷，看看誰勝誰負，這不是你這塵世之行必經的氣數嗎？」

秦夢瑤幽幽一嘆道：「夢瑤眞不服氣，唉！要白便宜那無賴了。」

谷姿仙的閨房裏。

谷姿仙道：「你知道我們永無練成雙修大法的希望嗎？」

風行烈愕然抬起頭，望著她的秀目道：「爲甚麼？」

谷姿仙感覺著風行烈體內眞氣不住澎湃，知道他經自己輸入勝比不世妙藥，精練多年的處子元陰後，逐漸復元起來，顫抖著道：「雙修大法的關鍵在於男的要有情無慾，女的要有慾無情，剛才我施展大法，雖能治好你體內嚴重傷勢，獻上元陰，但因既有慾亦忍不住動了強烈的情，所以元陰將去而不復，永遠不能仗之再和你修練大法。」

風行烈笑道：「去他媽的雙修大法，這樣做夫妻還有何樂趣可言？噢！我要出去看看。」

房外響起白素香的聲音，生恐驚擾了他們般輕輕道：「小姐！夫人和老爺來了，你們……唔……你們……」

谷姿仙驚喜道：「爹和娘……噢……」熱淚奪眶而出。厄難終於過去了。

風行烈道：「告訴他們稍等一會，我們立即出來拜見兩位老人家。」白素香步音漸去漸遠。

兩人依依不捨分了開來，渾身汗水。風行烈先跳下床，再溫柔地把這剛和自己有合體之緣的美女扶了起來。

谷姿仙望向雪白床單上的一片驚心動魄的落紅，嬌羞地道：「行烈！我要你一生一世都疼我愛我，連一刻的疏忽大意都不可以發生。」

風行烈道：「娘子可以放心了。來！快穿衣，我擔心震北先生會有事。」

谷姿仙嬌軀一震，冷酷的現實代替了甜美的夢境。「砰！」房門大開，谷倩蓮不理一切衝了進來，投進風行烈懷裏，悲呼狂號道：「震北先生去了。」這句話有若青天霹靂，明知烈震北難以度過今天，仍把兩人轟得呆在當場。

韓柏騎著灰兒無精打采回到官船，看到范良極興高采烈，在跳板旁指揮著一隊官兵，把十多箱不知載著甚麼東西的木箱運到船上。

韓柏躍落地上，奇道：「侍衛長你在弄甚麼鬼？」

范良極恭敬答道：「箱內有十多罈盛了這裏最著名『仙飲泉』的泉水，還有其他製酒的工具和材料，都是依著女酒仙開列的清單採購的。」

韓柏找了個藉口，把想過來湊熱鬧的馬雄支使開，教他先帶灰兒回船，嘆了一口氣，不知應怎樣開口向范良極說出剛才的怪事。

范良極終於發現到他的異樣，關切道：「小柏你是否不舒服了？」

韓柏於是一五一十，將剛才遇到白衣美女的事和盤托出。范良極拉著他走到一旁，出奇地溫和道：「小柏你不用自責，縱使你沒有遇到她，她始終會來找你。」

韓柏一愕道：「這話怎說？」

范良極道：「她既懂高句麗話，要的又是萬年參，自然是與高句麗有關的人，知道有關萬年參一些我們不知道的妙用。」接著嘆了一口氣道：「其實我一直擔心此事，朱元璋既懂開口向高句麗王要萬年人參，自然知悉有關人參的事，反而我們這個兩人使節團對這些人參如何服食，有何妙用一無所知，到時說不定立遭揭穿身分，你說我多麼煩惱。」

韓柏道：「這白衣女是何人我們都不知道，況且我們哪有萬年參給她。」

范良極詭異一笑道：「你太小看我了，我范良極何等樣人，哪會蠢得把偷來的東西雙手捧上全給了朱元璋那混蛋。除了送了一株給蘭致遠外，剩下的十六株萬年參給我扣起了八株，你要送那白衣女一株乃輕而易舉的事，只是盈散花這樣來明搶我獨行盜的東西，她必須付出比萬年參更高的代價。」

韓柏駭然道：「她竟是十大美人裏以放蕩著名的盈散花？」

范良極道：「絕對錯不了，尤其那女扮男裝的美女和她形影不離，最是易認，十大美人裏，我最清楚她的秘密。」

韓柏呆瞪著他。范良極得意笑道：「不要以爲我專愛偷窺美女，只因這盈散花其實是我的同行，一個不折不扣的女飛賊，所以我才要和她一較高下，把她貼身的一塊寶玉偷了，讓她知道天外有天，盜外有盜。」

韓柏更是瞠目結舌，囁嚅道：「原來是個女賊。」

范良極滿足地嘆了一口氣道：「我跟蹤了她整整三個月，失敗了十多次後，才勉強得手，此女盜術之精，僅次於我，她的武功亦可躋身一流高手之列，當然比不上我們，但已足可縱橫江湖。」

韓柏道：「可是現在她控制了我們的死穴，若給她把我們的底子揭開來，楞嚴還會不知我們是誰嗎？」

范良極興奮起來道：「那次我雖贏了她，卻是贏得不夠味兒，這次她送上門來，我定要她失去寶貴的貞操。」

韓柏大笑起來，失聲道：「這蕩女有何貞操可以失去，你不是說過有很多人和她有上一腿嗎？」

范良極往四周看看，這：「我們先到船上再說。」

兩人回到船上，這時艙廳煥然一新，佈置得美輪美奐。來到上層時，長廊靜悄悄的，柔柔等談話的聲音隱隱從左詩房中傳出，陳令方的房間卻是他打鼻鼾的呼嚕呼嚕聲。進房後關上了門，范韓兩人在窗旁的高背扶手檀木大椅坐下。

范良極煞有介事道：「我跟了盈散花這麼久，其中一個收穫就是發現了她放蕩的大秘密，凡是和她上過床的男人都中了她的詭計。」

韓柏一呆道：「難道上床也有詭計可言嗎？」

范良極道：「當然有，偷東西的是盈散花，上床的卻是她的拍檔秀色，你明白了沒有？」

韓柏恍然大悟，旋又皺眉道：「那秀色豈非很吃虧嗎？」

范良極道：「秀色是閩北姹女門的傳人，專事男女採補之道，有甚麼吃虧可言，此正是一人吃兩人補，所以才如此合作愉快。」

韓柏道：「女兒家的名聲不重要嗎？這樣誰還敢娶她？」

范良極道：「若盈散花要選婿，保證新知舊雨以及慕名之士，必在她門外排了隊由中原直延至西藏去，尤其是她出了名無論和哪個男人一夜之歡後，都絕不會讓人碰她第二次，所以若有哪個男人能得到她的第二晚，保證立即名揚天下，聲名直追龐斑和浪翻雲。」

韓柏啞然失笑道：「事實上她卻從沒有和人上過床，所以根本不會成爲愛情俘虜，哼！若她給我……給我……」

范良極邪笑道：「給你碰過後，保證她離不開你，是嗎？專使大人。」

韓柏自信十足道：「正是如此！」

范良極皺眉道：「此女差一些就比我還多計，弄那個秀色上床不難，要將她盈散花擺在床上，讓你爲所欲爲，卻是非常傷腦筋的一回事。收服了她，會對我們京師之行非常有利，若收服不了她，以後她還不知會弄出甚麼花樣來，最怕……」

韓柏道：「最怕甚麼？」

范良極道：「我有一個不祥的感覺，就是萬年參只是她一個初步目標，此女眼界極高，野心又大，定有更厲害的事要做。」

韓柏道：「來來去去還不是偷東西嗎？啊！」忽地臉色一變，往范良極望去。

范良極苦笑道：「你想到了，若她要萬年參，大可到船上來取，她又不知道船上竟有浪翻雲和我在，憑她的偷術還不是輕而易舉，所以她只是以此牛刀小試，測探我們的反應，看看我們是否會因此被她控制了。」

韓柏張開了口，喘著氣道：「她是想到皇宮內偷東西，只有我們才可掩護她安然進出皇宮。」

范良極忽地捧腹笑得眼淚都嗆了出來，喘著氣道：「還有甚麼比這更荒謬的事，竟有後生小女賊敢來逼我獨行盜范良極、覆雨劍浪翻雲和你淫棍韓柏到皇宮去偷東西，你說天下間有比這更好笑的事嗎？」

韓柏不快道：「你再叫我作淫棍，我以後乾脆斷了你收義妹之路，別忘了左詩還沒給你斟茶上契呢。」

范良極投降道：「嘿！讓我給你另起一個外號，免得叫順了口，傳了出去，那就糟透了。」

韓柏道：「這還差不多，快給我想個像樣些的外號，免得將來有人要我報上名號時，欠了點可以揚名立萬的東西。」

范良極兩眼一轉，抱拳道：「『浪子』韓柏，這外號又順口又絕，意下如何？」

韓柏唸了幾遍，大喜道：「這外號眞的不錯，快給我宣傳一下，免得其他人給我起了其他外號時，改不了口。」

范良極道：「這個容易，只要通知馬雄，告訴他有株萬年參給一個叫『浪子』韓柏的人偷了，保證追緝你的懸賞貼滿全國的街頭巷尾，使你……哈哈……立時揚名立萬……哈哈……」韓柏先是一怒，接著亦忍不住捧腹大笑起來。

「咿呀！」門推了開來，左詩走進來道：「柏弟和范老爲何笑得如此開懷？」

范良極苦忍著笑，向左詩招手道：「詩兒快過來斟茶認我作大哥，這是你的相公夫君柏郎兼柏弟答應了我的。」

左詩俏臉飛紅，知道平日眾姊妹的閒談全給他盡收耳內，才會知道她們怎樣喚韓柏，蓮步姍姍走了過來，從放在几上的茶壺斟滿了一杯茶，遞給范良極，福身柔聲道：「大哥用茶！」

范良極眉開眼笑接茶一飲而盡道：「這是買一開二，女酒仙成了我的乖妹子，小雯雯變成我的乖義女，眞是划算得很。」

左詩不依道：「大哥你究竟偷聽了多少詩兒說過的話？」

范良極攤手道：「本侍衛長負起全船安全之責，自然要豎起耳朵監聽一切。」

左詩想起一事，雙頰潮紅，轉身欲逃，給韓柏一把抓著她的小手，道：「詩姊到哪裏去了？」

左詩給他拉到身旁，俏臉卻別向房門那邊，不敢看他們，跺足道：「我要去檢查那些製酒工具。」

范良極向韓柏喝道：「對義姊動手動腳成何體統，還不讓你詩姊去趕釀幾罈清溪流泉出來，免得浪翻雲回來後拿他的覆雨劍追殺我。」

韓柏笑嘻嘻站了起來，拉著左詩的手依然不放，涎著臉向左詩道：「更大逆不道的事我也對詩姊做了，拉拉手實屬閒事，來！詩姊！我陪你去釀酒。」

范良極冷哼道：「你給我留下來，否則詩兒明年此時都釀不出半滴清溪流泉來，小心我叫回你以前的名號。」韓柏嚇得連忙放開左詩的手。

左詩奇道：「柏弟以前的名號怎樣稱呼哩？」

韓柏嚇得抓著她的香肩，推著她往房外去，威嚴下令道：「婦道人家，最要緊三從四德，以後不准再問這些男人間的事。」左詩絲毫不以爲忤，笑著推門去了。韓柏鬆了一口氣，靠在門上道：「本專使事務繁忙，有屁快放。」

范良極掏出煙管，從僅餘的天香草抽了幾絲，放在管上，點燃後一口吸盡，嘿然笑道：「當然是要點你一條明路，令你可將十大美人儘量收進私房內享用，包括那美麗的小尼姑在內。」

戚長征肩上托著美麗的戰利品，直至遠遠離城，才在一個幽森的樹林停了下來，大力在褚紅玉高聳的圓臀打了一記重的，才把她拋在一叢矮樹上，跌得她四腳朝天，先前淑女的高姿態蕩然無存。褚紅玉氣得滿臉熱淚地爬了起來，怒叱一聲往他撲去，才衝前又頹然坐倒地上，顯然尚有穴道被制。

她悲呼道：「我定要把你這殺千刀的惡徒碎屍萬段。」

戚長征笑嘻嘻來到她坐倒處，一副潑皮無賴樣兒，笑吟吟看著她，忽地拔出匕首，在她眼前揚威耀武地拋上拋下把玩著。褚紅玉駭然把嬌軀逐寸逐寸儘量移開，直至背脊撞上一顆矮樹，才退無可退，停了下來。

戚長征蹲著跟來，匕首一伸，刀鋒貼在她巧俏的下頷處，用力一挑，褚紅玉「呀！」一聲仰起了俏臉，望著他顫聲道：「你想幹甚麼？」

戚長征匕首下移，「颼！」的一聲，劃破了她胸前的衣服，卻沒有傷及她的皮膚。褚紅玉花容失色，低首往自己胸口望去，赫然發覺衣服連褻衣都被挑破，不但露出一大截豐滿的胸肌，連深深的乳溝亦春光盡洩。她剛想叫喊，匕首再上托，貼著下頷把她的俏臉挑起，回復先前的姿勢。

褚紅玉受刀鋒所脅，不敢妄動，顫聲道：「你想怎樣？尚亭不會放過你的。」

戚長征望進她敞開的衣襟裏，吹響了一下口哨，道：「尚亭當然不會放過我，不過你以爲我肯放過你嗎？」

褚紅玉回復了勇氣，狠狠道：「你這種淫行，怎配稱好漢？」

戚長征哈哈笑道：「若我是好漢，敢問尚夫人爲何要來取我的命？你我無冤無仇，既然不爲任何原因亦可置我於死地，我要奪你貞節，快樂一番，你能怪誰？難道只可以任你對付我，我老戚仍要充好漢尊重你，不碰你嗎？」

褚紅玉一時語塞。這回湘水幫應楞嚴之請對付怒蛟幫，說到底只不過為了湘水幫的利益，若怒蛟幫被殲，湘水幫就可往北大肆擴充勢力，奪取怒蛟幫的地盤。

戚長征凝視著她長而媚的俏目，露出雪白好看的牙齒笑道：「你們明知此次楞嚴是與方夜羽合作對付我們，若是成功，整條長江將會落入方夜羽的控制裏，蒙古餘孽得此戰略優勢，便會發動戰爭，使生靈塗炭，你們如此助紂為虐，又算哪門子的英雄好漢？」

褚紅玉呆了一呆，尙亭應邀出手，想的只是和朝廷拉上關係，爭取自身的利益，並沒有顧及戚長征現在指出可能出現的後果，一時無辭以對。

戚長征匕首貼著她的臉往上移，到了她嫩滑的臉蛋處，用刀身輕輕拍打了兩下，讚道：「眞是吹彈可破！好了，老戚時間無多，要好好享受一下尙亭的美嬌娘，讓他知道來惹我們的後果，就是連嬌妻也保不了。」

褚紅玉駭然道：「不要！求你不要，其他甚麼我都可以給你和告訴你。」

戚長征索性坐了下來收回匕首，滿有興趣地道：「若你獻上的情報有價値的話，說不定我會放過你的。」

褚紅玉氣得差點哭了起來，可是回心一想，忽地發覺直至這刻，此人表面雖是凶橫霸道，一副黑道惡少的模樣，其實到現在仍沒有做出甚麼越軌的行為。換了一般邪淫之徒，至少會先償手足大慾，不會只是那麼裝樣子給人看了。心神稍定下，首次往他望去，只見對方眼神清澈，沒有一點慾火之色。點了點頭，褚紅玉低聲道：「你想知道甚麼，儘管問吧。」

戚長征道：「我問一句你答一句，不要遲疑，若我覺得你在編故事，我會立即把你佔有，那時求饒也沒有用，明白了嗎？」

褚紅玉垂頭道：「問吧！」

戚長征微微一笑道：「楞嚴的人是甚麼時候找上尙亭，派了甚麼人來？」

褚紅玉唯恐他誤會自己在編理由，迅速答道：「是西寧派的『遊子傘』簡正明，那是半年前的事了，那時方夜羽仍未發動對付尊信門和乾羅山城，我們見簡正明是八派的人，信用上應沒有問題。答應了他，現在想反悔亦來不及了，誰敢同時得罪方夜羽和楞嚴。」

她心中暗讚戚長征的老到，這第一個問題她是不能推說不知道答案的，而人的心理很奇怪，一開始說了實話，會自然一直說實話下去。接著戚長征問了一大串問題，都是關於楞嚴方面的人如何與他們聯絡，不同派別的人如何聚在一起參與對付怒蛟幫的行動，有甚麼切口暗語，有時他又會忽然問起之前曾問過的問題，看看前後有沒有矛盾出入，使一直在黑道裏長大的褚紅玉也對對方問話的技巧心悅誠服，不敢隱瞞，乖乖全盤托出。

戚長征又再問了幾個問題，都是有關方夜羽的手下在當地的活動，然後伸掌在她身上拍了幾下，解開穴道，笑道：「算你乖吧！夫人回復自由了。」

褚紅玉芳心升起一種難以言喻的感覺，竟似很想再給他多拷問一會。

戚長征站了起來笑道：「你的胸脯生得眞美，我倒想你剛才騙騙我。」

褚紅玉往胸前望去，羞得連忙把衣襟拉緊，原來她剛才全神答問題下，竟不知道衣服敞開露出了左右大半邊乳房。

戚長征道：「希望不要再見了，否則莫怪老戚刀下無情。」轉身欲去。

褚紅玉叫道：「且慢！」

戚長征回過頭來，奇道：「還有甚麼事？」

褚紅玉瞅了他一眼輕聲道：「我回去會和尙亭談談，告訴他剛才你曾說及的那種情況。」

戚長征再次露出他那招牌笑容，走了回來，緩緩伸出手來，在她臉蛋擰了一下，道：「你最好不要那麼天眞，我們曾調查研究過中原大小家派幫會的領導人，恕我直言，令夫被列入心胸狹窄，眼光短小之輩，若他知道你曾和我說過這些話，必會懷疑你曾對他有不忠的行為，所以最好編個較像樣的好故事來敷衍他，至於以後會有甚麼樣的發展，眞要天才曉得了。」

戚長征看著她迷惘的眸子，俯頭下去，在她唇上輕輕一印，長嘯聲中，迅速離去。褚紅玉怔在當場，自己是有夫之婦，之前是迫不得已，但為何剛才竟任這英武灑脫的男子擰自己臉蛋，又吻自己的唇。戚長征對尙亭的惡評，並沒有令她生出反感，因為尙亭就是這麼一個人。而且令她感到怒蛟幫不愧是有魄力遠見的大幫會，早就對各門各派的情況做足工夫，不像湘水幫般只是斤斤計較眼前小利。對戚長征的認識便是個好例子，尙亭還以為可輕易將戚長征手到擒來，先立一功，豈知己方縱是佈下如此陣仗，還是鬧了個灰頭土臉。自己這次參與行動，骨子裏其實是想得到暫時離開尙亭的機會，對這師兄，她已無復初戀時的熱情，所以嫁他整整兩年，她仍以種種藥物避孕，不肯為他生孩子，兩人間的關係因此不斷惡化。忽然她又想起戚長征將她丟在草叢內前，重重打在她隆臀上的那一記，心底忽地泛起一股滋味，俏臉不由紅了起來。

浪翻雲放開按在風行烈背上的手掌，眼光掃過期待著報告的谷姿仙、谷倩蓮和白素香，微笑道：「恭喜世姪！這次你因禍得福，功力不退反進，先天眞氣更進一步，假以時日，即使再遇上年憐丹，亦未必會輸。」

谷姿仙欣喜道：「那眞是太好了！」

風行烈轉過身來，向浪翻雲道謝。這是府堂左旁那天谷姿仙爲風行烈設洗塵宴的偏廳，此刻時近黃昏，柔和的陽光透窗而入，分外寧靜宜人。

浪翻雲拉起谷姿仙的玉手，握在掌中，沉吟片晌才放開道：「雙修大法確是曠世奇術，姿仙現在奇經八脈暢通無阻，若能趁勢精修苦練，可望於短期內步上先天妙境，將來成就，無可限量。」

谷姿仙想起先前的情況，嬌羞地垂下頭去。

不捨這時走了進來，在浪翻雲旁坐下道：「浪兄有何打算？」

浪翻雲嘆了一口氣，徐徐道：「我現在唯一的希望，就是能分身作兩個人，一赴京師，和朱元璋玩上一局；另一個則趕回洞庭，好應付方夜羽和楞嚴聯手對怒蛟幫發動的功勢，方夜羽有里赤媚和年憐丹兩人，甚或紅日法王出力相助，連我也不敢輕易言勝。只望能不擇手段，務要將他們逐一殲殺。」

不捨道：「紅日法王心切找尋鷹刀，兼且和夢瑤小姐有百日之約，大概不會眞的爲方夜羽辦事，若我估計不錯，他只曾答應方夜羽對付你，現在他們陰謀失敗，紅日法王又被夢瑤小姐劍氣所傷，應不用擔心他會捲入方夜羽與怒蛟幫的鬥爭裏。」頓了頓續道：「至於年憐丹則交在愚夫婦手裏，他想除去我們，我們何嘗不想除掉他，此戰勢在必行，誰也避不了。」

浪翻雲微笑道：「大師是否不想再當和尙了？」

谷姿仙眼中射出關切神色，望向乃父。不捨伸出手來，憐愛地撫著谷姿仙的頭，淡然一笑道：「若我再當和尚，姿仙肯放過我嗎？浪兄請勿笑我。」

浪翻雲鼓掌道：「敢作敢爲，才是大丈夫本色，浪某怎會笑許兄。」接著道：「不過許兄和嫂夫人蓄意壓下傷勢，好能及時趕來此處，致使內傷加重，將來與年憐丹一戰，未必樂觀，否則只以許兄之劍，便有除魔機會。」

谷姿仙道：「大哥放心，家父家母雙修大法已成，只要……唔……只要他們恩恩愛愛……噢！我不說了，行烈啊！爲甚麼用那樣的眼光看著人家？」說到最後，羞得垂下頭去。眾人不禁莞爾。

浪翻雲道：「里赤媚是最令人頭痛的問題，他若蓄意逃走，我並沒有十足把握將他留下。這種進可戰，退可逃的敵手最是可怕，若他要殺一個人，那人就連逃命的機會都沒有，所以我始終對他不能放下心來。」眾人見浪翻雲也如此說，均感心情沉重。

浪翻雲轉向風行烈道：「待會讓我告訴你一些聯絡敝幫的手法，若有行烈，再加上凌戰天的鞭，翟雨時的智計，戚長征的刀，或能拖上一段時間。要切記莫與他們正面爲敵，只要我能由京師動搖了楞嚴和方夜羽的聯手之勢，就可回頭從容對付里赤媚，至於其他的事，只好交由你們這班年輕人去應付。」

不捨道：「若浪兄出手，龐斑會不會坐視不理呢？」

浪翻雲雙目爆起精芒，微笑道：「若龐斑等不及明年的秋華滿月，浪某怎可不奉陪。」

此時秦夢瑤和谷凝清聯袂由後院進入廳內，谷凝清來到不捨旁道：「到現在我才明白夢瑤小姐爲何可以打破靜齋的禁例，成爲三百年來第一個踏足塵世的高手，剛才我向她解說雙修大法，無論多麼抽象玄奧的方法，她都一聽便明，教人佩服。」

秦夢瑤微笑道：「夫人誇獎了。」

浪翻雲道：「時間寶貴，我和夢瑤在烈兒的火化儀式後，須立即趕回去了。」谷倩蓮和白素香聞言立即哭了起來，風行烈慌忙撫慰。浪翻雲搖頭苦笑，朝後院走去。秦夢瑤隨在他旁，好讓分別久矣的夫妻父女暢敘離情。兩人默默來到後院的涼亭內。

浪翻雲倚欄而坐，忽道：「大哥有個問題，不知夢瑤可否給我一點意見？」

秦夢瑤在亭心石桌旁的石椅安然坐下，奇道：「若大哥的智慧也解決不來的事情，夢瑤還可提供甚麼意見？」

浪翻雲道：「這只是一個選擇的問題，非常簡單。」嘆了一口氣續道：「現在我和龐斑間存在著一種非常微妙的平衡，故可相安無事，直至攔江之戰才再作分曉。不過假若我出手對付里赤媚，這微妙的平衡立即打破，龐斑縱使不願意，亦不得不將我們之間的決戰提早進行，你說我應怎麼辦？」

秦夢瑤理解地點頭，沉思片晌後道：「里赤媚的天魅凝陰，在當今之世，確只有大哥的覆雨劍才可穩勝。」

浪翻雲道：「我一向服膺的眞理，就是詩窮而後工，只有在極度的困境裏，才能培養出超卓的人物。這些年來，就是因爲有龐斑這高不可攀的人，才會有厲若海，風行烈、韓柏、戚長征、不捨和夢瑤你的出現，現在龐斑擺明沒有閒情再理塵世之事，也沒有人蠢得去招惹他。唉！」

秦夢瑤點頭道：「大哥放心吧！里赤媚的事由我們去處置好了。除非成仙成道，誰能不死，遲些早些，有何分別？最要緊能放手而爲，不讓光陰虛度。韓柏已以事實證明了里赤媚亦非無懈可擊，大哥豪情瀟灑，爲何還不能將這看破？」

浪翻雲微笑道：「夢瑤你有沒有感覺到，自從你決定了要便宜那無賴後，整個人都開心起來，就像不食人間煙火的仙子，忽然動了凡心那樣。」

秦夢瑤立即潰不成軍，招架不住這天下第一劍手的凌厲攻勢，霞生雙頰道：「大哥笑我！」

浪翻雲拍手道：「我終於破了夢瑤你的劍心通明，恐怕龐斑亦難以辦到。」

秦夢瑤臉蛋上的紅潮仍未消褪，但神色回復了平靜，幽幽一嘆；道：「幸好師尊送我離開靜齋時，曾有要我不拘人言，放手而爲的話，夢瑤才沒有因自己對一個男子動了眞情感到自責。」

浪翻雲淡淡道：「韓柏的魔種基於天然特性，打一開始即對你生出強大的吸引力，只因你身在局中，不曾覺察吧！何況韓柏的長相和性格均如此討人歡喜，夢瑤若強迫自己不去愛他，反會因相思之苦，致永遠不能進窺至道，得不償失。」

秦夢瑤道：「這正是我害怕的地方，若和他有了肌膚之親，說不定夢瑤會情不自禁，難以自拔。何況這小子風流自賞，到處留情，若我起了嫉妒之心，變成七情六慾的奴隸，豈非更糟？」

浪翻雲失笑道：「我從未想過你這仙子竟會有這麼多塵世的顧慮。想當年傳鷹躍空而去前，仍摟著『紅粉艷后』祈碧勺的屍身慟悲不已，我佛釋迦寂滅前苦口婆心警告世人生死間可畏處，可知有情無情，實與能否超越天人之界，無甚關聯，若有情者永不能悟通那破空而去的一著，我和龐斑都要立即死了那條心。」

秦夢瑤淡然一笑道：「大哥教訓得好，夢瑤自知道須與韓柏作那百日夫妻後，心田注進了無限生機，很想立即投進他懷裏去，讓他說盡瘋話兒。這二十年來，夢瑤無時無刻不在勤修苦練，把原始的生命力，男女的性慾轉化作精神的元氣，以爲早斷了七情六慾，豈知現在情心一動，愛戀之思竟如狂潮般莫可能禦。唉！眞是冤孽！當想到那無賴在我投懷送抱時的得意洋洋，夢瑤禁不住要愛恨難分哩。」

浪翻雲微感愕然道：「聽夢瑤這番話，才知夢瑤對韓柏用情之深。幸好有此機緣，否則夢瑤將永無進窺至道之望，你眞要多謝那紅日法王呢。」接著微笑道：「一舉兩得，何樂而不為？」

秦夢瑤再次生出紅霞，微嗔道：「大哥總不肯放過我。」

浪翻雲失笑道：「不是我不肯放過你，而是你令我不肯放過你，因爲動了凡心的仙子最是美麗，最是引人，我浪翻雲何能例外？」

秦夢瑤給他惹得露出笑靨，甜美的笑容比盛放的鮮花更動人百倍，悠然望著亭外的遠山，夕陽的一半剛沉到了山下，她清絕美艷，修長入鬢的美目亮起動人的異采，秀麗的黛眉往上微揚，柔聲道：「那無賴現在不知又要調戲哪個良家的女子了？」

韓柏昂然立在房中，感受著沐浴後的神清氣爽，由三女服侍他換上勁服，再在外面蓋上隆重的高句麗官服。

「篤篤！」叩門聲起。朝霞走去開門，進來的是范良極。三女忙甜甜的喚大哥。范良極笑得一對賊眼都張不開來。朝霞對他分外親熱，挽著他到窗前椅子坐下，又給他斟茶，服侍周到。

這時韓柏理好衣冠，坐到靠窗另一張椅子裏，由左詩和柔柔蹲在跟前，給他穿上薄底靴。范良極「啐啐」連聲道：「你這小子不知哪裏修來的福分，這麼樣的三個大美人親自甘心伺候，不用動半個指頭，鞋子就穿好了。」韓柏一陣感觸，想起以前在韓府做下人時，終日給人呼呼喝喝，哪想到有今天的好日子，眞像正作著一場大夢。

「砰！」門才響，已給人推開，陳令方神色緊張衝了進來。眾人不由警覺地往他望去。陳令方來到范韓兩人前，並不坐下，以前所未有的凝重語調低聲道：「山東布政使司謝廷石微服來訪，要見我和專使大人。」

范良極愕然道：「山東布政使司是甚麼玩意兒，是否今晚的賓客之一？」

陳令方搖首道：「他不是今晚的客人，這樣找上門來是不合情理的，老夫從沒想過他會來，定有非常重要的事。」

韓柏對官制一竅不通，問道：「他的官兒大不大？」

陳令方道：「非常大，我們大明全國除京師外，並分十三布政使司，統領天下，山東布政使司領有濟南、東昌、兗州、青州、登州、萊州等諸府，乃北方第一要地，東接高句麗、北接女眞部、西北接韃靼，所以謝廷石位高權重，手握重兵，乃當今炙手可熱的邊疆大臣。」

范良極聽到山東與高句麗相鄰，臉色一變道：「這次糟了，說不定他看穿了我們的底細，要來當面拆穿我們。他在哪裏？」

陳令方道：「他這次是秘密前來，由本州都司，今晚的主賓之一的萬仁芝穿針引線，萬仁芝剛差人向我打個招呼，讓我們有個準備。」頓了頓道：「照老夫當官多年的經驗，謝廷石看來不是要拆穿我們，否則大可直接通知當地的刑檢部，不用自己偷偷跑來，看來是有事求我們居多。」

范良極拍案道：「難道他也想找株萬年參嚐嚐？可是他明知確實數量早報上了朱元璋那裏，送給他怕也不敢吃。」

三人皺眉苦思，都想不通這麼一個地方重臣，這樣來見他們所為何事。

陳令方道：「山東離此路程遙遠，就算蘭致遠一見你們時立即向他通風報訊，最少也要一個月才可到達山東，若他接訊後趕來，亦需另一個月的時間，所以他若能在這裏截上我們，定是身在附近，才能如此迅速趕至。他為何會離開山東呢？沒有聖上的旨意，布政使司是不准離開轄地的。」

范良極摸著差點爆開了的頭道：「我不想了，總之兵來將擋，水來土掩，我范良極怕了誰來。」

韓柏早放棄了思索，向陳令方道：「擔心甚麼？我看陳公你印堂的色澤仍是那麼明潤，甚麼禍事也臨不到你身上。」

陳令方喜道：「剛才我接到消息時，立即到鏡前照過了，現在專使大人這麼一說，我更為心安。」

「篤篤篤！」韓柏擺大官款，喝道：「進來！」

一名怒蛟幫好手通報道：「馬守備命小人告知老爺，萬仁芝和五名隨員求見。」三人交換眼色，心裏都曉得是怎麼一回事。

陳令方道：「請他們來此！」那人領命去了。左詩三女慌忙離去。

陳令方道：「謝廷石對高句麗的事非常熟悉，你們切勿忘記老夫的教導。」

范良極和韓柏對望一眼，齊齊捋起衣袖，原來袖內均藏有紙張，密密麻麻寫滿了陳令方苦心教導有關高句麗的資料。陳令方呆了一呆，再和二人對望一眼，均不約而同捧腹狂笑起來。

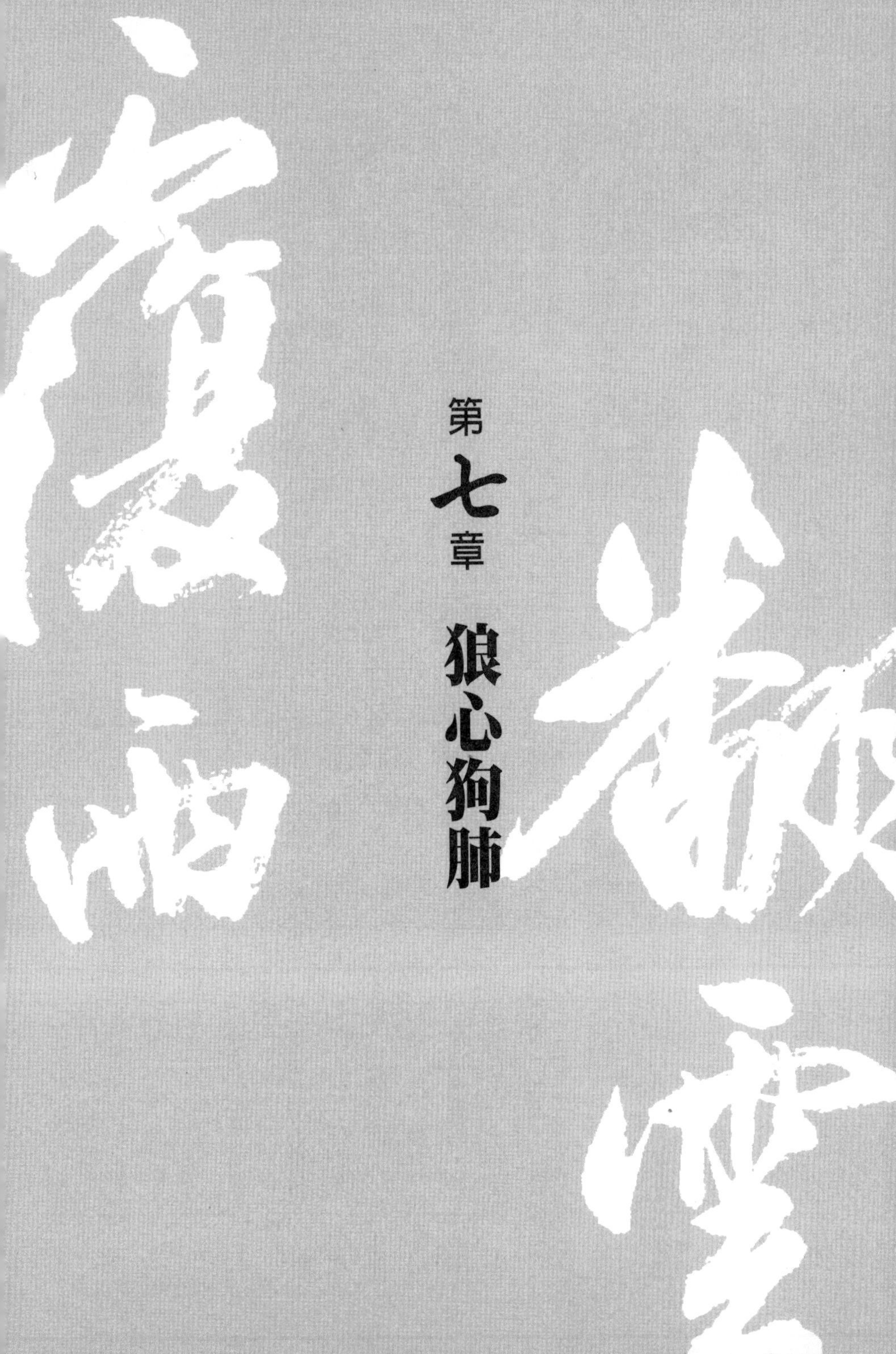

第七章 狼心狗肺

第七章 狼心狗肺

長沙府外，密林裏。褚紅玉追著戚長征，到了密林的近緣處，止步停下，看著這在芳心裏留下了軒昂灑脫、狂野不羈印象的青年高手，在原野裏時現時隱好一會後，消失不見。她禁不住一陣惘然，湧起恨不相逢未嫁時的悵然感覺！假設自己能早點遇上這麼個動人的男人，必會不顧一切隨他而去，現在卻只能在深閨夢裏，偷偷去思憶回味。特別吸引她的是他那不受任何事物拘束的豁達大度，而自己卻像給一條無形的鐵鍊緊鎖著雙翅，再沒有任意飛翔的自由。神傷意亂中，玉頸後忽然癢癢麻麻的，她本能地舉手往頸後拂去，驀覺不妥，待要往前逸走，腰間一麻，往後軟倒，倒進一個強壯青年男子的懷裏。那人伸出有力的雙手，緊箍著她的蠻腰，手掌在她小腹摩挲著，前身緊貼著她的豐臀，充滿了淫褻侵犯的意味。

那人把臉湊到她耳旁，輕嚙著她圓潤嫩滑的耳珠，「嘖嘖」讚道：「眞是天生尤物，戚長征那小子太不懂享受了，放著你這般美食珍肴，都不好好品嚐。」他的聲音帶著奇異的外國口音，偏是非常溫柔好聽，教人生不出恨意。

褚紅玉顫聲道：「你是誰？」

那人提起右手，捏著她巧俏的下巴，把她的俏臉移側至面面相對的位置。一張英俊至近乎邪異，掛著懶洋洋笑意的青年男子面容，出現在她眼前。褚紅玉看得呆了一呆，暗忖這人武功既高明，又生得如此好看，具備了一切令女性傾倒的條件，何須用這樣的手段調戲女人。

青年男子眼中閃著誘人的亮光，微笑道：「在下鷹飛，幫主夫人你好。」

褚紅玉一震道：「既知我是誰，還不放開我？」

鷹飛吻上她的香唇，一對手肆無忌憚地在她動人的肉體上下活動著，由衣外侵進衣內，掌心到處，一陣陣引發褚紅玉春情激盪的熱流，湧進她體內。褚紅玉神志迷糊，竟忘了對方的淫邪侵犯，吐出丁香小舌，任對方吮啜。當鷹飛離開了她的香唇時，她的嬌軀仍在他手底下扭動抖顫著，張開小嘴，不住急喘。

鷹飛細賞她火紅的俏臉，滿意地道：「戚長征若知道你可變成這淫蕩的樣子，必然會後悔剛才放過了你。」

褚紅玉聽到戚長征的名字，從高漲的慾潮稍稍清醒過來，勉力振起意志，哀求道：「放開我吧！」

鷹飛柔聲道：「教我怎麼捨得！」

褚紅玉強忍著對方無處不到的撥弄，那令她神飄魂蕩的挑引，顫聲道：「你爲何要這樣對我？」

鷹飛顯然對褚紅玉現在欲拒還迎的情狀非常欣賞，並不進一步去侵犯她，淡淡道：「因爲你愛上了戚長征，等於是他的女人，所以我定要使你背叛他，好讓他難受。」

褚紅玉熱淚湧出，神志陡地回復過來，悲叫道：「你這膽小鬼，不敢向戚長征挑戰，卻用上這種卑鄙手段！」

鷹飛的手停了下來，若無其事道：「你錯了，不敢面對我的是戚長征，他的刀雖好，比之我的『魂斷雙鈎』仍有一段距離。」

褚紅玉一呆道：「那你爲何不正式和他鬥上一場？」

鷹飛輕嘆道：「因爲我要將他生擒，再以諸般手段，把他折磨成一個廢人，然後放他回怒蛟幫去，這種對怒蛟幫的打擊，比甚麼都更有力。」頓了一頓又道：「這小子有股天生豪勇冷傲氣質，我雖能穩勝他，卻難保不會被他臨死前的反撲所傷，要生擒他更是絕無可能，所以不得不運用種種手段，摧毀他的信心和冷靜，再佈下圈套，才有望將他生擒，這是一個獵人與獵物的遊戲，不是挺有趣嗎？」

褚紅玉道：「他走了，你爲何還不去追他？」

鷹飛嘴角綻出一絲陰笑，道：「他走不了的，甚麼地方也去不了。」

褚紅玉心中一寒，道：「你究竟是誰，和戚長征有甚麼深仇大恨？」

鷹飛眼中閃過寒芒，沉聲道：「我和方夜羽都是蒙古人，你明白了嗎？」

褚紅玉想不到他如此坦白，有問必答，一呆道：「爲何要告訴我這些秘密？」

鷹飛輕吻了她的香唇，柔聲道：「因爲我怕待會姦污了你後，捨不得殺了你，把你的裸體暴屍林內，好嫁禍戚長征，故此特意讓你知道所有秘密，逼自己非對你痛下辣手不可，這答案你滿意嗎？」

他可恨的手驀然加劇地再次進行挑情的活動，恣意逗弄這成熟的懷春少婦。褚紅玉眼中射出既驚恐又興奮的神色，肉體的酥麻，糅合著心中的驚懼痛苦，那種折磨，使她差點發狂叫喊，一邊垂淚，一邊嬌喘著道：「你這狼心狗肺的魔鬼！」

鷹飛爲她寬衣解帶，邪笑道：「盡情罵吧！我保證在碰你時，你的身心都會歡迎我。」

褚紅玉心中悽然道：「天啊！爲何我竟會遇上這種惡魔？」

鷹飛柔聲道：「不過凡事都有商量，只要你肯乖乖爲我做一件事，那我只會佔有你的身體，卻不會殺死你。」

褚紅玉燃起一線希望，道：「你要我做甚麼事？」

鷹飛笑道：「親個嘴再說！」又封上她的櫻唇，暫停解脫她僅剩下來的褻衣。褚紅玉發覺自己的情緒完全落到對方的控制裏，甚至不敢拂逆他，迷失在他任意施爲、忽軟忽硬的厲害手段裏。

唇分，褚紅玉喘息著道：「休想我信你，你不是說因我知道了你的秘密，所以不得不殺死我嗎？何況你還要利用我嫁禍戚長征！」

鷹飛淡然道：「你可以罵我是殺人不眨眼的強徒，又或是採花淫賊。但高貴的蒙古人是不會言而無信的。我會以一種獨門手法，使你事後昏睡三十天，那時戚長征早落到我手中，他是否被人認爲是淫徒也沒有甚麼關係了。」

褚紅玉愕然道：「你不怕我醒來後告訴別人是你幹的嗎？」

鷹飛微笑道：「你不會的，因爲那時你將發覺自己愛上了我，沒法忘記我曾給你的快樂。何況若讓我知道你暴露了我們的秘密，我定會再找上你，將你姦殺，然後把你所有親人都殺掉，當然包括你的幫主丈夫，你應不會懷疑我有這能力吧！」

褚紅玉顫聲道：「你殺了我吧！」在鷹飛軟軟硬硬的擺佈下，她失去了應付對方的方寸，腦筋亦難以有效運作。鷹飛這時將她最後一件蔽體的褻衣脫了下來，盡露出她羊脂白玉般的美麗胴體，又把她扳轉過來，壓在一棵大樹處，盡興施展挑情手段。褚紅玉被逗得春情勃發，不可遏制，不住喘息扭動逢迎，明知對方是魔鬼也忍不住熱烈反應著。

鷹飛柔聲道：「做我的乖奴才吧！何況我又不是要你去殺戚長征，只是要你答我幾個問題，就算說了出來，我亦未必能用之來對付戚長征，只不過想看著你肯為我而背叛他罷了！他就算知道你在這種情況下做了一些對他不利的事，也不能怪你，是嗎？」

褚紅玉一方面被體內洶湧澎湃的春情弄得神魂顛倒，另一方面亦似覺得對方言之成理，同時想到若不依從對方會引致的淒慘後果，最後的意志防線終於崩潰，嬌喘著道：「你問吧！」

鷹飛道：「戚長征曾向你問及關於我們駐腳的地方，你告訴了他甚麼？千萬別說謊，因為其實我一直在旁偷聽著你們的談話，所以只要你有半句謊言，你將陷入萬劫不復的絕境。」

「哎呀！」褚紅玉驀地驚覺對方已破體而入，一股強烈至無可抗拒的快感蔓延全身，激呼道：「求你快問吧！」

鷹飛嘴角掠過一絲滿足冷酷的笑意，知道這風韻迷人的美女終於完全落入他的掌握裏，不但背叛了她的丈夫，背叛了戚長征，也使他知道怎樣佈下對付戚長征的陷阱。還有甚麼能使此刻的他更感快意？

聽得山東布政使司謝廷石和都司萬仁芝駕到，韓柏由椅內緊張地彈了起來，要和陳令方范良極出房迎迓。

范良極一手把他攔著，兩眼上翻，「嘖嘖」連聲道：「我現在更肯定你前世必是野猴一頭，除了搔首抓耳外，連彈跳力都學個十足，看你堂堂專使大人，這麼一蹦一跳成何體統，還不給我乖乖坐回去？」

韓柏又好氣又好笑，心想前世或許不知誰是猴子，但今世則沒有人比范良極的尊容更像隻老猴了，灑然坐回椅子去，接著擺出陳令方教下的高句麗大官的官款，倒是似模似樣的。事實上韓柏的賣相確是非凡，尤其是他有種隨遇而安的飄灑氣質，很易討人喜歡，使人信任他。陳令方剛要開門，范良極打出阻止的手勢，好一會待腳步聲來到門外，才施施然把門拉開。外面站了個身穿官服的胖漢，不問可知是那都司萬仁芝，另外還有五名武裝侍衛。其中一名侍衛向其他四人使了個眼色，那四人一言不發，往左右散開，負起把風守護之責。陳令方知趣地不發言，迎兩人進房內，分賓主坐下。那名侍衛脫下帽子，向韓柏嘰哩咕嚕說了幾句話，陳令方一聽大驚失色，想不到這假扮侍衛的山東布政使司謝廷石高句麗話說得如此出色，內容提及高句麗當今丞相是他老朋友，不知對方近況如何，又順道向韓柏這假專使表示友好。

韓柏不慌不忙，悠然一笑，以現學現賣的高句麗話答道：「想不到大人的高句麗話說得這麼棒，惹得我動了思鄉之情。不過入鄉隨俗，我們還是說貴國的話會更合禮節呢。」

這是陳范韓三人反覆思量下想出來的「百搭」高句麗答話之一。要知無論兩人如何努力，要在十多天內學懂許多高句麗話，實屬異想天開。但若只苦練其中幾句，卻是輕而易舉的事，連語音調子的神韻亦不難把握。就像現在韓柏根本完全不知對方在說甚麼，答起來卻是絲毫不露破綻，還表現出氣度和身分。

謝廷石果然毫不懷疑，伸手一捻唇上的八字鬍，瘦長的臉露出笑意，閃閃有神的眼光在韓柏和范良極身上迅快掃視了兩遍，道：「如此下官便以漢語和兩位大人交談了。」

韓柏和范良極見過了關，大爲得意，一番客套話後，陳令方轉入正題，問道：「不知布政使司大人爲何私下來訪？有甚麼用得著陳某的地方，請直言無礙。朴專使和侍衛長大人都是陳某好友，可說都是自家人。」

陳令方本不是如此好相處的人，只是現在得罪了楞嚴和胡惟庸，自身難保，又知謝廷石乃燕王棣系統的人，自是想套套交情，少個敵人，多個朋友。

肥胖的都司萬仁芝連忙道：「我早說陳公曾和下官在劉基公下一齊辦過事，最夠朋友，謝大人有難，陳公絕不會坐視不理。」

謝廷石暗忖陳令方肯幫忙有啥用，最要緊這專使和侍衛長肯合作，嘆了一口氣道：「這事說來話長，下官本自問這次不能免禍，豈知上京途中，在萬都司府裏忽然得到蘭致遠大人送文書進京的人密告，知道專使大人尚在人世，才看出一線生機。」

韓柏等三人聽得滿腦子茫然，面面相覷。范良極趕快嘿嘿一笑道：「布政使司大人有甚麼困難，儘管說出來，我們專使大人最愛結交朋友，何況布政使司之名，我們早有耳聞，知道你對敝國最是關護，既是自家人，有話但請直言。」

這番話其實說得不倫不類，好處卻是正中謝廷石的下懷，是他久旱下期待的甘露，大喜道：「有侍衛長這番話，下官才敢厚顏求專使幫下官一個大忙，日後必有回報。」

韓柏好奇心大起，催促道：「大人有事快說，否則宴會開始，我們要到外面去了。」

謝廷石道：「這事說來話長，一年前，邀請貴國派使節前來的聖旨，便是由下官親自送往貴國，所以當我接到你們到敝國來的消息時，立即親率精兵，遠出相迎，豈知遲了一步，專使的車隊已被馬賊襲擊，除了遍地屍體外，其他文牒和貢品全部不見，下官難過得哭了三天，連忙派人到貴國去，看看能否派出另一個使節團。豈知原來皇上最想得到的『高麗靈參』已全由專使帶到中原，下官一聽下魂飛魄散，若給皇上知道，下官哪還有命，不株連九族已是天大恩典。」范良極等三人聽得暗自抹了一把冷汗，若高句麗再派出另一使節團，他們所費的所有心力，都要盡付東流。

韓柏深吸一口氣，壓下波動的心情道：「請大人緊記快速通知敝國國君，告訴他我和侍衛長安然無恙，千萬不要再派第二個使節團來，就算眞個已另有人來，也要把他截著，免得他白走一遭。」

謝廷石道：「專使吩咐，下官當然不散稍違。」

陳令方奇道：「現在靈參沒有掉失，大人還擔心甚麼？」

謝廷石嘆了一口氣道：「若讓皇上知道下官連一個使節團都護不了，又讓靈參差點失掉，即使皇上肯饒過我，胡惟庸等亦絕不肯放過我，小則掉官，大則殺頭，你說我要不要擔心？」

韓柏和范良極對望一眼，至此才鬆了一口氣，暗忖原來只是小事一件，橫豎要騙朱元璋，再多騙一項有何關係。

陳令方皺眉道：「皇上一向以來最寵信的就是燕王，有他保你，還怕甚麼呢？」

在旁聽著的萬仁芝插入道：「陳公離京太久了，不知朝廷生出變化，本應繼承皇位的懿文太子六個月前剛過了世，皇上本想立燕王爲皇太子，繼承皇位，可是胡惟庸、楞嚴和鬼王虛若無等無不齊聲反對，現在皇上已決定了立懿文太子的兒子允炆爲皇太孫，只是尚未正式公佈罷了！」

陳令方這才恍然大悟。在朱元璋的二十六個兒子裏，以燕王棣最有謀略和勢力，若朱元璋決定以允炆繼承皇位，爲了鞏固其地位，必須及早削掉燕王權勢，燕王鎭駐北平，位於布政使司謝廷石的管治範圍內，若要削人，第一個要削的自是謝廷石。所以若謝廷石給胡惟庸等拿著痛腳，恐怕不會是掉官那麼簡單，難怪他如此緊張。楞嚴心懷不軌，自是不想力可治國的燕王登基。若能立允炆爲皇太孫，實是一石二鳥的妙計，最好是朱元璋死後，出現爭奪皇位的情況，否則立個聲望地位均不能服眾的皇帝，亦是有利無害。

韓柏大拍胸口保證道：「大人有何提議，只要本專使做得到的，一定幫忙。」

謝廷石長身而起，一揖到地道：「大恩不言謝，將來謝某定必結草銜環以報專使。」興奮下他自稱謝某，顯示這已是大套私人間的交情。

韓柏慌忙扶起。各人重行坐好後，謝廷石清了清喉嚨，乾咳兩聲後道：「下官經過反覆思量，知道只要專使能在皇上御前隱去遇盜襲擊一節，即一切好辦。」

陳令方皺眉道：「可是此事早由蘭致遠報上京師，我們就算有心隱瞞，恐亦難以辦到。」

謝廷石道：「陳公請放心，致遠知道專使來自高句麗後，即想到其中關乎到下官生死大事，故在文書中略去遇劫一節，又嚴禁下面的人向任何人提起此事，所以只要我們能想出個專使為何會到武昌的理由，一切問題當可迎刃而解。」

范良極大笑道：「這事簡單到極點，朱……不，貴皇上最緊張的就是那幾株靈參，只要我們說因得布政使司指點，專程到武昌附近某處汲取某一靈泉之水，製成一種特別的美酒，用以浸參，可使靈效大增，則布政使司大人不但無過，反而有功呢。」

謝廷石拍案叫絕，旋又皺眉道：「可是若皇上喝酒時，發覺那只是貴國以前進貢的酒，又或只是一般美酒，豈非立即拆穿了我們的謊言嗎？」

韓柏和范良極對望一眼，齊聲大笑起來。當謝萬兩人摸不著頭腦之際，韓柏拍胸口保證道：「這個包在我身上，只要貴國天子肯嚐他媽的一口，絕不會懷疑那是帶有天地靈氣的酒。」兩人半信半疑，不過見他如此他媽的有把握，不好意思追問下去。

陳令方悠悠道：「看來布政使司大人應是由山東一直陪著專使到了武昌，現在又陪著坐船往京師去，不知我有沒說錯？」

謝廷石大打官腔道：「當然！當然！否則皇上怪罪下來，下官怎承擔得起。」韓柏和范良極心中叫好，得此君在旁伺候，誰還會懷疑他們的假身分。

范良極仍不放心，道：「布政使司大人須緊記不要誘我們說家鄉話，因為來貴國前，我王曾下嚴令，要我們入鄉隨俗，只可說中土語，大人請見諒。」

謝廷石早喜上心頭，哪會計較說他媽的甚麼話，連連點頭。這時馬雄來報，說貴賓駕臨。眾人興高采烈，出房下樓而去。

戚長征全力飛馳。體內眞氣循環不息，無稍衰竭。他試著把本身傳自浪翻雲的內功心法，和封寒的心法融會應用，起始時有若南轅北轍，各不相容，每當運起其中一法時，另一法便橫逆衝梗，可是當他並不蓄意運用任何一種心法時，反隱隱覺得兩者之中自有相通之處。至此豁然而悟，任由體內眞氣自然流動，只守著任督兩脈，其他奇經八脈，任乎天然，就好像一道大河，其他千川百溪盡歸其內，一絲不亂。他一邊飛馳，一邊馳想刀法，忽爾間渾然忘了招式，只感無招更勝於有招，有法自可達致無法之境。穿林過野，上山下丘。夕照之下，整個天地與他共舞著。有意無意中他再進入了晴空萬里的刀道至境。涼亭在望，遠處山腳下的蘭花鎭燈火點點，突然升起了不祥之感，涼亭依然，獨不見水柔晶芳蹤。

戚長征心中一沉，掠進涼亭之內，看看是否有她的留言，頓時由一個幻夢般的世界，回到了殘酷的現實裏。他的心一直往下沉，唯一可慶幸的，是發現不到血跡或任何打鬥的餘痕，當然亦沒有水柔晶的留字。「柔晶！柔晶！」當他找遍附近方圓百丈之地後，終頹然坐到亭內。他竭力地沉著氣，拚命叫自己冷靜，但心中的懊惱悔恨，卻是有增無減。他實在不應讓水柔晶離開他身邊的。「啪！」一掌拍在亭心石桌上。痛楚使他醒了醒，忖道：「我仍是低估了鷹飛這奸賊，說不定那天他只是詐作受傷遁去，其實一直追在我們身後，見柔晶離開了我，立即出手把她擒下，現在他會把柔晶帶到哪裏去呢？這惡魔會怎樣對付她呢？」想到這裏，他眞的不願再想下去。假設雨時在就好了，他必能想出營救柔晶的方法。不！戚長征你現在只能靠自己。她會在哪裏呢？忽然間他冷靜下來，設想假若自己是鷹飛，自然應在水柔晶離開他時立即動手擒人，這樣才不會追失了他。如此說來，鷹飛應在長沙府出手把她擒下，亦應把她留在那裏，然後再來追殺他。但爲何直至這刻鷹飛仍未現身？說到底，他主要的目標獵物仍是自己。想到這裏，腦際靈光一現，跳了起來，全速往山下奔去，掠往蘭花鎭。他頭也不回，直至奔進鎭內，不理路人驚異的眼光，閃入一條橫巷，再躍上最高的一所房子的屋頂，伏在瓦背，往鎭外望去。若鷹飛追在背後，見他如此舉動，定以爲他自知不敵，要落荒逃走。假設他現身追來，必難逃過他的眼睛。

一個時辰後，鎭外的荒野仍是沒有半點動靜。戚長征的信心開始動搖起來，旋又咬牙忍著趕返長沙府的慾望，想道：「我老戚死也不信你沒追在我背後，你能忍我也能忍，就讓我們比拚一下耐性。」立下決心後，他收攝心神，不片晌再進入晴空萬里的境界，只覺心與神會，所有因水柔晶失蹤引起的焦躁懊悔，均被排出心外，靈台一片清明。忽地心兆一動，抬頭往右側望去。只見夕照下一道人影由鎭旁的叢林閃出，眨眼間掠進鎭內。戚長征暗叫一聲僥倖，不再遲疑，貼著瓦面射出，落在對面另一屋頂，再幾個起落後，才躍落地上，循著來路全速往長沙府馳去。他不虞會給鷹飛發覺，首先對方絕想不到自己能發現他入鎭，其次是對方的位置，無法看得到自己，而當鷹飛來到可看見他的位置時，他有信心逃出了對方視域之外。到了這刻，他才回復信心，感到與鷹飛的鬥爭並非那麼一邊倒。

半個時辰後，長沙府出現眼前。遠處火把點點。戚長征躍上樹，往火把光來處眺望。那不就是他放下褚紅玉那片密林嗎？他手足冰冷起來，想到了最可怕的事。鷹飛這奸徒定是對褚紅玉幹了令人髮指的淫行，再栽贓到自己身上。他從未如此痛恨一個人過！戚長征想起褚紅玉的不幸遭遇，惱恨得差點要自盡以謝，若非自己貪和這美婦鬧玩，特別選了她作俘虜，這慘事就不會發生。不過現在連懊悔的時間都沒有了，強把心中悲痛壓下去，繞過火把密集之處，由東牆進入長沙府。他並不須盲目在城內四處探查，先前他從褚紅玉口中已詳細知道了敵人在城內的佈置，其中一處最有可能是方夜羽的巢穴。要知此次應楞嚴號召參與圍剿怒蛟幫的高手，大多是這附近幫會門派的人，這些幫派都是在這裏生了根的勢力。以褚紅玉隸屬的湘水幫來說，這裏的地痞流氓都不得不賣情面給他們，值此兵凶戰危的時刻，各幫會更將發揮出本身偵察網的最大力量，所以褚紅玉既指出那是方夜羽的可能巢穴，雖不中亦不遠矣。

在夜色裏他展開江湖夜行法，竄高掠低，忽行忽止，莫不有法，既使人難以發現他，跟蹤他的人亦休想不露出行藏。半盞熱茶的工夫，他伏身屋簷，往對面一所華宅望去。宅內烏燈黑火，沒有半點動靜。可是戚長征卻看到在其中幾扇窗後，都有著眼睛微至幾不可察的反光。敵人崗哨位置的巧妙，無論他從哪個角度潛往大宅，均難逃被發覺的可能。戚長征冷哼一聲，毫無避忌飛掠過去，越過圍牆，落在華宅正門前的空地上，一個箭步飆前。「砰！」大門應腳門閂斷折而開。兩支長矛迎面射來。戚長征剎那間又進入了晴空萬里的境界，靈台清明如鏡，身體往左右迅速擺動，兩矛以毫釐之差從他腰旁和臉頰擦過，連毛髮也不損半根。這時他再無懷疑自己找對了地方。幾日前在封寒小谷外與方夜羽的人血戰時，他對魔師宮訓練出來的搏擊之術已非常熟悉，一看此二人的出手，那種狂野勇悍，不顧自身的打法，立即鑑別出是方夜羽的死士。那兩人明明看著長矛似破敵體而入，豈知竟刺在空檔處，駭然欲退時，戚長征左手的天兵寶刀寒光潮湧，迅施突擊，霎時直透兩人之胸而入，似是一刀就把兩人殺掉。兩人長矛離手，濺血後跌。戚長征踏屍而入，進入廳內。大廳三方的門後分別湧入七至八名持斧大漢，合共二十多人，都是身穿夜行勁服，隱隱佈下陣式，守著右側的大門，似是誓死亦不讓戚長征進入該處。四支火把分插三邊牆上，照得大廳一片亮光。這大廳不見一件家當，近三十人聚在那裏，仍不覺擠逼。戚長征暴喝一聲，身刀合一，硬生生撞進敵人中間，左腳踩地，虎軀疾旋，漫天刀光，潮水般湧向敵人。四名大漢鮮血飛濺，立斃當場。他下了快速狙殺的決心，猛提一口眞氣，倏進忽退，天兵刀泛起森寒殺氣，有若狂潮怒濤，捲向敵人。黑衣大漢紛紛往外拋跌，都是一刀致命。戚長征挾著一腔悲憤而來，兼具剛悟通無法勝有法之理，刀術大進，豈是這些人所能阻擋。不一會對方只剩下六人，苦守門前。

戚長征保持著狂猛攻勢，竟能同時分神想著別的東西，這在以前是想也不敢想望能達到的境界。自遇到鷹飛以來，他一直處在被動的下風，雖間有小勝，但事後均證明其實是鷹飛佈下的陷阱，但爲何鷹飛這次卻出現了漏洞，讓自己現在有這可乘之機呢？「哎啊！」一聲慘叫後，守在門前的敵人中刀氣絕，「砰」一聲背脊撞上身後的大門，跌了進去。戚長征正要衝入，勁風迎面撲出，一名大漢右手持刀，左手以鋼盾護身，硬撞出來。只看其勢便知此人武功遠勝剛才的眾多持斧大漢，尤其對方身穿灰衣，身分當高於穿黑衣的人。戚長征心叫「來得好」，雄心奮起，振腕一刀劈去。「噹！」聲響起處，硬把那人劈了回去。戚長征得勢不饒人，刀光護體，如影隨形，貼著那人逼進去。左右同時有兩把劍刺來，都撞在他護身刀網上，長劍反震了回去。裏面是較小的內堂，除了守在門旁的兩名劍手和那刀盾灰衣人外，另有十名黑衣斧手守在左方另一扇門前。戚長征更無懷疑，敵人這種形勢，明著告訴他們後有問題，這不是陷阱還是甚麼？他這推論看來簡單，可是若非到了心似晴空萬里的境界，在這等生死關頭，哪能想得如此周詳。

他雖分神思索，手下卻絲毫沒閒著，天兵寶刀猛若迅雷，以強絕的勁道，連續向敵盾劈了十七刀，又擋了兩側攻來的數十劍。那灰衣人慘叫一聲，鮮血狂噴，往後跌倒，硬給他震死了。接著他回身展開刀法，把那兩名劍手捲入刀勢裏。那兩人左支右絀，被他殺得全無還手之力。戚長征見這兩人雖被殺得汗流浹背，但韌刀驚人，劍勢綿綿，仍不露半分破綻，暗讚一聲，猛提一口真勁，行遍全身，「噹」一聲劈中左邊那把敵劍。劍應聲而斷，天兵刀破入，劈在對方面門上，那人立時應刀頹然墜跌，氣絕當場，連死前的慘呼亦來不及叫出來。另一劍手大驚失色，欲退走之前，天兵刀已由左手交右手，透胸而過。戚長征一聲長嘯，兩腳用力，凌空撲往守著右門的十名敵人。那十人見他如此凶悍厲害，都心生怯意，往兩旁退開。戚長征右手刀光大盛，奇奧變幻，教人無從測度，轉眼又有四名大漢斧跌人亡。其他六人一聲發喊，往四外逃去。戚長征並不追趕，反轉刀柄，撞在門把處。「砰！」大門震開。一盞油燈下，房內由天花板垂下一根鐵鍊吊著一名女子，長髮垂下，遮著玉容，但看那高度身形、身上服飾，不是水柔晶還有誰？

房內再無敵人，一個念頭閃過腦際。對方為何不趁自己被攔在外廳時，把人移走？他心中冷笑，表面卻裝作情急大叫：「柔晶！我來救你了！」飛身撲了過去，一刀斬向鐵鍊。「鏘！」鐵鍊斷掉。女子往他倒過來。戚長征暗運真氣，逆轉經脈。果然不出所料，女子一倒入他懷中，兩手閃電拍出，連擊他十八個大穴。戚長征天兵寶刀離手，詐作穴道被點，「砰」一聲反身仰跌，躺到冰冷的地方。那女子嬌笑聲中掠了過來，從髮上拔出兩枝銀針，各捏在左右手拇食二指間，俯身箕張雙手，分刺往戚長征左右耳後的耳鼓穴。戚長征暗叫厲害，若眞的被對方以銀針刺著控制人體平衡的耳鼓穴，則任自己功力通玄，亦無法自解穴道。換了以前的他，這時唯有起身奮戰，但他已非昔日的戚長征，忙聚勁到耳鼓穴內。銀針直入。戚長征兩眼一翻，昏死過去。那女子嬌笑退後。就在此時，戚長征藏在耳鼓穴內的眞勁發揮作用，生出反震之力，把銀針逼得退了三分出去。戚長征回醒過來，暗慶得計。

腳步聲滿佈室內。一人憤然道：「這人殺了我們近四十個兄弟，最少要讓我們斬下他四肢，才能洩憤。」

女子冷哼道：「不准動他，飛爺的吩咐誰敢不聽，快照原定計劃行事。」

另一人陰陰笑道：「他落到飛爺手裏，比斷了他四肢更難受，你們等著看吧！」

戚長征感到身體被抬了起來，擲進一個長箱裏去，一會後箱子移動起來，放到了馬車上，接著顛簸震盪，往某一目的地出發。

風行烈盤膝坐在後花園石亭中的石桌上，全神調氣養息。自得谷姿仙度過處女元陰後，體內澎湃不休的眞氣由動轉靜，靜中又隱帶動意生機，另有一番天地。今早與年憐丹一戰，名副其實是從鬼門關兜了一個轉回來。當時只覺眞氣渙散，全身經脈逆亂無章，若非丹田仍有一點元氣，恐怕要命絕當場。所以浪翻雲斷然著谷姿仙委身救他，而谷姿仙亦拋開矜持嬌羞，立即獻身於他。最難消受美人恩，他以後定要盡力讓她幸福快樂。這些年來她受了很多苦，現在應是得到補償的時候了。雙修府大劫過後，躲在後山的人回到府裏，趁著谷姿仙三女忙這忙那時，他偷空到這裏打坐練功，以應付任何突發的事件。雙修府之戰，只標誌著一場席捲江湖戰爭的開始。

腳步聲響。谷倩蓮款步而至，一把拉起他的手，往後門走去，瞅他一眼道：「這麼快便要避了我們嗎？爲何偷偷跑到這裏來了。」

握著她溫軟的玉手，風行烈充滿了幸福的美好感覺，道：「告訴我！當日你不是整天擔心我和你小姐要好後，會不理你嗎？爲何現在毫不擔心了。」

谷倩蓮推開後門，拉著他走了出去。院後是一條平坦的道路，路盡處是齊整的石級，通往林木婆娑的山上去。她回頭嫣然一笑道：「現在形勢有變嘛！」

風行烈和她拾級而登，沿途景色宜人，恬靜清幽，心情大佳笑道：「變成怎樣了？」

谷倩蓮道：「若照以前的情況，小姐乃一國之君，我和素香姊連嫁你作妾都沒有資格，只能作陪嫁的婢女，也不能爲你生孩子，你說我是不是覺得命運凄慘呢？更怕你因我們地位卑微，生出輕視之心，所以……」

風行烈輕聲責道：「你太不了解我的爲人了。」

谷倩蓮低聲道：「倩蓮心情矛盾，只因太愛你啊！還在怪人家。」

風行烈心中一軟，連聲撫慰，又奇道：「那爲何這情況又會生出變化呢？」

谷倩蓮歡喜地道：「現在夫人和老爺回來了，小姐堅持要把王位交回他們，我知道小姐這麼做，全爲了你，因她看穿了你這人有若閒雲野鶴，最怕拘束，現在小姐既無王位在身，我和香姊自可嫁你爲妾，爲你生孩子，你說倩蓮還要擔心甚麼呢？」

這時，石階已盡，兩人來到一塊草坪上，前面古樹參天，隱見一座雅致精巧的樓閣，掩映林內。

風行烈看著眼前美景，想著美若天仙的谷姿仙，暗忖得妻如此，夫復何求，拉著谷倩蓮問道：「夫人答應了嗎？」

谷倩蓮道：「本來她不肯答應的，全賴小姐說服了她，條件是將來你和小姐生的第一個孩子，不論男女，都要繼位為王，來！莫讓夫人和小姐等得心急了。」拉著他往樓閣走去。

風行烈一顆心忐忑躍動起來，原來到此是要正式拜見未來的岳丈和岳母，看谷倩蓮如此煞有介事，谷姿仙又曾和雙修夫人母女私下商量妥當，不問可知待會要談的必是雙修府復國和三女的終身大事，不知如何，他竟然緊張起來。林路走盡。林內空地處矗立著一座古色古香的木構建築，樓閣是等楣式的重簷翹楪，高翹遠出，躍然欲飛，極有氣勢。

谷倩蓮道：「這簷樓是依我們無雙國的樓閣圖則建成，你看美不美？」

風行烈點頭讚嘆，旋又奇道：「為何風格這般接近中土的建築規格？除了顏色較為特別外，你不說出來，我眞猜不到是無雙國的樓閣。」

谷倩蓮道：「我們無雙國是漢代大將軍霍去病流落到域外的手下建立的，自然深受中土影響。那第一代的祖先其後娶了瓦剌人為妻，才逐漸同化。」

風行烈這才明白，暗忖若是如此，將來縱到無雙國終老，應不會有不習慣的問題。谷倩蓮偎入他懷裏，吻了他臉頰，才欣喜地放開他的手，領著他走進屋內。廳內陳設比之主府更是考究，一几一椅，莫不工巧精美，壁上掛有字畫，畫內景物不是亭台樓閣，就是草原美景，使人猜到必是取材自無雙國的景物。不捨和谷凝清含笑坐在大廳對門那方的正中處，右邊坐的是垂首含羞的谷姿仙，和立在她椅後偷看著他的白素香。左邊有張空了出來的大椅，扶手是兩條雕出來的蒼龍，椅背盤著一隻振翅欲飛的雄鷹。

谷倩蓮向不捨和谷凝清施禮後，一蹦一跳走到谷姿仙椅後，和白素香並立椅後兩旁。

谷凝清看著谷倩蓮，憐愛地道：「這個小精靈，沒有一刻肯斯文下來的。」又向風行烈柔聲道：「行烈請坐！」

風行烈依禮節問好後，坐到那空椅子裏，一陣感觸，暗忖自己終於有個溫暖的家了。這種感覺，除了在厲若海臨死前一刻，他從來沒有由師父身上得到分毫，整個童年就在厲若海冷酷嚴格的訓練下度過，養成了他孤傲的性格。遇上靳冰雲後，他本應得到一直欠缺的東西，可是無論和冰雪如何親密，冰雲對他總若天上美麗卻不眞實的雲彩，使他的心不能眞的平靜下來，找到歸宿的淨土。但在這一刻，他忽然感到擁有了一切，上天再不欠他分毫。

這時一個明眸皓齒，年不過十七八的小俏婢捧著托盤走了出來，上面放了四杯泡好了的茶，奉給坐著的四人。當這俏丫嬛向他獻上香茗，俏臉忽地紅了起來，玉手抖顫，杯中的茶都濺了小半杯到托盤上。

俏丫嬛低聲道：「公子請用茶。」

風行烈見她嬌俏可人，接過茶後微笑問道：「這位姊姊怎樣稱呼？」

俏丫嬛手足無措道：「公子折殺小婢了，叫我玲瓏吧！」轉身再向不捨和谷凝清奉茶，到送茶給谷姿仙時，給谷姿仙摟著她的小腰，向風行烈甜甜一笑道：「這是姿仙的貼身小婢，現在行烈應知她因何在你面前手忙腳亂了。」

玲瓏大羞下額頭差不多低垂至可碰到微隆的酥胸上去。風行烈恍然，原來這是陪谷姿仙嫁入他風門的俏婢。谷姿仙放開了手，俏婢玲瓏一陣風般逃回內堂去。不捨含笑看著眼前一切，心中湧起無限溫馨，禁不住伸手過去拉著谷凝清的手。

谷凝清別過臉來，深情地看了自己的男人一眼，才向風行烈道：「若依無雙國的規矩，王兒大婚，全國須慶祝三天，不過現在値非常時期，故而一切從簡，我已著人在內堂備好香燭，待會行烈和姿仙拜過天地和歷代先王，便成夫婦。」頓了頓續道：「至於倩蓮和素香，我破例收她們爲義女，嫁與你作妾。行烈你有沒有意見？」

三女又羞又喜，垂下頭去，又忍不住偷偷看他，窺察他的反應。風行烈知道這時不能有任何猶豫的表現，長身而起，來到兩人身前，拜謝下去，叩頭行大禮。三女亦慌忙來到風行烈旁邊，和他一齊跪下行禮。事情如此定了下來，只待到內堂交拜天地，三女就正式成爲他風家的人。

各人坐好後，不捨道：「行烈坐下再說，我們還有要事商討。」

風行烈沉吟片晌，皺眉道：「行烈若再遇上年憐丹，可有勝算？」

不捨道：「若能給我一年時間，行烈有信心和他一決雌雄。」他這樣說，表明現在仍及不上對方。

不捨搖頭道：「行烈你錯了，不過亦不能怪你，因爲當時你並不在場。當時浪大俠拚著硬挨了里赤媚半拳，以劍氣傷了年憐丹經脈，據浪大俠估計，他沒有三個月的時間，休想復元，所以若要殲除此魔，必須在這珍貴的三個月內進行，如讓他復元，我們的勝算就更少了。」

谷姿仙失聲道：「大哥受了傷嗎？爲何我一點覺察不到？」

不捨讚嘆道：「浪翻雲確是名不虛傳，看準里赤媚生性自私，不肯全力出手，兼之被震北先生傷之在前，他才敢以身犯險受他半拳，換回憐年丹的內傷，使他短期內不敢向我府尋釁。」

谷倩蓮忍不住好奇問道：「爲何會是半拳，而不是一拳？」

不捨眼中射出仰慕之色，點頭道：「這句話問得很好，天下間亦只有浪翻雲才能把里赤媚的一拳變作半拳，亦只有他的絕世身法，才可以比里赤媚快出半線，故能純以速度移位，化去他半拳的力道。」

谷姿仙顫聲道：「雖說里赤媚受傷在先，但他的天魅凝陰至寒至毒，半拳亦非同小可，大哥不會有事吧？」

風行烈答道：「姿仙放心，你大哥已臻當年傳鷹仙去前與天地渾融爲一的境界，沒有任何傷勢可難倒他的。」

不捨點頭道：「行烈說得對，爲父曾私下問過夢瑤姑娘，她笑說若浪翻雲眞的受了重創，里赤媚如何肯乖乖撤退，只從這點，已可知你大哥的傷並不礙事。里赤媚眞不簡單，姑不論其手段，他仍是截至目前爲止，第一個傷得浪翻雲後能全身而退的人。」

谷姿仙這才放下心事，向風行烈深情地道：「烈郎！明天我們動身追殺年憐丹……」

風行烈一愕道：「我們？」

谷姿仙嗔道：「當然是我們，你休想撇下妻妾，孤身上路，姿仙絕不許你。」谷白兩女見谷姿仙要這樣管他，暗暗偷笑。

風行烈無奈地聳肩一聲長嘆！說眞的。處此新婚燕爾，他焉捨得撇下三女？他忽然想起一事問道：「兩位老人家傷勢如何？」

不捨深深看了谷凝清一眼後道：「我們幸好有天下最神妙的療傷大法，假以時日，自能復元。」

谷凝清道：「是時候進內堂行禮了。」

鼓樂喧天聲裏，韓柏龍行虎步，在范良極、穿上高句麗女服的左詩、柔柔、朝霞、換回官服的山東布政使司謝廷石、陳令方、都司萬仁芝、馬守備、方園參事等一眾簇擁下，昂然進入張燈結綵、富麗堂皇的艙廳。這時六座客台上，除了主台右的平台外，均坐滿了來自附近府衙的大小官兒和陪酒的美妓，見他們進來，忙肅立施禮歡迎。一隊立在門旁左方近二十人身穿彩衣的樂隊，起勁地吹奏著。當韓柏等踏上主台，在各自的座位前立定時，謝廷石和萬仁芝轉回本為他們而設的客台座位處。眾官們想不到官階比他們高上最少三級的謝廷石突然出現，都嚇了一跳。要知今晚設宴款待韓范等的六位地方官員，連水師提督胡節都不過是正六品，謝廷石卻是正三品的大官，比之胡惟庸的正一品也不過低了兩品，那些從七、從八品的府官和低級得多的各轄下吏員，怎能不肅然起敬。

侍宴的禮官大聲唱喏道：「歡迎高句麗正德王特派專使朴文正大人駕臨，敬酒！」

這時早有美妓來至韓柏等前，獻上美酒，邊向各人秋波頻送，風情至極。韓柏哈哈大笑，牽著意氣飛揚的范良極，舉杯向分坐五台上的大小官員名妓，相互祝酒，對飲三杯後，才興高采烈紛紛坐下。韓柏當然坐於正中，左有范良極、右為陳令方，三女則坐於後一排，六名美妓分侍兩旁，服侍各人，台後則是范豹等一眾高手。

范良極在韓柏耳旁低聲道：「奇怪！為何胡節和他的人還未到？」

韓柏道：「是否去了艙底搜人？」

范良極笑罵道：「那他定是天生賤骨頭，連洗茅廁也要親力親為。」兩人但覺能在這種場合說說粗言鄙語，特別得意，哈哈笑了起來。

樂聲歇止。都司萬仁芝站了起來，幾句開場白後，輕描淡寫解說了布政使司謝廷石出現的緣由，然後逐一介紹各台領頭的官員。由右手第二台開始，依次是饒州府控都司白知禮、臨江府督樂貴、九江府督李朝生、安慶府督張浪和撫州府督何守敬，加上萬仁芝，就是今晚與胡節宴請韓柏等的六位最高級的地方大員。介紹完畢，一隊雜耍走了進來，翻騰跳躍，做出各種既驚險又滑稽的動作，其中兩名孿生小姊妹，表演軟骨的功夫，博得最多喝采聲和掌聲，那些侍宴的姑娘更是蓄意笑得花枝亂顫，增添不少情趣熱鬧。唯有胡節那一台仍是十多張空椅子，非常礙眼。

韓柏遊目四顧，見陪酒的妓女中最美的也只不過是中人之姿，大感沒趣，向陳令方問道：「那白芳華在哪裏？」

陳令方低聲道：「還未來！這娘兒出名大架子，從沒準時過的，甚麼人的情面都不賣。」

萬仁芝見韓柏東張西望，以爲他在詢問胡節的行蹤，待雜耍退下後高聲道：「下官剛得到胡節大人的傳訊，因他要恭候專程由京師到來與專使大人相見的重要人物，所以稍後才來，至於那顯要人物是誰，胡節大人卻神神秘秘的，怕是要給專使大人一個驚喜。」

眾官大感愕然，猜不到何人能令胡節如此特意迎候。韓柏和左右兩人對望一眼，卻是心中懍然。那究竟是誰？

范良極站了起來，大聲道：「我們專使這次率眾南來，最重要的目的當然是向貴朝天子獻上延年益壽的萬年靈參，另一個目的卻是結交朋友。」向台後喝道：「來人！獻上禮物。」四名怒蛟幫徒假扮的女婢，婷婷由台後步出，捧著七個珍貴錦盒，到了場中。

范良極意氣風發，口沫橫飛道：「在到貴國之前，專使曾和下官商量，究竟要怎麼樣的禮物，才能得我們的朋友欣賞，專使道：『當然是以其人之禮，還送其人。』原來自漢朝以還，不時有貴邦珍玩，流落至敝國，我們專使乃高句麗第一首富，於是打開庫藏，自其中精選寶物數百，帶來中土，以作贈與各位大官朋友之見面禮，來人！獻上禮物。」眾都司府督客氣多謝聲中，四婢送上禮品。

謝廷石哈哈笑道：「專使大人如此高義隆情，我代眾同僚先謝過了。」捧起錦盒心動道：「盒內究是何物，如此墜手？」

范良極呵呵笑道：「不用客氣！請打開錦盒一看！」

眾官忙打開錦盒，一看下都傻了眼。五名府督盒內盛著的竟是唐朝的三彩小馬，一看便知是極品。萬仁芝的禮物是宋朝官窯修內司的青瓷瓶，要知修內司流傳於世的瓷器少之又少，這瓷瓶可說價值連城。謝廷石的是一對漢朝的小玉馬，則又更珍貴難得。眾官在其他小官的艷羡聲中，眉開眼笑，發自眞心地大發感激之言，氣氛至此融洽至極。

再酒過三巡後，守門的禮官唱喏道：「白芳華姑娘芳駕到。」全場立時靜了下來，注目正門處。韓柏更是瞪大眼睛，眨也不眨地看著，大為興奮。

歡迎樂聲奏起，一位雙十年華，體態婀娜，天香國色的俏佳人，右手輕搭在一名俏婢肩上，嬌怯不勝地姍姍步進廳內，身後隨著另兩名美婢，一捧玉簫、一捧一方七絃琴，如此派頭，更顯得她的身分遠高出場內其他姑娘之上。韓柏以專家的眼光看去，亦不由怦然心動，對方另有一種特別引人的氣質，忙思其故，驀地發覺這白芳華走路的姿勢特別好看，配上她那極適度的身材，形成一種迥異凡俗的風姿媚態。

白芳華一點沒有因成為眾人目光焦點而有絲毫失態，明亮的眸子先掃到韓柏臉上，盈盈一福道：「芳華參見專使大人，望大人恕過芳華遲來之罪。」

韓柏給她勾魂雙目掃得三魂七魄所餘無多，慌忙道：「不怪！不怪！」驀地背後一痛，原來是左詩拔下髮簪，在背後狠狠戳了他一記重的。白芳華見他色授魂與，暗罵一聲色鬼，才向其他各官施禮。眾官亦好不了多少，均是神魂顛倒，連謝廷石都不例外。

陳令方在韓柏耳旁嘆道：「她令我更想見到憐秀秀。」對於那晚無緣見到憐秀秀，他始終不能釋懷。韓柏當然明白他的感受，白芳華已是如此，艷名比她更著的憐秀秀可以想見，他也不由心癢難熬。他背後三女卻恨不得好好揍這花心好色的夫君一頓。

這時有人抬來軟墊長几，讓女婢安琴放簫。白芳華眉目間忽透出重重怨色，提起玉簫。三俏婢退了開去，剩下她一人俏生生立在場中。眾人想不到她一上來即獻藝，均屏息靜氣以待。白芳華玉容又忽地舒展，像春回大地般眉目含情，撮唇輕吹。似有若無的清音，由遠而近，由緩而驟。一闋輕快抒情的調子，在廳內來回飄蕩著。簫音旋又一轉，玉容由歡欣化作憂傷，音調亦變得鬱怨深濃，就像懷春的美女，苦候落拓在外的意中人。眾人聽得如醉如痴，連左詩等三女亦不例外。

「叮叮咚咚！」白芳華坐了下來，輕吟道：「簌簌衣巾落棗花，村南村北響繰車，牛衣古柳賣黃瓜。」琴聲再響。彈奏的是「憶故居」，抑揚頓挫，思故緬懷之情，沁人心肺。直至琴音停歇，眾人都感盪氣迴腸，好一會後才懂拍手喝采。白芳華緩緩起立，三婢和下人忙過來移走琴簫等物。韓柏和陳令方拚命拍掌讚嘆，范良極更是怪叫連連，氣氛給推上了最熱烈的高峰。

白芳華美目流轉，最後落到韓柏臉上。韓柏這時才勉強記起她可能是楞嚴派來的奸細，收攝心神道：「白小姐琴簫之技，天下無雙。」

范良極在旁加上一句道：「我國藝院裏的姑娘全給比了下去。」

白芳華道：「多謝專使，請讓芳華敬專使一杯。」

眾官知她一向高傲無比，從不予男人半點顏色，現在一反常態，禁不住心中奇怪。當下自有她隨行三婢其中之一捧著美酒來到她身旁，和她往主台走去。她蓮步款擺，每一步姿都是美柔動人至極，就若在輕風裏搖曳的蘭芝仙草，弱不勝風，教人心生憐愛。香氣襲來，白芳華俏立韓柏面前。遠看是那麼風姿動人，近看則更不得了，嫩膚吹彈可破，尤其她總帶著一種弱不禁風的病態之美，看得韓柏差點要喚娘。

白芳華伸出玉手，提壺斟滿一杯後，雙手捧起，遞至韓柏面前，道：「專使請！」

韓柏見她衣袖滑下露出蓮藕般的一對玉臂，嗅著她獨有的芳香，吞了一口涎沫，剛想接酒，忽地看到她低垂著的明媚秀眸掠過微不可察的鄙視之色，心中一震，知道這俏佳人看不起自己的好色，怒意湧起，心內暗哼一聲，冷淡地接酒喝掉，故意不去碰她誘人的指尖。眾人一齊叫好。

白芳華敬酒後，仍沒有離開之意。陳令方神魂顛倒站了起來道：「白姑娘請坐。」白芳華橫了他一眼，美眸清楚送出訊息，就是我怎可坐你坐熱了的椅子？陳令方終是歡場高手，忙喚人加一張空椅到他和韓柏之間。白芳華並不推辭，大方地坐到韓柏之側。范良極和韓柏交換了一個眼色，都大惑不解，又想到有白芳華在旁，很不方便。謝廷石舉酒道：「聞名怎如見面，讓本官敬白小姐一杯。」白芳華微笑接過婢女遞來的酒，一飲而盡，放浪動人的媚姿，看得眾人不由叫好，氣氛又熱烈起來。是時一隊十多個美女組成的舞團，在樂聲裏蝴蝶般飛入場裏，手持羽扇，載歌載舞，極盡視聽之娛。

韓柏何曾見過這等場面，眼界大開，深覺當這個專使並不算太壞。他故意不看白芳華，轉過頭去看三女。三女見他仍記得回過頭來關心她們，紛紛向他送上甜笑和媚眼，韓柏心花怒放，強忍著伸手去擰她們臉蛋的衝動，道：「你們有沒有喝酒？」

柔柔搖頭道：「醉了還怎能陪你在這裏看這麼多好東西。」

這時白芳華側俯過來，湊到他耳邊柔聲道：「專使和夫人們爲何能說漢語說得這麼好？」

范良極俯前探頭望去，嘿然代答道：「白姑娘有所不知了。我們專使祖父本乃漢人，爲避中原戰亂，到我國落地生根，漢語自然說得好，至於三位夫人嘛，都是專使在貴國新納的妻妾，本就是漢人。」

白芳華俏目掠過三女，眼中泛起驚異之色，暗忖這專使對女人定有非常能耐，否則怎能得如此動人的美女垂青，而且還有三個之多，向范良極微笑問道：「侍衛長大人的漢語爲何也這麼好呢？」

范良極兩眼一翻胡謅道：「我是敝國專爲這次出使而舉行的漢語比賽的冠軍人選，當然有一定的斤兩。」韓柏和背後三女差點爲之噴酒。

白芳華神秘一笑，坐回椅內，望著場中，教人莫測高深。全場爆起另一次激烈掌聲，原來眾歌舞妓拋掉羽扇，取出長達三丈的綵帶，跳起綵帶舞來，燈火通明下，五光十色的綵帶化出百多種炫目的圖案，別有另一番動人情景。

韓柏忍不住看白芳華一眼，見她側面輪廓有若刀削般清楚分明，清麗絕倫，比之身後三女毫不遜色，忍不住心癢起來，故意湊到她耳旁，乘機大嗅她鬢髮的香氣，道：「白小姐表面雖對本使必恭必敬，其實心裏一點都看不起本專使哩！」

白芳華嬌軀一顫，旋又回復平靜，轉過頭來，美目深注道：「專使大人爲何有這種奇怪的想法？」

韓柏見自己奇兵突出，弄得她生出反應，爭回了一口烏氣，故意坐直身體望著場中，聳肩道：「你就是給我那種感覺。」

白芳華芳心大亂，因爲自己確實看不起像對方這類好色男人，但給人如此當面指出，還是破題兒第一遭，微嗔道：「專使定要給我一個交代，否則芳華拂袖立走。」

這時鼓樂喧天，加上眾人忘情拍掌喝采，除了范良極外，連坐在另一側全神注視歌舞的陳令方亦聽不到他兩人間充滿火藥味的對答。

韓柏想到對方生得如此秀美，卻偏爲楞嚴作虎之倀，無名火起，扭頭往她望去，眼中奇光刺進這美女寒若霜雪的眼內，微笑道：「就算我不答白小姐這問題，小姐怕亦捨不得走吧！」

白芳華秀目亮了起來，淡淡道：「專使大人對自己這麼有自信嗎？」

韓柏色心又起，差點湊過頭去，親她一口，強忍著道：「白小姐今晚爲何要來？這裏有甚麼令妳動心的事物呢？當然！那絕不會是我。」身旁的范良極拍了他一下，以示讚揚。

白芳華微一錯愕，禁不住重新打量此人，只見對方不再色瞇瞇後，自有一股瀟脫清奇之氣，眼中神采攝人至極，內中充盈著熱烈和坦誠，又有種難以形容的天眞，構成非常獨特的氣質，心中一震，垂下頭去施出溫柔伎倆，幽幽道：「人家沒有得罪你吧？爲何如此步步進逼，是否逼走了人才滿意呢？」

韓柏想起她是楞嚴的人就心中有氣，心腸沒有半點軟下來，冷然道：「眞沒有得罪我嗎？白姑娘反省一下吧！」這兩句話再無半點客氣之意。

白芳華一向自負美色才藝，甚麼高官貴人、江湖霸主，見著她時都是刻意討好，如此給人當面斥責搶白，可說破天荒第一次，也不知是何滋味，一咬銀牙，便欲站起身來。豈知身子剛要離座，玉臂給韓柏一把抓著，拉得坐了回去。

白芳華玉容一寒，低喝道：「放手！」

韓柏笑嘻嘻收回大手，道：「我留你一次，若你再要走的話，我便不再留你了。」

白芳華給他弄得糊塗起來，嗔道：「你究竟想人家怎樣？」話完心中一顫，知道自己竟給對方操制了主動，左右了情緒。

范良極的聲音傳入韓柏耳內道：「好小子！眞有你泡妞的一套潑辣法寶。」

韓柏更是洋洋自得，他其實有甚麼手段？只是想著如何戲弄這居心不良的美女，鬧著玩兒。橫豎她是敵非友，得罪她又怎麼樣？

白芳華催道：「專使大人還未答我的問題哩！」

韓柏攤手道：「彼此彼此！你沒有答我的問題，我沒有答你的問題，兩下扯平，誰都不欠對方的答案。」白芳華爲之氣結，惱得別過臉不去看他，卻沒有再次拂袖離座。

這時眾女舞罷，施禮後執回地上羽扇，嬌笑著退出門去。樂聲在一輪急劇鼓聲裏倏然而止。歡呼掌聲響起。韓柏故意誇大地叫著好，一對眼卻賊兮兮偷看著白芳華，好像在說：「我沒說錯吧！你捨不得走了。」氣得後者差點想咬下他一塊帶著鮮血的肉來。

守門的禮官高唱道：「御前錦衣衛大統領楞嚴大人、水師提督胡節大人到。」

全場驀地靜至落針可聞。這是個沒有人想到會出現的「重要人物」。當今除胡惟庸外，天子座前最炙手可熱的大紅人，竟大駕光臨！陳令方臉色劇變，往韓范兩人望去。韓范則面面相覷，想不到這麼快便要和這最棘手的角色碰面。

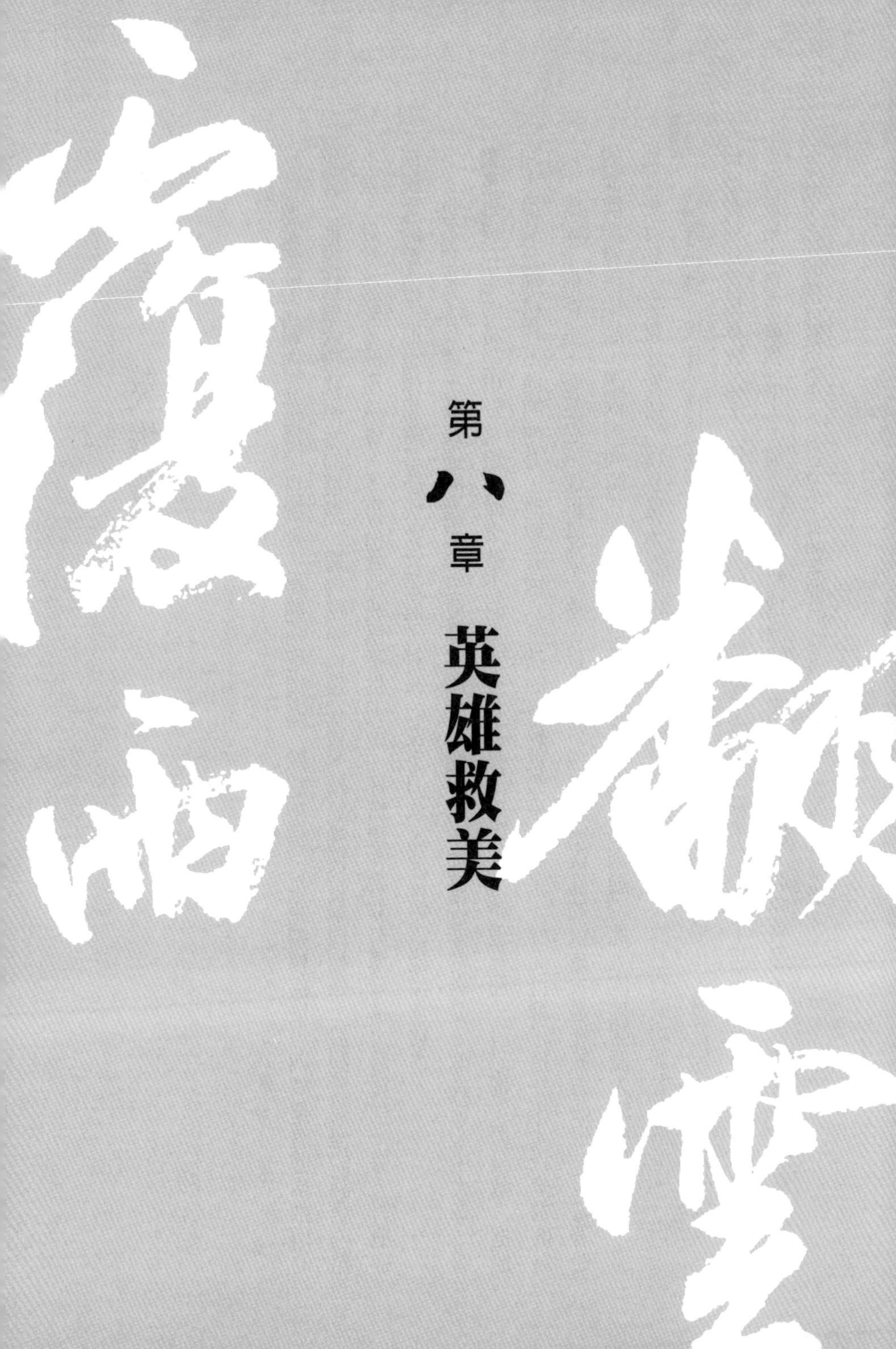

第八章 英雄救美

第八章　英雄救美

戚長征躺在箱內，乘機閉目養神，拋開一切煩慮，默想辦法。馬車轔轔疾駛，四周還有健馬踏地的聲音。他很快進入物我兩忘的境界，體內眞氣循環往復，精氣神緩緩攀向巓峰。浪翻雲對他的評語一點不差，只有從艱苦的環境裏，才可培養他成爲不世刀手。好像現在若非有鷹飛這大敵窺伺一旁，對他造成龐大的壓力，他也休想能這麼快吸收領悟了封寒的左手刀法，使得修爲能突飛猛進。

也不知走了多遠，戚長征醒過來，主要是因輪聲忽變，車子顚簸得非常難受。戚長征心中大奇，看來馬車現在走的當是山野荒路，原來敵人的巢穴並非在長沙府內。這時他升起一股恐懼，假設敵人把他和水柔晶分別送往不同的地方，他要救回水柔晶的機會就微乎其微了。旋又推翻了這想法。以鷹飛的爲人，既擒了他在手，必然忍不住折辱他一番，以宣洩對他奪去水柔晶的恨意，最好的方法自然是當著他的面前淫辱水柔晶，讓兩人同時痛苦不堪。假若鷹飛不如此做，則顯示此人能拋開個人的感情愛好，那他就更可怕了。無論如何，爲公爲私，他均須不擇手段殺死鷹飛。這人的心智武功都太可怕了。

輪聲再轉，車身平穩地奔馳在平硬的地面上。輪聲再次生出微妙的變化，這是因爲有回音的關係，使戚長征知道馬車駛進了一個封閉的空間，然後停了下來。箱子給人抬了起來，搖搖晃晃地移動著，好一會後給人重重放到地上。燈光從箱子的縫隙透進來。隱聞幾個人的呼吸聲。接著鷹飛的笑聲響起道：

「柔晶！你的情郎給送來了。」水柔晶急促的呼吸聲響起，卻沒有做聲。

先前扮作水柔晶把他制伏的女子聲音道：「晶妹啊！這小子在床上是不是比飛爺更好？否則你怎會移情別戀呢？告訴艷娘啊！」鷹飛冷哼一聲。戚長征心中大怒，這叫艷娘的女子顯然一向嫉妒水柔晶，否則不會故意挑起鷹飛最不能容忍的節骨眼。他不住凝聚功力，但卻儘量收斂殺氣，以防對方有所察覺，同時準備出手。要知鷹飛眼力高明，說不定能一眼看出他穴道未受制，突然發動攻擊，那就眞是陰溝裏翻船。何況他的天兵寶刀和慣用的長刀均被對方取去，若空手對著鷹飛的雙鉤，實非常吃虧，所以唯一之法，就是欺鷹飛沒有防備，加以偷襲。

艷娘笑道：「晶妹爲何不代情郎向飛爺求情，說不定他念在往日相好恩情，只是剜了他雙目，廢了他武功，便放過他。」

水柔晶怒道：「閉嘴！」

鷹飛不耐煩地道：「艷娘你說少兩句話行嗎？」

衣衫摩擦的聲音響起，艷娘撒嬌道：「這次我立了大功，飛爺怎樣獎賞我？」

鷹飛緩緩走到箱旁。戚長征忽感殺氣向他湧來，心知不妙，忙運聚功力，護著全身經脈。「砰！」水柔晶驚叫聲中，鷹飛一掌拍在木箱上。一股強烈的氣勁由木箱透體而入，若非戚長征早運氣護體，必然全身經脈受傷，不死也成爲廢人。木箱碎裂。戚長征順著勁氣，滾了開去，撲在牆角處。水柔晶一聲悲呼，往他撲來，用身體覆蓋著他，防止鷹飛再下毒手。

鷹飛狂笑道：「太遲了！他的經脈爲我內勁所傷，永沒有復元的希望。」

戚長征咬破舌尖，運功把鮮血從眼耳口鼻逼出去，所以當水柔晶把他扳過來時，一看下悽然道：「征郎！柔晶害了你，若你不須回來救我，定不會落到陷阱裏去。」忍不住伏在他胸前，大哭起來，聞者心酸。

鷹飛摟著那叫艷娘的女子，在這寬敞的內堂坐在正中的椅子上，嘴角露出滿足的笑意，淡然道：「戚兄如此俊偉風流，定得娘兒們的寵愛，我會把她們逐個找出來，征服她們的身心，第一個是褚紅玉，接著是水柔晶，至於第三個嘛？我有方法要你自己說出來，不知戚兄信也不信？」

戚長征勉力睜開眼睛，微微一笑搖頭道，「絕不相信！」

鷹飛露出冷酷的笑意，「嘖嘖」嘲笑道：「待會我將在你面前幹柔晶這賤人，不知當你看到她被幹得春情勃發，快樂無比的騷樣兒時，會有甚麼感覺呢？」

水柔晶淒叫道：「你這變態狂魔，殺了我們吧！」

鷹飛哈哈一笑，向腿上的艷娘道：「來！騷貨！我們親個嘴。」

艷娘一陣淫笑，向水柔晶道：「現在讓我先服侍飛爺，待會輪到晶妹你了，唔……」

戚長征趁兩人親嘴時，輸出內勁，送進水柔晶體內。水柔晶愕然往他望去，戚長征向她俏皮地眨了眨眼，迅速衝開她被封的穴道。水柔晶全身一鬆，功力盡復，不能相信地看著戚長征。

鷹飛離開了艷娘的香唇，一拍她的隆臀，喝道：「騷貨你先下來，讓我幹完柔晶後，然後輪到你。」艷娘待要撒嬌不依，給鷹飛冷看一眼，嚇得忙跳了起來。

戚長征這時早拔出耳鼓穴的兩根銀針，暗藏手內，伺機而動。水柔晶則像哭得沒有氣力，緊伏在戚長征身上。

鷹飛長身而起，伸了個懶腰，懶洋洋地道：「你這小子算本事了，要我費了這麼多手腳，才把你擒下，念在此點，我破例不殺你，柔晶，本人如此慷慨，你應怎樣報答我。」

水柔晶坐了起來，背著他道：「他現在成了半個廢人，不過你若肯立即放他走，你要我怎樣便怎樣吧！」

鷹飛哈哈一笑，搖頭道：「哪有這麼便宜的事？不過你若肯和我在你的愛郎面前合演一場好戲，我說不定真會答應你的要求。」

此人天性邪淫惡毒，最愛以虛虛實實的手法玩弄別人，就像捉到耗子的貓那樣，定要對方求生不得，求死不能。

水柔晶伸手愛憐地撫著戚長征的臉頰，像把鷹飛兩人當作不存在般柔聲道：「征郎！在這世上只有你能令柔晶心甘情願獻上一切，其他任何人都不行。」

戚長征知道水柔晶戲假情真，藉這機會向自己表明不愛鷹飛的心跡，心中感動，虎目射出萬縷柔情，微笑道：「水柔晶是我的女人，無論我是生是死，永遠疼你愛你。」

水柔晶答道：「真的嗎？」

那豔娘怒吼一聲，便要撲身過來。鷹飛伸手把她攔著，嘿然笑道：「你急甚麼？他們愈是恩愛，我在戚兄眼前幹這賤人就愈夠味兒。」頓了頓再道：「戚兄！我可保證你會看到你的愛人前所未有的騷勁和放浪樣兒。哈！柔晶！別忘了你以前對著我時的狂野淫蕩，我不但是你第一個男人，也會是你最後一個男人。」

水柔晶扭過頭來，怒道：「閉嘴！」

鷹飛眼中閃過狂怒之色，點頭道：「好！我就教你這賤人再嚐到欲仙欲死的滋味，看你的嘴是否仍那麼硬。」言罷往兩人掠來，一把抓向水柔晶的頭髮。

眼看水柔晶要給他扯著秀髮提起來。那艷娘得意狂笑著。水柔晶倏地橫滾開去。鷹飛呆了一呆。

「砰！」戚長征飛起一腳，正中他小腹處。鷹飛慘哼一聲，痛得魂飛魄散，踉蹌跌退。那艷娘的反應算一等一的迅快了，找出背在她背上戚長征的天兵寶刀，待要前劈，好阻止跳了起來的戚長征的攻勢，忽地兩邊額角一齊劇痛，原來竟被早先插在戚長征耳鼓穴的兩支長針刺中，連叫也來不及，仰後便倒，當場斃命。在她屍身倒跌地上前，戚長征早掠了過來，從她手上搶回天兵寶刀。

鷹飛退至第七步時，張口噴出一天血霧，往戚長征灑去，同時拔出背後雙鉤。戚長征大感駭然，剛才他趁鷹飛猝不及防，踢了他一腳，只覺對方小腹自然生出一股反震之力，化去了他大半力道。現又藉噴出鮮血，一方面阻延他的進逼，另一方面亦減輕了傷勢，如此奇功，確教人深感驚懍。天兵寶刀畫出圓圈，逼散血霧。在這個寬敞偏廳裏，燈火通明下，鷹飛再退兩步，然後往前微俯，雙鉤前指，倏地反退為進，攻往戚長征。戚長征只覺殺氣撲面而來，對方一點沒有受了重傷的情況，哈哈一笑，湧起無盡的鬥志，一點不理對方攻向左右腰脅的雙鉤，揮起天兵寶刀，疾砍對方臉頰，去勢既威猛無儔，偏又靈動巧妙，無痕無跡。只是這一刀，已可看出戚長征豪勇蓋世的性格，高明的眼力。

要知此時無論鷹飛來勢如何凶悍，終是受傷在先，氣勢又為戚長征所懾，實已落在下風，所以要拚命的應是鷹飛而不是戚長征，就像被趕入了窮巷的惡狗。而鷹飛亦是利用這點微妙的心理，對戚長征進行反撲，只要戚長征稍露怯意，此消彼長下，他將可以趁勢擊殺戚長征。豈知戚長征表現出置生死於度外的氣概，一上來竟就是同歸於盡的打法，若鷹飛不改去勢，將是雙雙敗亡之局。在這關頭，情性立見，鷹飛怎肯為了對方一命，賠上自己寶貴的生命，倏地變招，雙鉤交叉上架。「鏘！」天兵寶刀劈在雙鉤交叉處。一個是全力下劈，一個是倉卒擋格，頓分勝負。鷹飛慘叫一聲，再噴出一口鮮血，給天兵寶刀震得往後飛退。

戚長征哈哈一笑道：「膽小鬼！」如影隨形，挺刀逼去，天兵刀上的森寒殺氣，潮湧浪翻般捲去。

鷹飛退到後門處，藉著對方刀氣一逼，陡地增速，一陣狂風般倒飛往門外去，大喝道：「好小子！這次算你狠！鷹某不奉陪了！」一閃後影蹤不見。

戚長征對敵人的頑強大感懍然，閉上眼睛，聽著鷹飛迅速遠去。這時無數大漢潮湧而進。水柔晶此時掠到他身旁，戚長征一把摟起了她，天兵寶刀揮出，敵人紛紛退後。他一聲長嘯，撞破屋頂，沖天而起，只見身處之地原來是荒郊一所孤零零的莊院，再一陣長笑，往遠處樹林投去。水柔晶的香吻雨點般落在臉上。戚長征摟著懷內玉人，豪情長笑，失而復得的歡欣，使他暢快無比。全速狂奔，穿林過野，最後落在一個山頭。

水柔晶喘著氣道：「長征！你終於擊敗了那魔鬼。」

戚長征苦笑道：「不要高興得那麼早，在這等劣勢下，這小子仍能安然逃去，恐怕我仍差他一點點。是了！他沒對你怎樣吧？」

水柔晶緊纏著他脖子，眼中閃著喜悅的光芒，搖頭表示沒有道：「他要在你面前才碰我，這變態的狂人！我真不明白你怎能騙過艷娘，她是穴學專家，從沒有人能避過她銀針制穴的秘技，所以連鷹飛也沒有懷疑你並沒有被她制著。」

戚長征愛憐地細看著她，笑道：「鷹飛所犯最大的錯誤，就是要生擒我們，若他只是要殺死我們，恐怕我的奇謀妙計一點也派不上用場。所以他下次若來對付我們，恐怕我們就沒有今天的幸運。」

水柔晶眼中射出崇拜迷醉的神色，真心讚道：「像你這樣勝不驕敗不餒的人，柔晶還是第一次遇上，以後我怎也不肯再離開你半步。」

戚長征故作驚奇道：「你不是說要找個地方躲起來嗎？」

水柔晶羞慚地垂頭道：「征郎原諒柔晶吧！因爲那時我怕重遇鷹飛，會情不自禁回到這邪人身邊，求你原諒我吧！」

戚長征微笑道：「你現在不怕會有這種情況出現了嗎？」

水柔晶仰起俏臉，眼中淚花滾動，深情無限道：「我被他擄走後，全心全意只想著你，爲你擔心，尤其當你兩人都在我眼前時，我更知道自己的心只向著你一個人。征郎……」

戚長征溫柔地抹去她湧出眼眶的熱淚道：「一切都過去了，我保證會給你幸福和快樂。」

水柔晶感動地獻上香吻，忽然間，她感到擁有了夢想中的一切——一個眞正値得她愛的男人。

風行烈取出火種，燃著了堆在溫泉旁石上的柴枝，向圍著的三女笑道：「以柴火爲花燭，天爲被，泉水爲床，人生至此，夫復何求？」

三女在火光映照裏，笑靨如花，脈脈含情，各具動人姿采。左方的白素香側挨石上，有種舒適慵懶的動人韻味，身體美麗的線條，若靈山秀嶺般起伏著，三女中以她最高䠷，尤其那對長腿，實在誘人至極。谷倩蓮雙手環抱曲起的膝頭，下巴枕在膝間，烏溜溜的眸子在火光對面眨也不眨地看進愈燒愈旺，被山風吹得閃跳飄移的火燄裏，就若深山黑夜裏美麗的精靈，顯露出罕有的靜態美。雙修公主谷姿仙靠在他右旁，一手按在他的寬肩上，左腿斜伸，嬌軀坐在右腳踝處，另一手拿著樹枝，撥弄著柴火，俏臉的亮光比火燄更奪人眼目。柴枝「嗶嗶剝剝」燒著，在這山高夜深處，分外寧洽，使人致遠平和。秋風悠悠吹來，四人衣衫拂動，火燄閃爍。

風行烈心中掠過種種往事，又想起將來的日子，嘆了一口氣道：「年憐丹離開這裏後，會到哪裏去呢？」

谷姿仙道：「年老妖很有可能上京去了！」

風行烈一呆道：「甚麼？他上京去為甚麼？」

白素香冷哼道：「會有甚麼好事？還不是為了爭奪鷹刀。」

風行烈一怔道：「他想得到鷹刀嗎？這眞令人難以理解。鷹刀為何會到了京師去？」

谷姿仙解釋道：「除了紅日法王外，其他人想得到鷹刀都是為了想成為第二個傳鷹，但年老妖想得到鷹刀，卻是為了要和朱元璋進行一項交易。因為他看穿了朱元璋亦想得到這把神秘莫測的靈刀，年老妖這次到中土來，除了對付我們外，為的就是這個原因。」

風行烈不能置信地道：「朱元璋要鷹刀來幹嘛？」

谷倩蓮道：「行烈是曾經擁有鷹刀的人，這把刀究竟有甚麼特別的地方？」

風行烈沉吟片晌，搖頭道：「我不知道，不過每次我拿刀在手，都有種非常特別的感覺，偏又說不上是甚麼來。」頓了頓再問谷姿仙道：「朱元璋為何想得到這把刀？年老妖要憑鷹刀和他作甚麼交易呢？」

谷姿仙道：「乘這個機會讓姿仙多告訴你點年憐丹的事。」

風行烈道：「我在聽著！」

谷姿仙仰望著風行烈，悠然道：「我們和年憐丹都是瓦剌人，但屬於不同的部落，當年蒙人勢力擴張時，年憐丹的父親年野向蒙人投誠，效力蒙人，趁勢佔了我們無雙國，逼得我們逃到中原避難。」

風行烈見她眼裏閃著悲痛緬懷的神色，感受到她國破家亡的神傷，憐意大生。

谷姿仙道：「朱元璋與蒙人開戰，年憐丹曾率瓦剌人三次行刺朱元璋，若非有鬼王虛若無這等高手護駕，朱元璋早死了多次，但朱元璋亦因此失去了幾名愛將，還包括一個最得寵武技高強的愛妾，所以朱元璋對年憐丹的瓦剌部恨之入骨，立國後命驍將涼國公藍玉，屯兵邊塞，俟機征伐，下一個目標極可能就是瓦剌人，這次年憐丹肯來助方夜羽，說到最後都是爲了自己。」

白素香接口道：「但假若他能找到把柄，威脅朱元璋不得進兵瓦剌，當然比和朱元璋硬碰要划算多了。」

谷姿仙道：「那把柄就是鷹刀了，試問誰不想做長生不死的神仙，朱元璋天下都得了，現在唯一能打得動他的心的，就是或能使他成仙的鷹刀。」

風行烈奇道：「這應是非常秘密的事，爲何你會知道？」

谷姿仙道：「當年打蒙人時，我們亦派出了人化身漢族，匡助朱元璋，有些現在成了朱元璋身邊的人，所以對朝廷的事，我們知之甚詳。」

谷倩蓮倚著風行烈的背問道：「鷹刀不是失蹤了嗎？爲何流落到京都去了。」

谷姿仙道：「近日江湖上流傳著一個消息，就是鷹刀到了『赤腳仙』楊奉手裏，本來人們還不太相信，直至發現了馬任名的屍身，確是因中了他著名的獨門掌法而死，更加上他忽然像空氣般消失了，更添別人懷疑，所以所有想找尋鷹刀的人，目前都以他爲目標。」

風行烈嘆道：「他眞的很可憐！」

白素香為火堆添了新柴，笑道：「由於找不到楊奉，所以眾人都懷疑他躲到了虛若無的鬼王府去，只有那裏楊奉才可有藏身之所，於是不死心的人都聞風湧向京師。」

風行烈向三女招呼一聲，扶著她們站起來，仰首望著廣袤的夜空，重重吁出一口氣道：「好！明天讓我帶著三位嬌妻美妾，開往京師，和浪翻雲范良極韓柏三人把京師鬧個天翻地覆，會會各路英雄好漢。」

鼓樂聲中，一群人湧進艙廳來。帶頭的是個面目冷峻，雙目神光炯炯，身材高瘦頎長，年不過四十的中年男子。身穿青色長衫，雙手負後，神態冷靜沉狠，看來顯是楞嚴無疑。隨後小半步是個虬髯繞頰的凶猛大漢，一身軍服，腰佩長劍，比對著楞嚴的長衫便服，使後者更是顯眼和身分特別，這人應就是胡節。跟在這兩人身後是一對身穿勁服的男女。男的背插長刀，身材矮瘦，可是一對眼特別明亮；女的背著長劍，生得百媚千嬌，英姿爽颯，非常引人注目，艷色不輸白芳華，雖欠了後者的嬌媚風姿，卻多了白芳華沒有的陽剛健美。再後是一個乍看以為是十二、三歲的小孩，細看下頭手都比一般小孩子大得多，原來是個侏儒。最後是八個身穿軍服的將領。范韓等見對方如此陣仗，不由有點緊張起來。場內大小官員已站立迎迓，韓柏也想站起來，給范良極先發制人，扯著他衫角，才知趣不動。最後除了韓柏外，全場所有人都站了起來，向楞嚴等施禮。

帶頭的楞嚴和胡節來到韓柏的主台前，微笑還禮。當兩人發現謝廷石也在座上，都明顯現出驚異之色。楞嚴的眼光落到韓柏臉上，眼中神光凝射，忽然離眾而前，筆直往韓柏走去。眾人都大感愕然，不知他意欲何為。韓柏心中有鬼，給他看得心驚膽顫，勉力堆起笑容。楞嚴臉上掛著高深莫測的微笑，走上主台，伸出雙手，往韓柏伸過來，竟是要和韓柏拉手。這時連范良極也慌得不知如何應付，要知這種拉手的見面禮，流行於江湖黑道，作用多是要互試斤兩，但以楞嚴的高明，拉手之下哪還不知韓柏的內功底子和虛實。由此亦可見楞嚴對他們動了懷疑之心，甚至看穿了他們就是韓柏和范良極，才不怕有失禮節。韓柏事到臨頭，反冷靜下來，咬牙伸手，和楞嚴精瘦有力的手握個正著。范良極暗叫一聲完了，陳令方左詩范豹等無不一顆心提到了喉嚨頂。

楞嚴拉著韓柏的手，哈哈一笑道：「本官出身武林，今日一見專使神采照人，顯亦貴國武林一流高手，忍不住以江湖禮節親近親近，專使莫要見怪。」眾官員恍然大悟，原來箇中有如此因由，怎想得到其中劍拔弩張的凶危。

韓柏感到對方由兩手送入一絲似有若無的眞氣，鑽進自己的經脈裏去，無奈下運起無想十式的少林內功，迎了過去，同時微笑道：「大統領豪氣干雲，我朴文正結交都來不及，怎會有怪責之意。」

楞嚴何等高明，一觸對方內勁，立知是正宗少林心法，大爲錯愕。要知他早從方夜羽處得知這使節團和韓范兩人失蹤的時間吻合，所以動了疑心，故特地出手相試，暗忖韓柏身具魔種，走的是魔門路子，以他楞嚴在魔功上的修爲經驗，試探下對方定要無所遁形，怎知試到的竟是少林內功。也幸好韓柏因緣巧合下，習到無想心法，否則若是別派功法，也難釋楞嚴之疑。所謂「萬法歸宗一少林」，域外各國，凡是仰慕中土武功者，莫不到少林習藝。據楞嚴所知，數百年來朝鮮均斷斷續續有人到少林去求技，故此這「朴文正」懂得少林武術，一點不稀奇。當然，假設楞嚴現在要正式和韓柏比拚內力，韓柏爲了保命，被逼下不得不運起本身眞正的功力，自然漏出底細，但在這種試探式的內勁交接裏，他只憑少林心法已可應付餘裕，毫無問題。

楞嚴神色絲毫不變，放開了韓柏的手，轉向白芳華一揖道：「不見足有一年，白小姐艷容勝昔，可喜可賀。」

白芳華襝袵還禮，垂首道：「芳華怎當得起大統領讚賞。」旁邊的范韓暗哼一聲，暗忖原來兩人眞的有牽連。

陳令方和楞嚴關係匪淺，一天未撕破臉皮，表面上仍屬同一系的人，恭敬道：「陳令方見過大統領。」楞嚴微笑點頭，沒有說話，轉身走回胡節那群人裏，然後步向虛位以待的右邊客席台上。到楞嚴等人坐定後，眾人紛紛坐下，自有美妓斟酒侍奉，獻上美點，歌舞表演亦繼續下去。

白芳華湊到韓柏耳旁，低聲道：「那一男一女和那侏儒是大統領三名形影不離的貼身侍衛，各有絕技，尤其那侏儒更是周身法寶，切勿因其矮小而輕視之。」

韓柏見騙過楞嚴，本洋洋得意，聽白芳華如此一說，又糊塗起來，弄不清她為何提醒自己，囑他小心，難道她不是楞嚴的人嗎？

剛想望向范良極，看他的眼色，虬髯大漢水師提督胡節長身而起，以轟雷般的雄壯聲音舉酒向他道：「這杯酒是向專使大人賠罪的，末將手下兒郎心切大人安全，故而行為莽撞，請專使大人不記小人過，多多原諒。」韓柏慌忙舉酒和他對飲一杯，頻說沒有關係。

胡節坐了回去，哈哈大笑道：「想不到大江之上，毛賊如此猖獗，不知專使擒到的八名小賊，現在何處，若能交由末將處理，說不定能從其口中探出賊巢，加以剿滅，這亦是皇上派末將到此統領水師的旨意。」

韓柏心中暗罵：你胡節明知那八個小鬼不是他擒拿的，偏說成是他的事，明著要人，假若自己推說不關他們的事，則責任全落到馬雄和方園身上，試問他們官小力弱，如何阻止對方要人。陳令方沒有官職在身，對此更沒有發言權。

范良極哈哈一笑，悠然答道：「有關防護之事，提督大人向本侍衛長查詢便可。那八名毛賊外看雖似是對付陳公，但我們卻懷疑他們志在我們這使節團獻與貴朝天子的貢品，試問萬年寶參既能使人延年益壽，青春常駐，誰能不動心？而觀其行動時間，拿捏之準，當必有官府中人內通消息，如此欺上造反之事，嚴重極矣，所以我們才要求把這八個毛賊帶上京師，交給貴朝天子，楞統領胡大人是否別有意見呢？」

韓柏和陳令方暗暗爲之拍案叫絕，范良極如此一說，明示除朱元璋外，誰也難避嫌疑，所以若有何人強來要人，不就擺明是幕後指使的人嗎？

胡節爲之語塞，唯有道：「原來背後有這原因，那就有勞侍衛長了，不知船上護衛是否足夠，可要末將派出好手，以策萬全。」

范良極待要出言推阻，謝廷石哈哈笑道：「提督大人請放心，萬年寶參事關皇上，本司怎敢疏忽，大人請放心。」

楞嚴淡淡道：「本官來此前，不知布政使司大人竟在船上，否則也不用瞎擔心了。」

謝廷石道：「皇上有旨，要下官負責專使大人的旅途安全，下官怎敢不負上沿途打點之責。」

楞嚴故作驚奇道：「謝大人帶著專使繞了個大圈子，到武昌遊山玩水，又沒有事先請准，不怕皇上等得心焦嗎？」

韓范等人暗呼厲害，楞嚴不直接詢問使節團爲何到了武昌去，卻冠上謝廷石不通知朝廷，自作主張，讓朱元璋心焦苦待的天大罪名，確教謝廷石難以應付。

謝廷石立刻臉色一變，韓柏哈哈一笑代答道：「大統領言重了，這事絕不能怪布政使司大人，實是出於我們要求，爲的還是貴朝皇上，事關這些萬年寶參，雖具靈效，若缺一種只產於貴邦的罕有泉水做引子，便大減效力，爲此我們才不得不多繞幾個圈子，沿途尋訪，幸好皇天不負有心人，終給我們找到了。」

九江府督李朝生恍然道：「原來侍衛長大命下官運來十二罈仙飲泉的泉水到船上，是有如此天大緊要的原因！」

楞嚴暗忖對方似非作假，不由半信不疑，知道問下去亦問不出甚麼來，話題一轉道：「三年前，貴國派使來華，下官曾和他交談整晚，對貴國文物深感興趣，噢！我的記憶力眞不行，竟忘了他的名字……」

這次輪到韓范陳三人心中狂震，陳令方掉官已久，怎知高句麗三年前派了甚麼人到朝廷去，眼前楞嚴分明是再以此試探韓柏這專使的眞僞，因爲若韓柏眞的來自高句麗，怎會不知己國曾派過甚麼人到京師去？

眼看要被當場拆穿身分，韓柏耳裏響起白芳華的傳音：「是貴國的御前議政直海大人。」

韓柏不知對方是整治他還是幫助他，無可選擇下，故作欣然地向楞嚴道：「大人說的必是敝國的御前議政直海大人，本使和他不但熟稔，直夫人還是我的乾娘，卻不知他和楞大統領有此深交，說來都是自家人了。」心中卻對白芳華的拔刀相助，既驚且疑，又憂又喜。憂的是對方已悉破了他們的身分，喜的卻肯定了她不是楞嚴的人。她爲何要幫他們？她又怎會這麼熟悉朝廷的事？

陳范與三女及范豹等全愕在當場，不明白爲何韓柏竟叫得出那高句麗官員的名字，除非這韓柏是由眞的朴文正所喬扮的。更詫異的是楞嚴，他本由方夜羽報知他的訊息裏，推測到這兩人是由韓柏和范良極假扮，可是首先是陳令方這深悉高句麗的人對他們不表懷疑，又是由負責高句麗使節團事務的邊疆大臣謝廷石陪著他們從山東來此，自己亦試過他的內功與魔種無關，現在又答得出直海的名字，以他心志如此堅定的人，信心至此亦不禁動搖起來。那次直海來華，因要瞞過蒙人耳目，所以是極端秘密的事，連謝廷石等亦不知道，朝上得悉此事的人寥寥可數，所以韓柏若知此事，唯一解釋就是他確是貨眞價實的專使。

楞嚴心中不忿，順口問道：「不知直海大人近況如何？這七年來有沒有升官呢？」這次連白芳華也俏臉微變，幫不上忙。誰能知道楞嚴和直海間是否一直互通訊息？楞嚴此問，愈輕描淡寫，愈給韓柏發揮想像力的餘地，其中愈是暗藏坑人的陷阱。韓柏心中叫苦。范良極向鄰台的謝廷石使了個眼色，拍了拍自己的腦袋，暗示韓柏腦袋受損，很多事情會記不清楚。

謝廷石爲官多年，兼之人老成精，鑑貌辨色，怎會不明白范良極的意思，知道若要瞞過這專使曾因賊劫而頭腦受傷一事，必須助這專使一臂之力，及時笑道：「專使來中土前，直大人設宴爲專使大人餞行，下官亦蒙邀參加，直老比我們兩人加起來的酒量還強，身體壯健如牛，怪不得能愈老官運愈隆，半年前才榮陞副相，他老人家不知多麼春風得意哩！」

楞嚴至此懷疑盡釋，因爲無論爲了任何理由，謝廷石均不會爲韓柏和范良極兩人犯上欺君之罪，怎想得到其中竟有此曲折。韓柏范良極和陳令方齊齊暗裏抹了一把冷汗。陳令方怕楞嚴再問，舉杯祝酒，氣氛表面上融合熱鬧起來。

韓柏乘機挨向白芳華道：「白小姐爲何提點本使？」

白芳華風情萬種橫了他一眼，若無其事道：「我見你似接不上來，怕你的腦袋因受了損害，把這事忘記了，故提你一句吧！專使莫要怪芳華多此一舉。」接著抿嘴一笑道：「誰知直夫人原來是專使的乾娘，那當然不會輕易忘記。」

韓柏給弄得糊塗起來。首先爲何白芳華會知道他的腦袋「曾受損害」，顯然是由蘭致遠或他的手下處獲得消息。可是這亦可以是遁詞，其實她根本知道他是假貨，故臨危幫了他一個大忙。她若不是楞嚴的人，又應屬於哪一派系的呢？否則怎會連高句麗三年前秘密派使來華的那人是誰也能知道？無論她身屬哪個派系，爲何要幫他呢？剛才他還曾不客氣地開罪了她。韓柏差點要捧著腦袋叫痛。

白芳華湊過來道：「我究竟幫了你的忙沒有？」

韓柏的頭痛更劇，若答「有」的話，分明告訴對方他是假冒的，否則怎會連乾娘丈夫的名字都不知道，含糊應道：「只是白小姐的好意，已教本使銘感心中，不會忘記。」

白芳華像對先前的事全不介懷地嬌笑道：「專使大人要怎樣謝我？」

韓柏愕然道：「白小姐要本使怎樣謝你？」

白芳華瞅他一眼道：「芳華要你一株萬年靈參。」

韓柏嚇了一跳道：「這怎麼成？」

白芳華玉容轉冷道：「我不理，若你不設法弄一株給我，芳華絕不會罷休。」

范良極的傳音在他耳邊響起道：「答應她吧！這妮子看穿了我們，不過最好加上些條件。令她弄不清你是不是否因怕被揭穿而答應她。」

韓柏嘆了一口氣，把嘴湊到她耳旁道：「好吧！但是有一個條件，就是……就是……」

白芳華催道：「就是甚麼？」

韓柏再等了一會，都聽不到范良極的提示，知他一時也想不出須附加甚麼條件。

白芳華不耐煩地道：「男子漢大丈夫，吞吞吐吐成甚麼樣子。」

這時又有人來向韓柏祝酒，擾攘一番之後，韓柏望向白芳華，只見她蹙起秀眉等待他說的條件，暗忖條件若是要對方不揭穿他們，等於坦白承認自己是冒充的，故這條件萬萬不可。但如此輕易送一株萬年參給對方，亦等於暴露身分，否則何須怕她的威脅？更想深一層，說不定白芳華仍未能確定他們是眞貨還是假冒的，故以索參來試探他們的虛實，想到這裏，心中一動，在她耳旁低聲道：「條件就是白小姐須被我親一個嘴！」

白芳華呆了一呆，瞪了他好一會後道：「這麼簡單的條件，專使大人爲何要想那麼久？」

韓柏眉頭一皺，計上心頭嘆道：「我本是希望一親芳澤，但又怕小姐斷然拒絕，那就甚麼也沒有了，所以才改爲親嘴，小姐意下如何？」

白芳華深深看了他一會，甜甜一笑道：「好吧！不過除了親嘴外，你絕不能碰我其他地方。」

韓柏見她說這話時似嗔還喜，姿韻迷人至極，心中一酥，待要多說兩句輕薄話兒，例如那個嘴要親足一個時辰，諸如此類……兩下清脆的掌聲，把他的注意力吸引了過去。全場靜了下來。拍掌的原來是楞嚴。所有目光一時都集中到他身上去。

楞嚴安坐椅上，望著韓柏，微微一笑道：「今晚難得如此高興，讓我手下的兒郎，也來獻藝助興可好？小矮！」坐在他身後的侏儒一聲尖叫，躍離椅子，凌空打了一個觔斗，落到廳心。韓柏和范良極對望一眼，均大感不妥，偏又無法阻止。

山野裏。小溪旁。水柔晶跪在溪旁，掬起雙掌以作容器，澆水到臉上，冰涼透膚而入，這些日子來的折騰似被一洗而清，順便喝了兩口水，回頭待要招呼戚長征共享清泉，見到他正屹立如山，仰望著夜空，費神苦思，體諒地不騷擾他。戚長征面容肅穆。那修健的體魄，寬平的雙肩，使她感到再沒有任何憂苦艱險能將他難倒。水柔晶坐在地上，心裏生出很奇怪的感覺，就是由初遇這令她鍾情的男子，到了今天，時間不超過一個月的短暫時光，但戚長征卻像走了一段很長的人生路途般，脫胎換骨變了另一個人。最明顯的地方，不是變得更有英雄氣概和男性魅力，而是更深邃難測。在遇上戚長征前，她芳心中只有鷹飛一人。被鷹飛無情拋棄後，她曾試過和幾個男子相好，希望能把鷹飛忘記，脫離他箝制著她靈魂的魔力，但終以失敗告終，一夜之緣後，從沒有人能令她有興趣回頭的。她本以爲給鷹飛毀去了一生，直至遇上戚長征，才得到再生的機會。現在鷹飛印在她心版上的容像已變得淡漠模糊了，再不能左右她的思緒，使她若鳥兒般回復了自由飛翔的能力。此刻她只想能和戚長征比翼雙飛。她緩緩拔下束髮的銀簪，讓秀髮散垂下來，任它在曠夜的晚風裏飄拂不停，同時寬衣解帶，直至一縷不剩，一聲歡呼，投到清溪裏去，忘情暢泳。戚長征被她大膽的行動，驚醒過來，走到溪旁，蹲在一塊石上，藉著少許星光月色，欣賞著在溪水裏載浮載沉的美人魚。

戚長征忽地升起一個想法，問道：「我眞不明白爲何鷹飛捨得拋棄你？」

水柔晶一震道：「我不想在這時提起他，我的心除了征郎外，實在容納不下其他的東西。」

戚長征出奇地堅持道：「今天是我特別要你去想他，因事關重要，你要坦白答我。」

水柔晶細看了他一會，肯定他是非常堅持後，道：「鷹飛是不得不把我拋棄的，因爲他練功的心法非常邪異，必須於種情後再忘情，功力才會有進步，事實上他對我是特別情長了，玩弄了我差不多三個月才拋棄我，別的女子，幾晚後已不屑他一顧了。」

戚長征神色凝重道：「不知你是否相信，他內心深處仍是愛著你的，否則不會殘殺小靈貍，那明顯是針對你作出的報復行爲，他要傷害你，因他恨你移情別戀。」

水柔晶嬌軀輕顫，眼中射出惘然之色，呻吟著道：「他仍愛我嗎？不！不是眞的。」

戚長征心中一嘆，知道儘管水柔晶口中說得堅決，其實仍未能對鷹飛完全忘情，故給他指出了鷹飛仍然愛她後，又勾起了她對這得到她初夜的男人那剪不斷的情意。

水柔晶倏地驚醒了過來，觸及戚長征灼灼目光，渾身劇顫，惶然道：「不！征郎！現在我只有你，千萬不要誤會柔晶。」

戚長征的身體僵直冷硬，意興索然，心中湧起歉疚悔恨之情，暗忖若自己不提起這點，那他便不會窺破水柔晶的內心世界，使兩人間出現了一絲芥蒂。

水柔晶眼中淚光盈盈，垂頭低聲道：「征郎！你再不相信我了是吧？」頓了頓道：「爲何你要提起他，又指出他仍是愛我的呢？」

戚長征搖頭苦笑道：「坦白說，這樣做是有兩個原因，首先我是想測試他在你心中眞正的分量，這一點非常重要，因爲我剛才忽然醒悟到，若我們如此東躲西藏，始終不是辦法，恐怕未到洞庭，早給鷹飛殺死，所以想反守爲攻，務要擊殺鷹飛，故必須知道你內心的想法。」

水柔晶低聲道：「第二個原因呢？」

戚長征道：「第二個原因就是若我可以看出你對鷹飛餘情未了，他亦定能看出這點，這將能使他繼續保持信心和冷靜，因爲他並沒有眞的在情場上敗給了我，那我就不會誤以爲他因嫉恨難當而低估了他的手段。」

水柔晶聽得呆了起來，到這一刻，她才眞正感到這看來豪雄放蕩的男子，才智實足以與鷹飛一較短長，而非只憑幸運佔了上風。心中湧起傾慕之情，鷹飛的影子又模糊淡去。自被鷹飛拋棄後，她確曾夢縈魂牽地苦思著對方，故初時眞有要藉戚長征報復和背叛鷹飛之意，就像她找上別的男人那樣。但患難與共後，她發覺自己愈來愈投入與戚長征的愛戀裏。早先當兩人均在眼前時，她心中的確只有戚長征一人存在。可是當戚長征指出鷹飛其實仍愛著她那一刻，她便不由自主地想起他的種種好處，畢竟要得到鷹飛的眞愛，是她在遇上戚長征前夢寐以求的唯一物事。但這感覺來得快也去得快，忽然間鷹飛對她又變得不關痛癢，因爲眼前男子的吸引力，已破去了鷹飛對她施加了的情鎖。但現在征郎誤會了她，無論她怎麼說，對方都不會相信。怎麼辦呢？

戚長征見她默然無語，又不否認對鷹飛餘情未了，泛起了受創的懊惱，冷冷道：「時間不早了，我們穿衣上路吧！」轉身離開小溪，走上岸去。水柔晶肝腸寸斷，跟在他身後。戚長征頭也不回，運功蒸掉身上的水珠，取起衣服，迅速穿上。

水柔晶雙腿一軟，跪了下來，摟著他的腿悽然道：「征郎！求你相信柔晶吧！我現在心中眞的只有你一個人，以後也是如此。」

戚長征將她扶了起來，憐愛地摟著道：「好！我相信你，到現在才眞的相信你，柔晶！請原諒我對你殘忍的試探，因爲我和鷹飛已成誓不兩立之局，不是他死，就是我亡！所以我絕不希望你的心中，仍有半點他的影子，你可以明白和原諒我嗎？」

水柔晶驚喜道：「原來你一直都不相信我，為何忽然又相信我了？」

戚長征道：「那純是一種玄妙的感覺，以前我不相信你，是因為這種感覺；現在相信你，也是因為這種感覺。若我真的發覺你對鷹飛餘情未了，我絕不會主動向鷹飛展開反擊，因為我將因你的搖擺不定，招致滅亡。就像那晚荒廟內，若你不是仍愛著鷹飛，怎會如此輕易落入他手裏，更抵受不住他的情挑，稍後和我聯手合攻時，又發揮不出你平日一半的功力。」

水柔晶羞慚地道：「柔晶以後再不會如此了。」

戚長征微笑道：「到現在我才感到自己真的贏了鷹飛漂亮的一仗，也有信心和他周旋到底。但柔晶你亦知自己的性格軟弱善變，若你再被我發覺暗中幫助鷹飛，我將撇下你永遠不理，以免因嫉恨困擾而致刀道再無寸進，你必須緊記此點。」

水柔晶眼中射出堅決的神色，肯定地：「征郎放心吧！柔晶會以事實證明她對你的愛。」

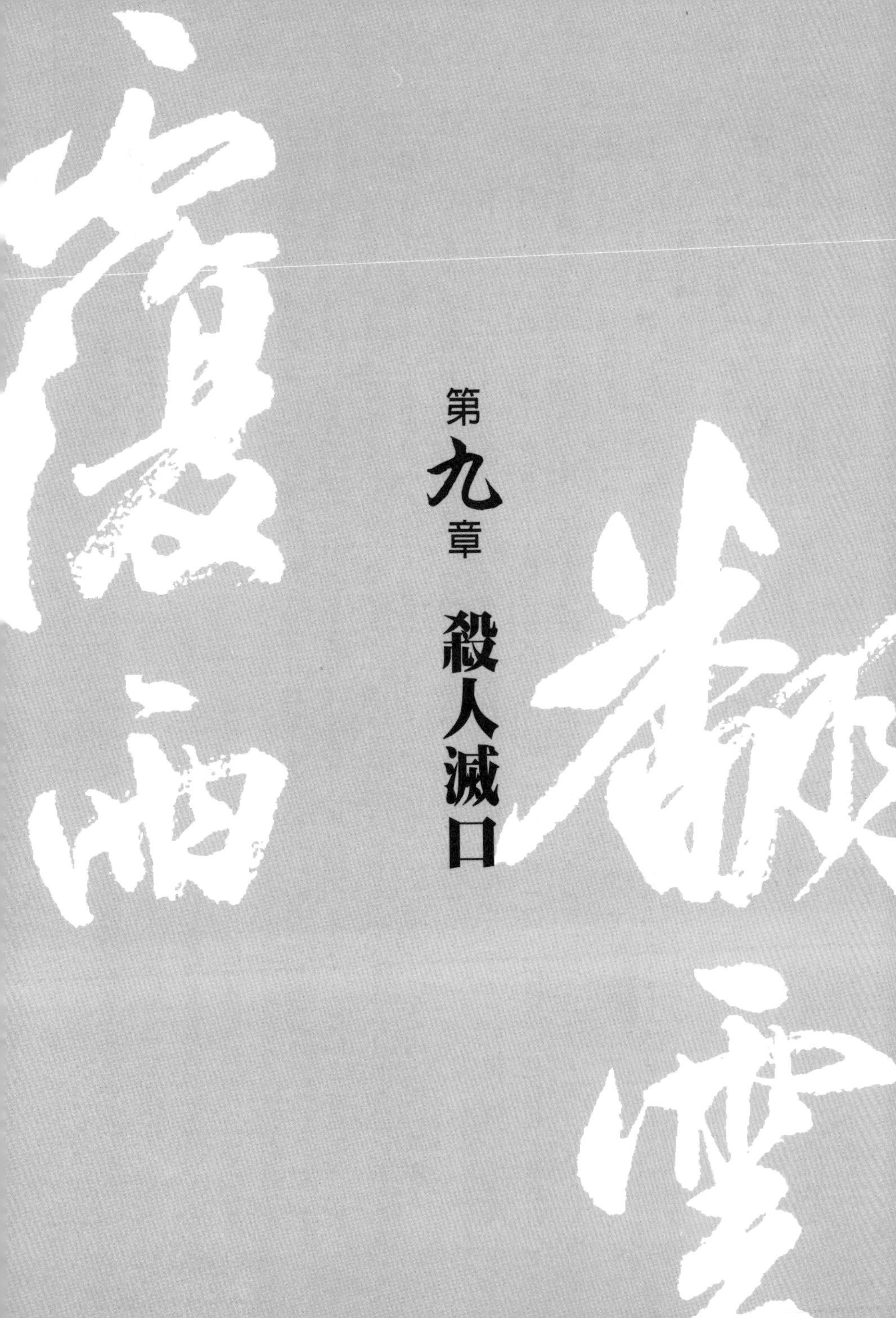

第九章　殺人滅口

第九章　殺人滅口

侏儒小矮剛站定場心，忽又彈起，兩手揮揚，嗤嗤之聲不絕中，壁燈紛紛熄滅。

楞嚴大笑道：「小矮精善煙花之技，定教專使嘆爲觀止。」他話尚未完，大廳陷進完全的黑暗裏。

范韓兩人作夢也想不到楞嚴有此一著，駭然大驚。現在最大的問題就是范良極不能動手，范豹等的武功卻是不宜動手，而要保護的人除了台裏的八鬼外，還有陳令方，以韓柏一人之力，如何兼顧？

范良極的傳音在韓柏耳內響起道：「甚麼都不要理，最要緊保護陳令方。」

韓柏暗忖自己和陳令方隔了一個白芳華，假設對方施放暗器，現在伸手不見五指，聽得暗器飛來時，陳令方早一命嗚呼，人急智生下，閃電移到陳令方處，傳音示意一聲，便將他一把提起，塞到自己的座位裏，自己則坐到陳令方處。這麼多的動作，韓柏在眨眼間便無聲無息地完成了，連白芳華亦無所覺。

「蓬！」一陣紫色的光雨，由場心沖天而起，撞到艙頂處，再反彈地上，隱見小矮在光雨裏手舞足蹈，煞是好看，教人目眩神迷，有種如夢似幻的詭異感覺。光雨外的暗黑裏，眾人鼓掌喝采。

范良極的聲音傳到韓柏耳內道：「好小子！有你的，陳令方由我照顧，噢！小心。」

光雨由紫變藍。韓柏在范良極說小心時，已感到暗器破空而來，那並非金屬破空的聲音，甚至一點聲音也沒有，而是一道尖銳至極的氣勁。身旁風聲飄響。韓柏心中駭然，正思索白芳華是否才是眞正行刺陳令方的刺客時，香風撲面而來，竟是白芳華攔在他這「陳令方」身前，爲他擋格襲來致命的氣勁。

「蓬！」小矮身上爆起一個接一個紅球，繞體疾走。「波！」氣功交接。白芳華悶哼一聲，往韓柏倒過來。此時眾人為小矮神乎其技的煙火表演弄得如醉如痴，瘋狂拍掌助興，哪聽得到這些微弱的響聲。韓柏知道白芳華吃了暗虧，待要扶著她。白芳華嬌軀一挺，站直身體，懸崖勒馬般沒有倒入他懷內。兩股尖銳氣勁又襲至。

至此韓柏已肯定施襲者是楞嚴本人，否則誰能在遠隔兩丈的距離，仍能彈出如此厲害的指風，知道憑白芳華的功力，怕不能同時應付兩道指風，往前一竄，貼到白芳華動人的背臀處。白芳華想不到背後的「陳令方」會有此異舉，心神一亂下，兩股指風已逼體而來，刺向她兩邊胸脅處。韓柏的一對大手由她兩脅間穿出，迎上指風。「波波！」兩聲激響，指風反彈開去。韓柏感到指風陰寒至極，差點禁不住寒顫起來，忙運功化去。小矮身上紅球倏地熄滅，大廳再次陷進黑暗裏。

韓柏乘機湊到白芳華耳旁道：「是我！」這時他兩手仍架在對方脅下，前身與她後背貼個結實，等於把這美女摟入懷裏，不由大感香艷刺激，捨不得退下來。白芳華聽到韓柏的聲音，嬌軀先是一顫，繼是一軟，倒靠入他懷內。韓柏自然雙手一收，摟著她腰腹。白芳華不堪刺激，呻吟了起來。衣袂聲的微響由右側響起，黑暗裏一個不知名的敵人無聲無息一掌印來。一股略帶灼熱的掌風，緩而不猛，逼體而至。韓柏肯定這摸黑過來偷襲的人不是楞嚴，一方面因內功路子不同，更重要的是功力大遜先前以指風隔空施襲的人。

一道指風又在前方配合襲至。在這電光石火的剎那，韓柏腦中掠過一個念頭。就是無論楞嚴如何膽大包天，也不敢當著高句麗的使節團和眾官前公然殺死陳令方這種在朝裏位高望重的人，所以使的手法必是要陳令方當時毫無所覺，事後才忽然猝死。若能隔了幾天，自然誰也不能懷疑到楞嚴身上。所以凌空而來的指風，對付的只是白芳華，教她不能分神應付由側欺至的刺客。想到這裏，向白芳華傳音道：「這次你來擋指勁！」立刻坐回椅裏。敵掌已至，雖沒有印實在他額角處，一股熱流已透經脈而入。韓柏心中冷哼一聲，先把體內眞氣逆轉，盡吸對方熱勁，再把眞氣反逆過來，如此正正反反，敵方氣勁襲上心脈前，早被化得無影無蹤。至此韓柏再無懷疑，敵人這一掌確如他先前所料，能潛隱在數日後才發作。陳令方乃不懂武功的人，自是受了致命傷也不會察覺。

「波！」白芳華硬擋指風，這次再站不住腳，往後坐倒韓柏腿裏，讓他軟玉溫香抱個滿懷，大佔便宜。「蓬！」光暈再起，由暗轉明，顏色不住變化。韓柏知道敵人以爲偷襲成功，再不用倚賴黑暗，煙花會變爲明亮，雖捨不得放走懷內玉人，也不得不那麼做，抱起嬌柔無力的白芳華，放回旁邊的椅子裏，又重施故技，把陳令方塞回原椅內，自己則回到他的座位去，剛完成時，場心的煙火驀地擴大，往全場射去。整個大廳滿是五光十色的煙花光雨，好看極了。色光轉換下，眾人鼓掌喝采，女妓們則驚呼嬌笑，氣氛熱鬧至極。韓柏伸手過去，握著白芳華柔荑，內力源源輸去，助她恢復元氣，同時湊到她耳旁道：「你的身體眞香！」白芳華任他握著纖手，橫他一眼後俏臉飛紅，垂下頭去。小矮大喝一聲，凌空翻騰，火點不住送出，落到壁燈的油芯上。煙花消去，韓柏慌忙鬆開握著白芳華的手。燈光亮起，大廳回復燈火通明的原先模樣。范良極湊過來向韓柏低讚道：「幹得好！」

小矮在眾人鼓掌喝采聲中，回到本台去。楞嚴若無其事，長身而起，眼光往韓柏這一席掃來，微笑道：「今晚眞的高興極矣！他日專使到京後，本官必親自設宴款待，到時把酒言歡，必是人生快事。今夜之會，就到此爲止。」

韓柏乘機與眾人站起來，肅立送客。楞嚴臨行前，瞥了韓柏一眼，顯是知道他出了手，韓柏唯有報以微笑。再一番客套後，楞嚴胡節首先離去，接著是其他府督，最後是白芳華。韓柏向范良極打個眼色，著他穩住左詩三女，親自陪白芳華走出廳去，那三位俏婢跟在身後。

白芳華低聲道：「想不到專使這麼高明，害芳華白擔心了。」

韓柏誠懇地道：「不！全賴小姐出手相助，否則情況可能不堪設想。」

這時兩人離船走到岸旁，一輛華麗馬車，在一名大漢駕御下，正在恭候芳駕。韓柏想起一事，關心地道：「小姐不怕楞嚴報復嗎？」

白芳華臉上泛起不屑之色，道：「放心吧！他不敢隨便動我的。」接著微笑道：「你何時送那株萬年參給奴家呢？」

韓柏聽她自稱奴家，心中一酥道：「那要看你何時肯給我親嘴。」

白芳華跺腳嗔道：「剛才你那樣抱了人家還不夠嗎？」

韓柏嘻皮笑臉道：「親嘴歸親嘴，抱歸抱，怎可混爲一談？不如我們就到這馬車上，好好親個長嘴，然後我回船拿人參給你，完成這香艷美麗的交易。」

白芳華俏臉潮紅道：「專使大人眞是猴急得要命，取參的事，芳華自會有妥善安排，夜了！芳華走了。」

韓柏失望道：「甚麼時候才可以再抱你呢？」

白芳華風情萬種地白了他一眼，嘆道：「唉！不知是否前世冤孽，竟碰上你這麼的一個人。」轉身進入車內，再沒有回過頭來。三俏婢跟著鑽進車裏。

韓柏待要離去。車內傳來白芳華的呼喚。韓柏大喜，來到車窗處，一雙纖手抓起帘幕，露出白芳華嬌艷的容顏。這俏佳人一對美目幽幽地凝注著他，低聲道：「珍重了！」帘幕垂下，馬車開出。

韓柏差點開心得跳了起來，一蹦一跳，在守護岸旁近百兵衛的眼光下，回到船上去。走進艙廳時，陳令方、范良極、謝廷石、萬仁芝、馬雄，方園等仍聚在一起談笑，三女卻回到上艙去了。謝廷石見他回來，自是一番感激之詞，才由馬雄等領著到前艙的寢室去了，萬仁芝則是打道回府。

眾人去後，范良極臉色一沉道：「八隻小鬼給楞嚴的人殺了。」

韓柏愕然道：「你不是說藏在台下萬無一失嗎？」

范良極嘆了一口氣，領著韓柏來到平台下，抓起蓋氈，指著一個嵌進台側裏去的鐵筒道：「這筒前尖後寬，筒身開了小洞，竟能破開鐵片，鑽到台底裏去，放入毒氣，把八小鬼全殺了。」再嘆一口氣道：「媽的！我聽到那女人接近動手腳，聽著八鬼斷了呼吸，偏不能阻止她，眞是平生大辱，有機會的話，我會把她的衣服偷個精光，讓她出出醜態。」韓柏想起了楞嚴那嬌媚的手下女將，暗忖若她脫光了，必是非常好看。

范良極乾笑一聲道：「不過我們總算騙過了楞嚴，又讓他以爲暗算了陳公，暫時應不會來煩我們了。不過那白芳華敵友難分，高深莫測，我們定要小心應付。小子你爲何會知道直海的名字？」韓柏當下解釋一番。

陳令方走了過來，向韓柏謝了救命之恩，道：「專使最好上去看看三位夫人，我看她們的樣子，好像不太高興哩。這裏善後的工作，由我們做吧！」

范良極笑道：「你這小子一見美女便勾勾搭搭，她們怎會高興？」

韓柏向范良極怒道：「你應知道是怎麼一回事，爲何不爲我美言兩句？」

范良極伸手摟著他肩頭，往上艙走去，安慰道：「我怎能剝奪你和三位姊姊耍花槍的樂趣呵！」

韓柏一想也是，逕自回房。范良極挨在走廊的一邊，雙手抱胸看看他有何使三女息怒的法寶。韓柏神氣地挺起胸膛，傲然看了范良極一眼，來到自己房前，側耳一聽，裏面毫無聲息，不禁怒目望向范良極，怪他不提醒自己。范良極見他著窘大樂，以手勢表示三女各自回到自己房內，教他逐間房去拍門。

韓柏一見下，心中定了一半。若三女同在一室，或能互相激勵聯手對付他，現在分處三室，以他韓柏之能，還不是手到擺平，逐個擊破。

他記起了柔柔的房間斷了門閂，心中暗笑，悠然走去，伸手一推，竟推之不動。范良極笑嘻嘻走了過來，低聲道：「你不知道換了鐵閂嗎？天下間或許只有龐斑和浪翻雲可以不須破門，硬以內力震斷鐵閂。你『浪棍』韓柏還是打爛這扇門算了，橫豎沒有門你也照樣甚麼都敢做的。」

韓柏怒道：「不是浪棍，而是浪子，你人老了，記憶竟衰退到這麼可怕的地步。」

范良極不以為忤，笑道：「外號最要緊是貼切，才能持久，你既是浪子，又是淫棍，所以我反覆思量下，還是喚你作『浪棍』韓柏較為恰當。」

韓柏一把抓著范良極胸口，嘿然道：「若我眞是淫棍，也是你一手造成的。還叫我去收伏那甚麼十大美人，現在我只不過和白芳華戲耍一番，你卻是冷嘲熱諷，我眞懷疑你其實在嫉妒我。」

范良極嘻嘻笑道：「不要那麼認眞好嗎，省點力去破門才是上算，我在看著呢。」

韓柏鬆開手，悻悻然道：「看我的手段吧！我定要她三人乖乖給我開門。」

范良極大感興趣道：「不能威逼，只能軟求！」

韓柏一拍胸膛道：「當然！我何等有風度，而且怎捨得欺負她們。」

范良極怪笑道：「來吧！」

韓柏收攝心神，曲指在柔柔房門叩了三下，以最溫柔多情的語氣道：「柔柔！是我，開門吧！」

柔柔的聲音傳來道：「我睏了，你到詩姊的房去吧！」

范良極大樂，捧肚苦忍著狂笑，喉嚨咕咕作響，傳進韓柏耳裏，實在刺耳至極。

韓柏低聲下氣道：「乖柔柔，給我開門吧！讓我進來為你蓋好被子，立即離去。」

柔柔冷冷答道：「不敢有勞，賤妾早蓋好被子，噢！我睏了，要睡了！」

韓柏急呼道：「柔柔！柔柔！」柔柔再不理他。

范良極得意萬分，摟著他的肩頭，怪笑道：「你對女人眞有辦法，來！下一個是誰？」

韓柏臉上無光，暗忖三女裏，他最怕是左詩，朝霞應是最易對付，或者可以從她那裏挽回一局，悶哼道：「就是朝霞吧！」范良極這好事之徒，忙把他推到朝霞門前，代他敲門

朝霞的聲音響起道：「誰？」

韓柏深吸一口氣道：「霞姊，韓柏疼你嗎？」

朝霞默靜下來，好一會才輕輕答道：「疼！」

韓柏大喜，示威地看了范良極一眼，柔聲向房內的朝霞道：「讓為夫進來看看你吧！」

朝霞好半晌後才幽幽道：「可是你今晚卻沒有疼人家，整晚只回過一次頭來和我們說過一次話，朝霞現在只想一個人獨自靜靜，你還是到柔柔或詩姊那裏吧。」

韓柏心痛地道：「是我不對，但卻是有原因的，待我進來向你解釋吧！」朝霞默然不答。

范良極以誇張至極的表情安慰他道：「我同情你，還有一個機會。」

韓柏暗呼不妙，連朝霞都說不動，更遑論左詩了，賴著不走又道：「霞姊！你是不是哭過了？」

朝霞在裏面「噗哧」一笑道：「去你的！我才不會因你勾引美女而哭，否則以後豈非要終日以淚洗面，找你的詩姊去吧！今晚朝霞要挑燈看書，沒空陪你。」

韓柏和范良極面面相覷，想不到一向楚楚可憐的朝霞變得如此厲害，詞鋒如斯銳利。

此時韓柏心神稍定，知道三女只是對他略施薄懲，暗忖去找左詩也只是再多碰一次壁，多吃一趟閉門羹，就要走回房去，硬給范良極一手抓著，「啐啐」嘲弄道：「看來你這人是面精心瞎，若你不到左詩那裏讓她好好出一口氣，明天還有得你好受呢！」推著他往左詩的臥室走去。到了門旁，興高采烈代他叩響了左詩的房門。韓柏信心盡失，像個待判刑的囚犯般垂頭喪氣站在門外，暗嘆今夜難道要一人獨眠？

左詩的聲音傳來道：「是柏弟嗎？」

韓柏聽她語氣溫和，喜出望外，急應道：「正是詩姊的好弟弟！」

左詩道：「好弟弟這麼快回來嗎？不用送那白姑娘回家嗎？還是她只准你咬咬耳朵和抓抓她的手，好弟弟見沒有便宜可佔，唯有早點回來獨自睡覺呢？」

范良極聽得手舞足蹈，不住撫著韓柏的背心，一副怕他噴血而亡的緊張模樣。

韓柏苦忍著范良極的惡行，低聲下氣道：「詩姊請聽好弟弟解釋一二。」

左詩打了個呵欠，懶洋洋道：「今天晚了，明天再解釋吧！」接著韓柏怎麼哀求，也不作答。

韓柏早知有此淒慘下場，頹然道：「還有沒有清溪流泉？」

范良極搖頭道：「想不到你泡妞的功夫如此差勁，還要借酒消愁，我看你不如改過另一個外號吧！」

韓柏嘿然道：「我差勁嗎？就算我眞的差勁，也輪不到你來說我，雲清那婆娘給你弄上手了嗎？」

范良極信心十足哈哈一笑道：「你太不明白情趣這回事了，我現在吊著那婆娘的胃口，待她嚐盡相思之苦後，才一舉擊破她的護殼，脫光她的衣服，嘿！那時才好玩哩！唉！說到追女人的手段你浪棍何時才趕得上我。」

韓柏氣道：「你手段這麼厲害，便教我如何使她們開門吧！」

范良極胸有成竹道：「我只要幾句話，就可教她們撲出來見你。」

韓柏懷疑道：「不要亂吹牛，小心給風閃了舌頭。」

范良極哈哈低笑道：「要不要賭他媽的一注。」

韓柏道：「賭甚麼？」

范良極故意學著韓柏的姿態搔頭道：「是的！賭甚麼才好呢？噢！我知道了，若你輸了，三天內你要對我必恭必敬，喚我作范大爺。若我輸了，你以後就是『浪子』韓柏，再沒有新的外號。」

韓柏皺眉道：「要我對你恭恭敬敬，會是有趣或合理的一回事嗎？」

范良極一想也覺他言之成理，道：「那就算了，不過你要保證以後長期向我供應清溪流泉。」

韓柏確想看看他有甚麼法寶能把三女哄出房來，斷言道：「一言爲定！」

范良極臉上現出神秘笑意，忽地一指戳在韓柏的檀中大穴處。韓柏一聲慘叫，往後便倒。

范良極驚呼道：「韓柏！你怎麼了，噢！原來是中了白芳華的毒手，天啊！」

「砰砰砰！」三女房門全打了開來。左詩、柔柔和朝霞先後衝出，撲向被制著了穴道的韓柏。韓柏不由打心底佩服這老小子詭計多端，爲何自己想不出來。

范良極苦忍著笑，焦灼地道：「來！快扶他進房裏去。」范良極和三女托起韓柏，急急慌慌擁進專使房內，把他放在床上。范良極乘機暗中解開了韓柏穴道。

左詩爲他鬆開衣鈕，悽然道：「柏弟！你怎樣了，不要唬嚇姊姊！」朝霞爲他脫掉鞋子，淚花在眼眶內滾動爍閃。只有柔柔深悉范良極性情，見他嘴角含笑，一副裝神弄鬼的神色，知道事有蹊蹺，卻不說破，只是冷眼旁觀。

范良極伸了個懶腰，道：「不用怕，這種毒很易解，只要脫掉他褲子，重打他一百大板，便可洩出毒氣，不過緊記要掩住鼻子，這樣你們也洩了怨氣。嘻！小子！你輸得口服心服吧！」一閃掠出門外，同時關上了門。

「篤！篤！篤！」敲門聲響。

韓柏愕然問道：「是誰？」

浪翻雲的聲音響起道：「小弟！是浪翻雲。」

韓柏驚喜道：「大俠回來了。」忙爬起床來。

浪翻雲笑立門外，讚嘆道：「小弟眞本事，的確是長江後浪推前浪。」韓柏老臉一紅。

左詩的俏臉在韓柏背後出現，輕輕喚了聲大哥。浪翻雲見她眉黛含春，有若脫胎換骨般變了另一個人，平時工整的雲髻變成披肩的垂髮，別有一番風姿，衷心讚道：「這才是我的好詩兒。」

左詩緊張的神經驀地鬆弛下來，從內心深處湧起擋不住的欣悅和幸福，再沒有半絲尷尬不安，搶前嬌痴地道：「詩兒的香衾花呢？」

浪翻雲手掌一翻，托著個精緻小巧的瓷碗，三朵紫色的小花在半滿的水面浮著，香氣撲鼻而來。柔柔和朝霞簪好了秀髮，這時來到韓柏背後，一看下齊聲歡呼。浪翻雲取出一朵香衾花，插在左詩湊過來的鬢髮上，花嬌人更美，看得浪翻雲雙目一亮。朝霞和柔柔不甘後人，擁了過來，要浪翻雲也爲她們插上香花。

浪翻雲一一照辦，同時向韓柏道：「小弟到房外去吧！范兒在等著你。」

韓柏正奇怪爲何不見范良極，聞言一怔，心中升起一種異樣的感覺，隱隱感到有事情發生了。

左詩見他猶猶豫豫，把他推了出去，同時記起白芳華的事，仍覺有點餘氣未消，不客氣地道：「快出去，我們要和浪大哥聊天至天明，你不用回來了。」

韓柏苦笑搖頭，走出長廊外。人影一閃，范良極不知由哪裏鑽出來，親熱地摟著他的肩膀，擁著他往通到艙頂望台的樓梯走去。

韓柏奇道：「你要帶我到哪兒去？」

范良極出奇地沉默，直到了樓梯下，才搖頭嘆道：「眞不知你這小子有甚麼吸引力，連天上的仙子也肯下凡來找你。」

韓柏突感心臟一陣劇烈跳動，困惑地道：「不要開玩笑！」

范良極兩眼一翻道：「我現在嫉妒得要命，哪有心情和你開玩笑，快滾上去吧！」大力一推，把他推得差點似連滾帶爬地走上去。

韓柏竭力地要攝定心神，但終像給搞得糊裏糊塗、暈頭轉向般，無限狐疑的一步一步登階而上，暗忖若范良極耍弄他，決不輕饒。才踏上看台，韓柏腦際轟然一震，立時魂兮去矣，不能置信地瞧著卓立欄旁，迎風而立，凝望著大江對岸，衣袂飄飛，淡雅嬌艷的秦夢瑤。這令他夢縈魂牽的美女，一身潔白的素服麻衣，只是隨隨便便站著，姿態之美實是難以言喻，自具一種超凡脫俗的仙氣和遺世獨立的嬌姿，一種不沾染半分塵俗的至潔至美。韓柏整個人發起熱來，每個毛孔都在吸收著由秦夢瑤芳體散發出來的仙氣，歡欣雀躍。那種感覺使他的精氣神倏地攀升到最高的境界和層面。秦夢瑤似有所覺，轉過頭來，淡雅如仙的玉臉在星月照射下，美至使人目眩神迷，但又是如許恬靜平和，教人俗念全消。她清澈的眼神落到韓柏臉上，閃過驚異的神色，亮起前所未有的采芒，接著微微一笑，露出編貝般的皓齒，清麗更勝天上仙子，使人不敢逼視。這是個令他難以相信的事實，秦夢瑤不但來找他，還特別安排在這談情幽會的勝地與他單獨相會，這是韓柏在最深最甜的夢裏也不敢奢求的事。

秦夢瑤幽幽輕嘆，喚道：「韓柏！你來了！」

韓柏先湧起自慚形穢的感覺，旋又消去，堅定地來到她身旁，倚著欄干，仔細端詳秦夢瑤嬌艷的容顏。

秦夢瑤橫了他一眼道：「你的膽子爲何忽然變大了，竟然這樣無禮看著人。」

這雖是秦夢瑤一向對他說話的口吻，可是韓柏卻有著完全異於往日的感受，他發覺對方已大大減低了往昔那凜然不可侵犯的神色，多了幾分溫柔婉約、親近關切。

韓柏心頭狂喜，瘋話待要脫口而出，豈知秦夢瑤把手掌向他攤開，淡淡道：「拿來！」

韓柏錯愕道：「你要甚麼？」

秦夢瑤向他嫣然注視，恬然道：「當然是夢瑤的白絲巾！」

韓柏失聲道：「你仙駕臨此，就只爲了向我討回絲巾嗎？」

秦夢瑤不露半點內心的眞意，悠悠道：「爲何不可以？」

韓柏聳肩道：「這些日子來，每次單思著夢瑤時，小弟都痛苦落淚，不覺拿了你的絲巾抹涕揩淚，弄得白巾變成了黃巾，我就算還給你，怕你亦不想要吧？天上的仙子怎可被俗淚塵涕玷污了至潔至淨的芳懷。」

秦夢瑤見這小子初見自己時的震撼一過，又故態復萌，瘋言瘋語，大耍無賴招數，心中有氣，微嗔道：「我又不是仙子，怕甚麼沾染！況且整條長江就在腳下，只要我把絲巾往江水洗濯，韓柏大甚麼的俗淚塵涕，都要一去無蹤，不留半絲痕跡。」她說話中隱含深意，暗表即使與韓柏有甚麼沾染，也可過不留痕。

韓柏懊惱道：「我對你那麼寶貴的單思印跡，你忍心如此洗個乾淨嗎？」

秦夢瑤又好氣，又好笑，故意冷起俏臉，佯怒道：「我沒有閒情聽你的瘋言瘋語，快給我拿來。」

韓柏深知即使被秦夢瑤痛罵一場，亦是其樂無窮。嘻嘻一笑，掏出白絲巾，在秦夢瑤的眼前揚了一揚，迅即收入懷中，厚著臉皮道：「若要我韓柏大甚麼的還你珍貴無比的白絲巾，怕到下輩子都不行，要嘛放馬過來，把我制著，再由我懷裏掏回去吧！」

秦夢瑤淡淡望了他一會，收回攤開的玉手，順手掠鬢，攏理好被江風吹拂的秀髮，再橫了他千嬌百媚的一眼，平靜地道：「你要留下便留下吧！當時既是我自願給你，今天就不再強奪回來。」

韓柏湧起一種前所未有的衝動，差點便要冒犯她，想著的雖只是輕吻她的朱唇，但這種想法連他這樣放浪不羈的人也要大吃一驚，因爲若對秦夢瑤這仙子做出這種事，那嚴重程度等於破壞了她凜然不可瀆犯的聖潔和貞節。

秦夢瑤見他死命盯著自己，「噗哧」一笑道：「你見到我後眼也不眨一下，不覺得累嗎？」

韓柏全身一震道：「天啊！夢瑤你若再以這種神態對我說話，不要怪我忍不住冒犯你。」話才出口，心中叫糟，這樣的話，也可以向這有若出家修行的美女說出來嗎？以後她還肯理他嗎？豈知秦夢瑤俏臉微紅，白了他一眼後，只是別過俏臉，將美眸投向對岸去。

熱血直衝上腦，韓柏忍不住再移近秦夢瑤，到差不多碰到她的嬌軀才停下來，微俯向前，在不足三寸的距離細賞秦夢瑤的俏臉，顫聲道：「皇天請救救我，夢瑤你是破天荒第一次臉紅，可是為了我？夢瑤！我……」

秦夢瑤轉過臉來，如畫的眉目回復了一向的淡恬超逸，伸出手來，托著他的下巴，把他的臉推移一側，讓他的眼睛不能直視著她，輕輕道：「你當秦夢瑤像草木般不會動情嗎？偏要這樣看人家。」

韓柏被她纖美無瑕的手托著下巴，三魂七魄立時散亂，兼之對方檀口微張，香氣都噴到他鼻頰處，哪還按捺得住，一把握著她托著他下巴的柔荑，湊頭下去，讓她的玉手貼在自己臉上，那種鑽骨鏤心的接觸，使他魂為之銷。

秦夢瑤似不堪刺激，嬌軀抖顫，輕責道：「韓柏！不要這樣，好嗎？算夢瑤求你吧！」

韓柏見秦夢瑤半絲怒意亦無，哪肯放手，舒服得閉上眼睛，呻吟道：「就算夢瑤因我的無禮立即殺死我，我韓柏亦是心甘意願，死無怨言。」

秦夢瑤心中叫道：「天啊！為何我會沉醉在與他親密接觸的感覺裏，完全提不起勁來掙脫他的掌握，把手收回來？若我真的和他合體交歡，會不會因此陷溺在與他的愛戀裏，把至道置之不理呢？」

韓柏忽地毅然放下她的玉手。秦夢瑤剛神志驟醒，已給韓柏伸過來的大手，抓著兩邊香肩，同時給這困擾著她芳心的男子扯得往他靠貼過去。她一聲嬌吟，舉起玉手，按在韓柏寬闊壯健的胸膛上，阻止了兩個身體貼在一起。韓柏滿臉通紅，兩眼射出狂熱至能把她定力熔掉的強光，低下頭來，吻在她嬌艷欲滴的紅唇上。秦夢瑤嚶嚀一聲，像隻受驚的小鳥般強烈地抖顫著，兩手乏力地推著韓柏。可是她這種反應適足以刺激起韓柏體內的魔種，現在就算她劇烈掙扎，韓柏也不肯放過她，何況只是如此象徵性的反抗？這時的韓柏想客氣守禮亦無法辦到，瘋狂地痛吻著她柔軟嬌潤的紅唇。

韓柏雙手一緊，終成功地把秦夢瑤摟個結實。秦夢瑤再一聲嬌吟，似抵不住韓柏的攻勢，森嚴的壁壘終於潰缺，一股充沛得若席捲大地的洪水般的熱流，湧進秦夢瑤的經脈裏，秦夢瑤頓時忘掉了一切，纖手搭上韓柏粗壯的脖子。韓柏迷失在迷惘的天地裏，感到自己完全開放了，精氣不住送進秦夢瑤體內，而秦夢瑤卻像大地般吸納著他輸來的源源甘露，同時秦夢瑤體內又有一道綿細的熱流，回輸進他體內。他們同時感到靈覺在提升著，像能與永恆的天地永遠共存，生生不息、循環不休。長江在他們腳下滾流著。他們的觸感變得敏銳無比，每一陣江風拂來，都使他們生出強烈的感應。肉體摩擦給韓柏帶來神銷魂惘的強烈快感，連衣服亦像不知何時給溶掉了，不能生出阻隔的作用。良久之後，秦夢瑤忽地放開搭著韓柏的纖手，用力把他推開。韓柏失魂落魄地離開她的朱唇。秦夢瑤轉過身去，劇烈地喘息著，一手抓著欄干，支持著搖搖欲墜的嬌軀。

韓柏靠貼過去，兩手攀著她的香肩，懊惱地道：「夢瑤！是我不好！你罵我殺我吧！」

他作夢也沒想過自己會這樣侵犯秦夢瑤，不由湧起破了秦夢瑤多年修行那犯了天條般的罪惡感。可是這已成了不可挽回的事實。

秦夢瑤往後靠進了他懷裏，身體停止了抖顫，呼吸回復正常，俏臉仰後，主動貼上他的臉頰，輕輕摩挲著，幽幽一嘆道：「不要怪責自己，夢瑤亦應負上責任，何況我不想得到我初吻的男人爲此感到無盡的痛苦和後悔。」

韓柏狂喜道：「夢瑤你眞的那麼想，那就好了，嘿……我……我可否再吻你？」

秦夢瑤又羞又氣，猛地掙脫離開他的懷抱，霞燒玉臉嬌嗔道：「你這人眞是不能給你半點顏色，最懂得寸進尺，人家只在擔心你內疚自責，豈知你立即故態復萌了。」

韓柏見她眉眼間洋溢著前所未有的姿情，神韻之誘人，怕連面壁百年的老僧都要動破戒之心，眞恨不得把她再摟入懷內，輕憐蜜愛，心癢難熬下，搓手道：「若你再是這模樣，休怪我又忍不住侵犯你。」

秦夢瑤吃了一驚，板起面孔道：「萬萬不可，若你對我再有不規矩的行動或妄想，我拂袖就走，永遠不再回到你身邊來。」

韓柏惶恐失聲道：「你打我罵我沒有問題，可不要不理睬我。唉！我盡力克制自己吧！不過莫要怪我不說清楚，嚐過剛才吻你的滋味後，夢瑤實難怪我再情難自禁。」

秦夢瑤輕嘆道：「韓柏啊！給夢瑤點時間好嗎？當那一刻來臨時，夢瑤定會讓你得償所願的。」

韓柏劇震道：「你說甚麼？」

秦夢瑤看看天色，嬌聲答道：「聽不到是你的損失！天快亮了，陪夢瑤到岸上走走好嗎？」

韓柏狂喜道：「當然好！」

秦夢瑤主動地拉起他的手，以一貫恬淡的口吻道：「走吧！」

韓柏握著她柔軟的玉手，湧起銷魂蝕骨的感受，心中狂叫道：「天啊！秦夢瑤原來眞的愛上了我。」

溪旁的山野裏。水柔晶在戚長征懷裏醒了過來，天剛發白。

戚長征早醒了，低頭向她笑道：「昨夜睡得好嗎？」

水柔晶知他故意不起身，是怕弄醒自己，感激地坐起來，獻上香吻，道：「我從未睡得那麼好過，征郎！你在想甚麼？」

戚長征笑道：「我想起了一些有趣的問題，忽然又感到不用急著趕到洞庭去了。」

水柔晶不解道：「你難道不擔心你怒蛟幫的兄弟了嗎？」

戚長征胸有成竹道：「不知柔晶有沒有想到我老戚這次逃亡，已成了天下皆知的事，假若方夜羽和楞嚴連對我這樣一個小子也無可奈何，勢將威信盡失，一向服從他們的大小幫會，都會生出離心，所以方夜羽和楞嚴對付怒蛟幫的重心，已逐漸轉移到我的身上。」

水柔晶一震道：「我倒沒有想到這點，但事實確是如此，不過假若你被他們殺死，對怒蛟幫聲譽和實力的打擊，亦是非常嚴重。」

戚長征道：「說得很對，所以方夜羽和楞嚴將會不擇手段，置我於死地，甚至會暫時放過怒蛟幫，全力追擊我。」

水柔晶擔心道：「可是以你我兩人之力，如何對抗對方龐大的力量？何況對方若出動到里赤媚和展羽那樣級數的高手，我們根本毫無機會。只是一個鷹飛已不易應付了。」

戚長征意氣飛揚道：「我們絕非孤軍作戰的。」水柔晶愕然。

戚長征微笑道：「只要我們把事情鬧大，以老翟的才智，必能看出我的行為背後隱藏的深意，自會配合我的行動，打擊方夜羽和楞嚴的聯軍。何況我還有義父做靠山，有他出馬，就算對著里赤媚，亦有一拚之力。」

水柔晶一呆道：「誰是你的義父？」

戚長征眼中射出景仰之色，道：「就是『毒手』乾羅。」

水柔晶「啊」一聲叫起來，眼中燃起了希望，垂頭一會後，低聲道：「征郎！我們恐要分開一段時間了。」

這次輪到戚長征愕然道：「這次又是為了甚麼原因？」

水柔晶柔情無限地道：「當然是為了你，若沒有我在旁，你將無後顧之憂，可以盡情發揮你的才智和力量。」

戚長征一嘆道：「先不說我捨不得離開你，最怕你再落到鷹飛手裏，那時只是悔恨懊惱就可把我折磨死了！」

水柔晶高興地道：「我最愛聽你這些深情的話，不過你可以放心，經過昨夜後，我已解開了鷹飛的心障，別的不行，但在追蹤和躲避追蹤方面我卻是大行家，而且我受過野外求生的嚴格訓練，只要找個山洞躲起來，保證沒有人能發現我。柔晶就在那裏等你一年，若不見你回來找我，柔晶就當你死了，以身殉死，好嗎！」

戚長征心中感動，摟著她一輪熱吻後道：「放心吧！我定會活著回來找你，而且絕不會讓你等一年那麼久。」兩人又再一番纏綿。

水柔晶沉吟片晌後道：「除了鷹飛外，還有一個女子，你要特別小心。」

戚長征愕然道：「那又是甚麼人？」

水柔晶道：「我們尊稱她爲甄夫人，事實上她仍是小姑獨處，年輕貌美，武力才智，不下於鷹飛，心狠手辣則猶有過之。她並非蒙人，而是與蒙人一向關係親密的色目人，帶著一批色目高手，特別進入中原，匡助方夜羽。據說蒙人和色目人有一秘密交易，就是若芳夜羽眞能奪得漢人天下，須立甄夫人爲皇后，方夜羽若要對付你，定會派她出馬，因爲此姝最善潛形追蹤之術，手下兩名大將，一名顏木良，一叫卓願願，均是色目的頂尖高手，比得上由蚩敵，所以你要特別小心他們。」

戚長征透了一口涼氣道：「方夜羽眞是了得，手上擁有這般實力，卻能一直深藏不露，就像一個永不見底的深潭。不知除了這批色目人外，還有甚麼厲害人物？」

水柔晶道：「我知道的就是這麼多，對甄夫人的實力特別清楚的原因，是因我曾在他們的指導下，學習駕御小靈狸的秘術。」

戚長征呼出一口涼氣，擔心地道：「那即是說他們比你更精於藉靈獸來追蹤敵人，怕不怕他們把你找了出來？」

水柔晶道：「放心吧！沒有十足把握，我怎敢誇口可以躲起來，好了！我們行動吧！」

戚長征一把將水柔晶緊擁入懷，深情地道：「我們立下協約，誓要一齊好好活著，好教將來能雙宿雙棲，享受神仙般快樂逍遙的生活。」

水柔晶想起離別在即，熱淚早忍不住奪眶而出。

韓柏脫掉官服，露出內裏一身勁服，和秦夢瑤並肩來到南康府的中心區域。這時天仍未大白，除了做早市的食肆外，其他店鋪仍未開門做生意。道上行人稀少，不過路人無不對他們行注目禮，一方面因為秦夢瑤美勝天仙，兼又背掛飛翼古劍，韓柏則身形雄偉，意態軒昂，郎才女貌，怎不教人側目。秦夢瑤意興大發，拉著韓柏走上一家最具規模的酒樓，找了個幽靜的廂房雅座，歇腳休息。秦夢瑤早到了辟穀的境界，偶有進食，都只是少許素菜生果，所以只要了一盅熱茶，韓柏則乃饞嘴之人，一口氣叫了幾個小點，又要了個香蔥碎肉麵，放懷大嚼，稀里呼嚕吃個精光，連湯水亦點滴不留。秦夢瑤興致盎然地看著他狼吞虎嚥的不雅食相，朱唇帶笑，神色寧恬。

韓柏滿足地拍拍肚子，不好意思地道：「你眞不用吃東西嗎？」

秦夢瑤露出笑靨，瞅他一眼道：「吃就吃吧！不須因我不吃而感到不好意思。」

韓柏給她瞅得全身骨肉酥鬆，快樂無匹，想起昨夜銷魂滋味，眼光不由落到她誘人的紅唇上。縱以秦夢瑤已臻無慾無求的修養，仍敵不過他如此「不懷好意」大膽放肆的目光，嗔道：「你看甚麼？」話才出口，立知不妥，這樣一說，不是引他的瘋話出籠嗎？

韓柏果然不負所望，道：「我在看夢瑤的香唇，看看有甚麼特別的地方，為何竟可使我享受到如此銷魂蝕骨的好滋味。」

秦夢瑤想起昨晚他那惱人的攻堅情況，心中暗恨，俏臉一沉道：「你再多說一句瘋話，我立刻離開你。」

韓柏嘻嘻一笑道：「若我不說瘋話，好夢瑤是否不會離棄我？」

秦夢瑤拿他沒法，嘆了一口氣道：「韓柏你對夢瑤愈來愈放肆了，守點規矩好嗎？」

韓柏聽她語氣隱含懇求之意，這在秦夢瑤來說，實是從未之有的事，誠懇地道：「無論我說甚麼瘋話，夢瑤請大人有大量，不要怪我，因爲我心中對你實是無比尊敬。」

秦夢瑤氣道：「那即是說你還要繼續對人家放肆下去了。」

韓柏認眞地道：「是的！夢瑤若不讓我口舌放肆，會憋死我的。」

秦夢瑤爲之氣結，暗呼冤孽。自踏足塵世以來，諸多年輕男子雖對她心生愛慕，但爲她超凡脫俗的氣質所懾，誰不自慚形穢，在她面前誠惶誠恐，惟恐冒瀆了她。獨有眼前這小子絲毫不怕她，更以調戲她爲樂，打一開始就大耍無賴，死纏爛打，可恨自己卻是心甘情願被他胡鬧，眞的不服氣得要命。師父啊！你有沒想過最鍾愛的徒兒會如此不濟呢？她還曾向你保證過不會對任何男人動心。

韓柏見她黛眉輕蹙，神色忽喜忽憂，但無論哪一個神情，均是那麼扣人心弦，清雅動人，忍不住從檯下伸手過去，緊抓著她的柔荑，還把手背落在她渾圓豐滿的大腿上。

秦夢瑤嬌軀輕顫，出奇地沒有掙開他的手，只是皺眉責道：「你知不知道這是大庭廣眾的場合？」

秦夢瑤肯如此任他胡爲，韓柏心花怒放，指著遮門的布帘，嘻皮笑臉道：「在房內誰可看見我們？甚至親嘴也可以。」

秦夢瑤發覺他的大手不斷揉捏著她的指掌，愛不釋手，同時因動作的關係，手背在自己的玉腿上輕輕摩擦著，大感吃不消，軟弱地掙了一下，當然脫不開韓柏的摩掌，嗔道：「你的腦袋裏除了這些東西外，沒有別的了嗎？」

韓柏步步進逼道：「夢瑤不覺得昨夜我們親嘴，發生了這世上最美妙的事嗎？」

秦夢瑤作夢也想不到竟有男人會對她這一生虔修禪道的人說出這種露骨的話，畢竟現在是親耳聽到了，俏臉刷地通紅，直透耳根。受傷後她雖間有嬌羞的情況，但都只是紅暈淺抹，速來速褪，像現在這種情況，實在是破題兒第一遭，可知她眞的有點抗拒不了韓柏無邊的魔力。芳心同時回到昨夜的初吻裏。舌尖相觸時，她運起了從谷凝清那裏學來的雙修心法，讓兩人的道胎魔種水乳交融，體內嚴重的傷勢立即好轉，可知浪翻雲所料不差，天下間唯有韓柏的魔種和雙修心法才可救她。韓柏最看不得秦夢瑤女兒家嬌羞的誘人神態，何況是現在那種面紅耳赤，哪能再忍耐得住，湊了過來就要吻她。

秦夢瑤大驚失色，伸出兩指按在韓柏濕潤的唇上，顫聲道：「休要在這裏胡鬧。」

韓柏聽她的語氣，只是認爲地方不對，並沒有拒絕他，大喜道：「不如我們找個幽靜無人的地方，又或到旅館找間上房，好好親熱纏綿。」

秦夢瑤的羞紅有增無減，無計可施下，淡淡道：「好吧！夢瑤任你帶她到哪裏去，讓你爲所欲爲也可以，但事後我會一去不回頭，你自己斟酌一下吧！」她說來像一點也不關她本人的事，淡寫輕描，反使人不敢懷疑她一往無回的決心。

韓柏駭然道：「你說的所謂讓我得償所願，就是這樣一回事嗎？」

韓柏最見不得秦夢瑤女性化的神態，秦夢瑤卻最見不得的是他的傻相，反手抓緊著韓柏的大手，繃緊的面容解凍春回，忍俊不住嬌笑道：「看你怕成那個樣子，又何苦咄咄逼人呢？」

韓柏依然心驚膽顫道：「夢瑤還未答我的問題。」

秦夢瑤憐惜地道：「當然不會是那樣，你當我沒有感情的嗎？但必須是在我心甘情願的情況下發生，而不是給你硬來下得到。」

韓柏心下稍安，色心又起，試探著道：「假若像昨晚那樣，我繼續下去，得到了夢瑤的仙體，那是否算硬來呢？」

秦夢瑤白他一眼道：「當然算硬來，因爲是由你主動，而不是我。」

韓柏愕然，失望嘆道：「那我這生休想有眞正一親方澤的機會了，夢瑤怎會這樣便宜我呢？」

秦夢瑤微笑道：「韓柏大甚麼的請放心，一定會有那一天的。」

韓柏大惑不解，仔細端詳了她一會，舉起空出來的另一隻大手，緩緩往秦夢瑤嬌美絕世的俏臉撫過去，他故意放慢動作，讓秦夢瑤有思索和躲避的空間時間。秦夢瑤神色恬靜，默默瞧著他，直至他的大手摸上她的臉蛋，才輕吟一聲，舒服地閉上秀氣無倫的雙目，還主動把臉蛋摩挲著他的手掌。

韓柏的表情罕有地嚴肅，低聲心痛地問道：「夢瑤你是否受了嚴重內傷？」

秦夢瑤張開秀目，一對明眸像兩泓清不見底的潭水，輕吐道：「你看出來了嗎？」

韓柏搖頭說：「表面一點看不出來，可是自昨晚第一眼看到你時，我感到你有種荏弱得需我呵護的感覺，昨晚啜著你的香舌時，更感到你的身體渴求著我的精氣，夢瑤啊！韓柏願爲你做任何事，我直覺感到只有我的魔種，才能治好你的傷勢。」

秦夢瑤伸手抓著韓柏撫摸著她臉蛋的大手，溫柔地拉了下來，放在另一條腿上，任自己一對柔荑全落到韓柏掌握裏，柔聲道：「假設夢瑤只因治傷才來找你，你會惱夢瑤嗎？」

韓柏斷然搖頭道：「即使如此我也不會惱你。何況當我們躲在屋簷處暗中保護何旗揚時，我事實上已奪得夢瑤的芳心，當時還不敢肯定，又或不敢相信竟可獲得天上仙子的垂青，但現在回想起來，再沒有半點懷疑了，是嗎？我的乖乖寶貝好仙子親親小夢瑤！」

秦夢瑤垂下螓首，微一點頭。韓柏終得到秦夢瑤親自承認愛上了他，欣喜若狂，怪叫一聲，拉起她的手，搖晃著道：「我們立即回到船上，讓我以種魔大法為你療傷，最多由你自己主動吧！」

秦夢瑤俏臉飛紅，「啊」一聲甩掉他那對大手，鼓起俏香腮大發嬌嗔道：「你這人眞是死性不改，除了要把夢瑤弄上床去以外，你的髒腦袋還會想到甚麼呢！」

韓柏面不改色，正要繼續向這最令他神魂顛倒的美女放肆一番，房外腳步聲由遠而近，接著是一陣女子甜美的嬌笑，韓柏一聽下臉色大變，魄散魂飛。

戚長征和水柔晶分手後，在山野間故意繞了幾個大圈子，教敵人難以由他的行蹤根尋到水柔晶隱藏之處。他下了個決定，絕不會讓水柔晶久等，或者十天半月，就可回頭去找她。當他離開山野，轉上了官道，竟掉頭往長沙府走回去。這一著定教鷹飛大出意外，種種堵截他往洞庭去的佈置將全派不上用場，而他亦獲得了喘息的機會。大道上車來人往，戚長征不敢放開身法，以免驚世駭俗，暗忖若有匹健馬代步就理想了。走了一會，前方出現了一個驛站，站旁還有幾間專做路人生意的小鋪子，暗忖不如看看可否在此處買匹驢馬，可是又想起袋內銀兩不多。猶豫間，發現站旁停著幾輛載客的馬車，心念一動，忙向駕車者查問有沒有空座位。一連問了幾輛，到最後一輛時，那御者斜眼看了他一會後，道：「雖說半路上車，但也要三弔錢共十二文才成！」戚長征忙付了錢，鑽進車廂裏去。

車廂內早坐了九個男人，大部分看樣子都是靠利用兩地差價做買賣的小行腳商販，並沒有武林中人。戚長征輕鬆下來，在僅餘的半個空位擠坐下去，兩旁的人都發出不滿的聲響，不過見戚長征體格魁梧，又帶著長刀，哪敢出言相責。待了半晌，車子開出。戚長征閉目假寐，儘量爭取恢復體力和眞元。

也不知過了多久，戚長征忽有所覺，驚醒過來。原來馬車放慢下來。車伕在車廂前叫道：「進城了！」

戚長征凝神內視，發覺剛才這一陣調息，非常管用，疲累全消，卻忽然想起一事，伸手懷內掏出錢袋，打開一看，不覺眉頭大皺，原來只剩下不足兩貫銅錢。自朱元璋登帝位後，鑑於元末濫發鈔幣，至物價飛漲，民不聊生，所以再次發行銅錢。以四百文爲一貫，四十文爲一兩，四文爲一弔。一貫錢大約可以買一擔米，現在戚長征身上的錢，若要住旅館兼食用，最多可以支持三、四天，怎不教他煩惱。若換了往日，以他的身分，隨時可往怒蛟幫的分舵支錢，但現在分舵煙消雲散，求助無門，使這一向出手豪爽的青年初嚐手頭拮据的滋味。

有對烏溜溜的眼睛盯著他。戚長征抬頭一看，見到坐在對面的一個小夥子，眼中射出同情之色，怔視著他。戚長征對他報以苦笑，收起錢袋。那小夥子也微微一笑，烏溜溜的眼轉了兩轉，垂下頭不再瞧他。戚長征見他一臉油污，衣服破爛，看來環境好不了自己多少，不禁有同是天涯淪落人，相逢何必曾相識的感覺，暗忖自己也有今日了，苦笑搖頭。小夥子又往他望來，雙目一亮。這時車子停下，一個城衛循例望了幾眼，便讓馬車進城。戚長征心中一喜，知道估計正確，敵人眞的沒有想到他折返城內。馬車再走了一段路後，到了城門旁的車馬站停下，眾人舒了一口氣，紛紛下車。戚長征跳下馬車，伸了個懶腰，隔著衣衫摸到掛在胸前的護身玉珮，暗想這東西怕可典當他媽的十來貫錢，那就可暫時解決了食宿的問題，目標既定，大步隨著人潮，往城心的鬧市走去。

走了兩個街口，眉頭一皺，轉入了一條橫巷。未幾，先前和他同車的小夥子跑了進來，看到戚長征攔在身前，冷冷看著他，嚇了一跳，尷尬地道：「原來你發覺了我跟蹤你。」

戚長征呆了一呆，心想這小子倒算機靈，卻不言語，只是拿眼冷冷上下打量著他。那小夥子給他看得渾身不自在，揮手道：「不要那樣瞧我！小人是完全沒有惡意的。」

戚長征嘿然道：「那你跟著我幹嘛？」

那小夥子欲言又止，好一會後，不好意思地道：「我想請你吃一頓飯。」

戚長征眼力何等銳利，剛才沒有用心打量他，這刻細看下，見他雖是滿臉灰黑的油污，但一對眼細而長，媚而亮，一身破衣都不能掩去「他」修長合度的身形，兼縱使壓低嗓音，仍比一般年輕男子好聽得多，心知肚明她是女扮男裝，暗忖自己才剛剛放開了水柔晶這負擔，怎會又把另一個包袱攬上身來，微笑道：「姑娘爲何會看上在下呢？」

那小夥子先是一愕，接著一對鳳目亮了起來，連身體也特別像長高了那樣，凝視著戚長征，變回嬌美的女聲道：「好一個戚長征，果然不賴，難怪方夜羽和楞嚴佈下天羅地網都擒你不到。」

戚長征見她不用掩飾，立時回復頤指氣使的態度，隱現一流高手的風範，心中大爲懍然，道：「姑娘是否特別爲戚長征而來，還是湊巧碰上，認了我出來？」

這個問題他必須弄個清楚，若對方竟能偵知他的行蹤，又特別在馬車上等他，則對方不但才智高明，還應擁有龐大的實力，否則怎能在匆忙裏設下這麼高明的佈置。

女子微微一笑，在滿臉油污的臉上露出雪般白的細小牙齒，分外好看，道：「哪會有這麼巧，若非我以馬車載你入城，又特別打點了守關的城衛，你休想能如此順利進城。不過若你如此大搖大擺地在城內走來走去，不出一炷香的時間就會被你的敵人發現你。恐怕你還不知呢！通緝你的畫像通告，早貼得滿城皆是。」

戚長征奇道：「你怎知我會乘你那輛馬車？」

女子笑道：「你不乘馬車，自也會另找交通工具，總之我有多樣設施，不虞你不落入彀中，但我全是好意的，只想幫你。」

戚長征皺眉道：「你怎知我會回到長沙府來？」

女子淡淡道：「你早表現出是個有勇有謀的人，怎會明知山有虎，偏向虎山行？何況你因屢次突破方夜羽的羅網，早已名聲顯赫，再任你招搖過市，方夜羽的面子往哪裏放才好？所以事實上方夜羽和楞嚴兩人對付怒蛟幫的行動，已轉移到你身上，以你的才智怎會看不到這點，而藏身最好的地方，則非長沙府莫屬，這裏地廣人多，龍蛇混雜，對你最爲有利。」

戚長征不由爲之嘆服，道：「姑娘究竟是誰？難道不怕開罪了方夜羽和楞嚴嗎？」

女子道：「你不用理我是誰，只知我是眞心肯幫你就可以了。」

戚長征道：「若姑娘眞想幫我，麻煩你放出消息，說我到了長沙府內就足夠了。」

女子俏目一亮道：「我早知你天生傲骨，不喜歡受人之恩，不過你現在是整個鬥爭的關鍵，最好考慮一下我的提議，只要你答應我，我會把眞正的身分和安排奉告閣下，使你清楚知道我們是友非敵。」

戚長征踏前兩步，俯頭細看她的俏臉，發覺她臉形輪廓都生得非常美麗，微笑道：「我眞想看看你長相如何！」

女子微現怒容道：「若非見你四面楚歌，東逃西躲，如此對我大膽無禮，我定會好好教訓你。」

戚長征站直身軀，長笑道：「你這樣一說，我反而相信你眞肯助我，可是恕老戚不能接受，不過這與我的驕傲無關，何況眞正驕傲的是姑娘而非我老戚。」

女子不忿道：「若是如此，你爲何不肯接受我們的援手？」

戚長征哂道：「道理很簡單，我孤身一人，來自去如，可攻可守，有了同伴，反礙手礙腳，發揮不出我老戚的威力。哈！何況我這人最是好色，有美女同行，總忍不住動手動腳，而你又這麼凶，說不定一時疏忽給你砍了一隻手下來，那就眞是冤哉枉也。」說畢轉身便去。

女子嬌叱道：「站住！」

戚長征停步，頭也不回哂道：「姑娘有何貴幹？」

女子嬌喝道：「你這自大無禮的狂徒，口出污言，我要看看你有甚麼眞實本領。」

戚長征轉身一揖到地道：「姑娘請原諒老戚粗人一個，直腸直肚，不懂咬文嚼字，想到甚麼就說甚麼，姑娘原來既想助我，現在雖再無此意，亦莫要反過頭來爲難我，何況刀下無情，傷了姑娘，老戚更是心中不安。」

女子本來已聽得臉色放緩，但最後幾句不是明著說自己比不上他嗎？兩眼射出凌厲神色，兩手一翻，兩把寒光閃閃的短劍來到手裏，一前一後指著戚長征。劍氣直逼而來。戚長征虎軀一震，竟被衝得退了半步，心中懍然，皺眉道：「姑娘如此高明，必是江湖上有頭有臉的人，請問高姓大名？」心中掠過多位著名的女性高手，縱有善使雙短劍者，一或武功沒有這麼高明，又或年齡樣貌不大對，不過至此他才肯定對方不是水柔晶提及的那甄夫人，因爲眼前女子明顯走的是中原武林心法路子。想到這裏，心中一動，已有計較。

那女子本以爲戚長征猝不及防下，最少會被她逼出五步以外，現在只退了半步，接著又守得無懈可擊，教她不敢妄進，亦是心下駭然，沉聲道：「你明知我不會告訴你，還要多此一問，可知你這人是多麼冥頑不靈。」

戚長征笑道：「看你的劍氣有增無減，擺明要動粗，這是何苦來哉？」

女子道：「你想不接受我們的幫助也不行，除非你可勝過我手上雙刃，才可放你離去。」

戚長征皺眉道：「你若想勝過我，最好亮出寒碧翠小姐你拿手的丹清劍，若憑這兩把不趁手的短劍，說不定會給我老戚錯手殺了你。」

在十大美人中排在第十位，身為八派外最大門派丹清派掌門的寒碧翠駭然一震，待要詢問戚長征為何竟看破她是誰時，戚長征冷喝一聲，長刀離背而出，化作一道長虹，劈面而至。寒碧翠臨危不亂，雙刃畫出，守得密不透風。戚長征趁她被自己揭破身分，失神下出招，眨眼間佔得上風，一連十七刀，把寒碧翠殺得香汗淋漓，全無還手之力。不過她的刃法綿密細緻，戚長征自問若真要傷她，怕非到百招外欺她氣脈不及他悠長，才能得手，不禁暗讚她名不虛傳，不愧秦夢瑤以下最著名的女劍手。若果她手中握著的是慣用的丹清劍，且在公平的情況下與他對仗，則誰勝誰負尚是未知之數。

戚長征倏地收刀後退，含笑看著她。寒碧翠俏臉氣得煞白，恨不得立即殺了這可恨的人，狠狠道：「趁人家分神出手，算甚麼英雄好漢，算我看錯了你，還以為你是個人物。」

戚長征搖頭笑道：「我老戚從沒當過自己是英雄好漢，不過對陣交鋒，無論任何原因，都不可分神，讓敵人有可乘之機，寒掌門須謹記這點。」

寒碧翠面寒如冰道：「我不用你來教訓，只怪我有眼無珠，看錯了你。」

戚長征聳肩道：「寒掌門愛怎麼想就怎麼想吧！我可以走了嗎？」

寒碧翠回復平靜，道：「你告訴我為何會知道我是誰，我便可任你自由離去，否則我會下令本派八大高手不惜一切把你留下，而我則會以丹清劍再領教高明。」

戚長征微笑道：「這個容易，剛才我看你持雙短刃的姿勢，有種生硬的感覺，推知你因要掩飾身分，故捨棄獨門兵器不用。以常理論之，你就算選別的兵器，也不應會選性質太過不同的兵器，由此推斷你平常用的定是長劍。江湖上用劍的著名女子高手雖多，但若像你這麼動人又高明的，怕只有寒掌門你了。好了！我可以走了嗎？」

寒碧翠跺腳道：「滾吧！不要讓我再遇上你。」

戚長征搖頭苦笑，自有一種瀟灑不羈的味道，轉身離去。

寒碧翠嬌喝道：「湘水幫褚紅玉是否給你污辱的。」

戚長征一震停下，問道：「她死了沒有？」

寒碧翠道：「沒有死，但卻被用了一種奇怪的封穴手法，仍昏睡不醒。」

戚長征一呆道：「那奸賊為何不殺人滅口呢？那我就更難洗刷嫌疑了。是了！因為他有自信可將我生擒或殺死，所以不用這樣害我，哼！不是你死，就是我亡。」

寒碧翠道：「你自言自語說些甚麼？」

戚長征仰天一陣悲嘯，「嗖」的一聲，在巷尾一閃不見。寒碧翠呆了片晌，猛地一跺腳，由相反方向迅速離去。

《覆雨翻雲》卷五終

【時報悅讀俱樂部】入會權益：

會員類別	入會費	年費	免費選書	贈　品
輕鬆卡會員	300	2000	10 本	＊ 免費獲贈由朱德庸先生設計的《俱樂部週年慶紀念錶》 ＊俱樂部會員特價購書
VIP卡會員	300	4700	24 本	＊ 免費獲贈由朱德庸先生設計的《俱樂部週年慶紀念錶》 ＊VIP會員加送《精英專用公事包》 ＊俱樂部會員特價購書

註1. 第二年起續會，免入會費。　　註2. 本公司保留贈品更換之權利。

加入「時報悅讀俱樂部」可享7大權益：

☑ 1.入會獨享會員超值賀禮。

☑ 2.免費獲贈〈時報悅讀俱樂部〉讀書雜誌雙月刊一年。

☑ 3.免費挑選時報出版全書系好書(單本書600元以上底扣兩本，外版書除外，詳情請上時報悅讀俱樂部網)。

☑ 4.會員選書兩本以上免運費，一律以宅配通或掛號寄送。

☑ 5.優先享有參加作家偶像名人記者會/讀書會/讀友會/簽名會/演講座談等活動的權利。

☑ 6..可優惠參加時報出版舉辦的各項精采演講及藝文活動權利。

☑ 7.不定期享有俱樂部會員獨享特惠價。

請您現在就立刻加入「時報悅讀俱樂部」！

【時報悅讀俱樂部】會員邀請書

☑要！我要加入【時報悅讀俱樂部】，我可以獨享以下各項權益及贈品優惠。

我要加入的是：(請於括弧內打　)

勾選	會員類別	年費	會員專屬權益及贈品
	悅讀輕鬆卡會員 RC2004005	年費2300元 (入會費300元+年費2000元)	1.免費獲贈由朱德庸先生設計的《俱樂部週年慶紀念錶》 2.俱樂部會員特價購書
	悅讀VIP卡會員 RC2004006	年費5000元 (入會費300元+年費4700元)	1.免費獲贈由朱德庸先生設計的《俱樂部週年慶紀念錶》 2.VIP會員加送《精英專用公事包》 3.俱樂部會員特價購書

*選書方式：一次選二本或二本以上免費宅配或郵寄到府。
每二個月贈讀書雜誌〈時報悅讀俱樂部專刊〉，免費贈閱一年，由雜誌選書。
*總代理的外版書不列入選書範圍。 *信用卡請款通過後，立即免運費寄出贈品及選書。
本公司於贈品送完後留更換贈品之權利

以下是我的個人基本資料：

姓名：＿＿＿＿＿＿＿＿

性別：□男□女　婚姻狀況：□已婚 □未婚　生日：民國＿＿＿年＿＿＿月＿＿＿日

身份證字號：＿＿＿＿＿＿＿＿

寄書地址：□□□＿＿＿＿＿＿＿＿

連絡電話：(O)＿＿＿＿＿＿ (H)＿＿＿＿＿＿ 手機：＿＿＿＿＿＿

e-mail：＿＿＿＿＿＿＿＿

(我們將藉此通知您最新的重要選書訊息，請填寫能夠確定收到信函的信箱地址)

訂閱會員電子報：□訂閱 □不訂閱

閱讀偏好(請填1.2.3順序)：□文學□歷史哲學□知識百科/自然探索□流行/語文□漫畫□生活/健康/心理勵志 □商業

※付款金額：

俱樂部會員費 □2300元(RC2004005)　□5000元(RC2004006)

※我選擇的付款方式：

1.□劃撥付款　**劃撥帳號：19344724　戶名：時報文化出版公司**　(請直接至郵局填寫劃撥單，並在劃撥單上註明您要加入的會員類別、姓名、地址、連絡電話、生日、身份證字號)

2.□信用卡付款

信用卡別 □VISA □MASTER □JCB □聯合信用卡

信用卡卡號：＿＿＿＿＿＿＿＿ 有效期限西元＿＿＿年＿＿＿月

持卡人簽名：＿＿＿＿＿＿＿＿ (須與信用卡簽名同字樣)

統一編號：＿＿＿＿＿＿＿＿

※如何回覆

傳眞回覆：塡妥此單後，放大傳眞至 **(02) 2304-6858** 時報悅讀俱樂部專線

●時報悅讀俱樂部讀者服務專線：(02)**2308-6222-8314**

週一至週五 9:00-12:00AM 13:30-5:00PM 團購請洽(02)23087111*8343 黃先生

新人間叢書132

覆雨翻雲修訂版〈卷五〉

作　　者—黃易
主　　編—葉美瑤
編　　輯—邱淑鈴、黃嬿羽
校　　對—黃易、余淑宜、陳錦生
企　　畫—陳靜宜
董 事 長—趙政岷
總 經 理
總 編 輯—余宜芳
出 版 者—時報文化出版企業股份有限公司
10803台北市和平西路三段二四〇號三樓
發行專線—(〇二)二三〇六—六八四二
讀者服務專線—〇八〇〇—二三一—七〇五・(〇二)二三〇四—七一〇三
讀者服務傳眞—(〇二)二三〇四—六八五八
郵撥—一九三四四七二四時報文化出版公司
信箱—台北郵政七九～九九信箱
時報悅讀網—http://www.readingtimes.com.tw
電子郵件信箱—liter@readingtimes.com.tw
法律顧問—理律事務所　陳長文律師、李念祖律師
印　　刷—盈昌印刷有限公司
初版一刷—二〇〇四年十一月十五日
初版二刷—二〇一四年七月十八日
定　　價—新台幣二四〇元
⊙行政院新聞局局版北市業字第八〇號

ISBN 957-13-4191-6
Printed in Taiwan

國家圖書館出版品預行編目資料

覆雨翻雲修訂版／黃易著. --初版. --臺北
市：時報文化, 2004〔民93-〕
冊；　公分. --（新人間；128-139）

ISBN 957-13-4186-X（一套：平裝）

ISBN 957-13-4187-8（第1冊：平裝）ISBN 957-13-4188-6
（第2冊：平裝）ISBN 957-13-4189-4（第3冊：平裝）
ISBN 957-13-4190-8（第4冊：平裝）ISBN 957-13-4191-6
（第5冊：平裝）ISBN 957-13-4192-4（第6冊：平裝）
ISBN 957-13-4193-2（第7冊：平裝）ISBN 957-13-4194-0
（第8冊：平裝）ISBN 957-13-4195-9（第9冊：平裝）
ISBN 957-13-4196-7（第10冊：平裝）ISBN 957-13-4197-
5（第11冊：平裝）ISBN 957-13-4198-3（第12冊：平裝）

857.9　　　　　　　　　　　　　　　　　　93016670

編號：AK0132	書名：覆雨翻雲 卷五
姓名：	性別：______ 1.男 2.女
出生日期： 年 月 日	e-mail：

______ 學歷：1.小學 2.國中 3.高中 4.大專 5.研究所（含以上）

______ 職業：1.學生 2.公務（含軍警） 3.家管 4.服務 5.金融 6.製造 7.資訊 8.大眾傳播 9.自由業 10.農漁牧 11.退休 12.其他

地址：______ 縣（市）______ 鄉鎮區 ______ 村 ______ 里

______ 鄰 ______ 路（街）______ 段 ______ 巷 ______ 弄 ______ 號 ______ 樓

郵遞區號 ______

（下列資料請以數字填在每題前之空格處）

______ **您從哪裡得知本書／**
1.書店 2.報紙廣告 3.報紙專欄 4.雜誌廣告 5.親友介紹
6.DM廣告傳單 7.其他 ______

______ **您希望我們爲您出版哪一類的作品／**
1.長篇小說 2.中、短篇小說 3.詩 4.戲劇 5.其他 ______

您對本書的意見／
______ 內　容／1.滿意 2.尚可 3.應改進
______ 編　輯／1.滿意 2.尚可 3.應改進
______ 封面設計／1.滿意 2.尚可 3.應改進
______ 校　對／1.滿意 2.尚可 3.應改進
______ 翻　譯／1.滿意 2.尚可 3.應改進
______ 定　價／1.偏低 2.適中 3.偏高

您的建議／

請沿虛線撕下後對折裝訂寄回，謝謝！

請沿虛線摺下裝訂，謝謝！

廣告回郵
北區郵政管理局登 記證北台字1500號
免貼郵票

時報出版

CHINA TIMES PUBLISHING COMPANY

尊重智慧與創意的文化事業

地址：108台北市和平西路三段240號3樓

讀者服務專線：080-231-705・(02)2304-7103

讀者服務傳真：(02)2304-6858

郵撥：01038540 時報出版公司

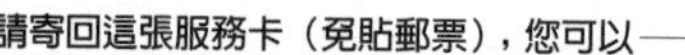

請寄回這張服務卡（免貼郵票），您可以——

●隨時收到最新消息。

●參加專為您設計的各項回饋優惠活動。

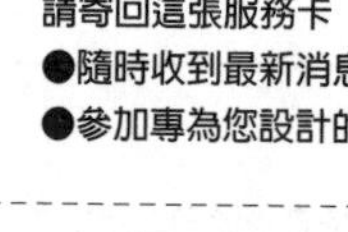

寄回本卡，掌握新人間系列的最新訊息

新人間

新感覺・新人間・文學的新版圖